Martina Parker

Ausg'stochen

Garten-
krimi

Martina Parker

Ausg'stochen

Garten-
krimi

GMEINER

Personen und Handlung sind frei erfunden.
Ähnlichkeiten mit lebenden oder toten Personen
sind rein zufällig und nicht beabsichtigt.

Besuchen Sie uns im Internet:
www.gmeiner-verlag.de

Im Ehnried 5, 88605 Meßkirch
Telefon 07575/2095-0
info@gmeiner-verlag.de

2. Auflage 2023

Lektorat: Claudia Senghaas, Kirchardt
Herstellung: Mirjam Hecht
Umschlaggestaltung: U.O.R.G. Lutz Eberle, Stuttgart
Illustration und Coverdesign: Lena Zotti, Wien
Druck: GGP Media GmbH, Pößneck
Printed in Germany
ISBN 978-3-8392-0454-2

»If I had a flower for every time I thought of you … I could walk through my garden forever.«

Alfred Lord Tennyson

*

Einmal mehr für dich

PROLOG

Erster Social-Media-Kommentar von Patrick

Hallo, einen wunderschönen Tag wünsche ich. Bitte sei nicht beleidigt, weil ich ohne Erlaubnis in deine Privatsphäre gesprungen bin. Ich habe nach einem alten Freund gesucht, als ich auf dein erstaunliches Profil gestoßen bin, und ich sehe, dass Sie denselben Namen haben wie meine liebe Mutter. Also habe ich dir eine SMS geschrieben, um dich wissen zu lassen, dass ich dich als Freund hier kontaktieren möchte, ich hoffe, Sie sind nicht beleidigt.

*

Erste Nachricht von Patrick

Hallo! Dein Lächeln hat mich sofort gezaubert und ich möchte Sie besser kennenlernen. Ich bin geboren und aufgewachsen in Seattle. Ich lebe allein mit meinen wunderbaren Hunden in eine schönen Haus. Ich liebe meinen Garten. Ich liebe die Natur. Nach dem Tod von meiner Frau habe ich mein Leben ganz meiner Profession als

Arzt gewidmet und meine Brauchen nach Liebe unterdrückt. Irgendwann hoffe ich, wieder eine glückliche Beziehung zu haben, aber ich habe keine Eile, Freundschaft zuerst. Ich bin nicht oft auf Social Media, wegen der geschäftigen Zeit im Hospital … Aber wir können uns gerne schreiben Patrick.D@Yahoo.com

Ein Kuss auf die Wange. Dein Freund, Patrick

PS: Entschuldige bitte mein schreckliche Deutsch. Ich habe es wie Kind gelernt aber es ist gerostet.

*

Zweite Nachricht von Patrick

Hallo mein lieber Freundin!!!

Ich bin sehr glücklich, dass du auf meine Nachricht an dich geantwortet hast. Ich denke, dass ich und du, wir werden die besten Freunde sein. Es ist angenehm, mit einer Frau von einem andere Kontinent zu sprechen und sich so gutest zu verstehen. Heute ist ein guter Tag. Ich habe frei und es regnet nicht. In Seattle regnet es viel. Das gefällt den Blumen. Aber ich lieber die Sonne. Ich sehe die Menschen in den Straßen. Ich komme auf die Idee, dass ich gerne einmal mit dir spazieren würde. Ich bin wirklich sehr einsam in meinem Leben. Mein Leben ist so beschäftigt. Wir alle eilen irgendwo hin und neh-

men einander nicht wahr. Die Menschen sind so stark in ihre Ideen und Problems verstrickt, dass es manchmal sehr schwierig ist, anderer Menschen wirklich zu erreichen. Siehst du das auch?

Ich küsse dich auf die Wangen, Dein Patrick

*

Dritte Nachricht von Patrick

Mein Engel,

deine Mail hat mich so glücklich gemacht. Ich weiß, in der Zukunft werden wir einander nahe sein. Aber ich will noch einmal sagen, dass wir nichts überstürzen sollen. Ich weiß um die Verantwortung, wenn wir ins Leben eines anderen Menschen treten. Wenn wir Freunde oder Geliebte werden, tragen wir eine große Verantwortung für die Emotionen und Gefühle derer, mit denen wir kommunizieren. Leider versteht das nicht jeder so tief wie du, viele denken darüber nie nach. Die menschliche Gleichgültigkeit schmerzt mich. Wir denken an uns selbst und an unsere Gefühle, aber wir bemerken nicht, was in der Seele des nahen Menschen vorgeht. Ich bin müde von so einer Gleichgültigkeit und ich möchte in der Nähe der Frau sein, die mich lieben wird, mich verstehen wird und darüber nachdenkt, was sie sagt und tut. Du bist mir sehr lieb geworden und ich möchte unsere

Beziehung auf einer Straße mit Verständnis und Respekts entwickeln.

Ich umarme dich mein Engel,

Dein Patrick

*

Vierte Nachricht von Patrick

Hallo mein Engel.

Es tut mir SEHR leid, dass ich dir nicht früher schreiben konnte. Ich hoffe, dass du verstehst. Es war eine Tragödie – eine Patientin ist gestorben. Ein sechs Jahre alte Mädchen, sie hatte ein Gehirntumor und dieser hat sie getötet. Für die Eltern ist es ein nicht füllender Verlust und es war sehr schwer für sie, mit diesem großen Verlust fertig zu werden. Ich verstehe sie, denn sie haben das Liebste verloren, das bei ihnen war und das bei ihnen sein konnte, ihr Kind. Es ist sehr traurig. Als Arzt im Hospital ist der Tod immer da, aber der Tod eines Kindes ist das Schlimmste. Ich werde mich nie gewöhnen können.

In Liebe Dein Patrick

*

Fünfte Nachricht von Patrick

Meine lieber und zärtlicher Engel!

Dein letztes Mail hat mich überwältigt. Dein Verständnis und deine Worte haben etwas in mir bewirkt. Ich habe mich in dich verliebt. Und diese Liebe zu dir ist wie eine Schneelawine, die mich überrollt und mich in Ungewisse zieht. Noch weiß ich nicht, was am Ende auf mich wartet. Eine Schlucht, die mit Dornen gefüllt ist, oder eine Wiese, die voll hoher weicher Gräsern und dem betäubenden süßen Duft der Liebe. Aber ich muss gestehen, diese Ungewissheit erregt mich. Ich bin von Sinnen an der Schwelle des Wahnsinns.

In ewiger Liebe Dein Patrick

*

Sechste Nachricht von Patrick

Mein Engel, meine Geliebte, mit der ich mein Leben teilen möchte,

ich schwanke zwischen Aufregung und Angst, Freude und Furcht. Die praktische Seite sagt mir, dass ich verrückt bin, weil ich mich so sehr verliebt in eine Frau habe. Mein Herz klopft sofort. Du bist die EINE.

Ich bete unaufhörlich: Bitte, Gott, lass mich sie mit der Leidenschaft in meinem Herzen, mit der Romantik in meiner Seele und mit der Intelligenz meiner Lebenserfahrungen lieben. Ich möchte auf alle deine Bedürfnisse, Wünsche, Fantasien eingehen, dein Mann fürs Leben sein. Meine Schulter als dein Kissen. Deine Stimme zu hören macht mich so glücklich. Deine Liebe gibt mir so viel Kraft. Kraft, von der ich zehre. Es gibt da nämlich gerade ein Problem in meinem Leben, es ist was passiert …

KAPITEL 1 –
DAS WEIHNACHTSDORF

Um über den Winter zu kommen, produziert der nordamerikanische Waldfrosch Rana sylvatica Traubenzucker als Frostschutzmittel. Im Spätherbst beginnt die Froschleber mit der Herstellung von Traubenzucker. Dieser wird über das Blut im Körper verteilt und lässt den Blutzuckerspiegel auf das 250-fache des Normalwerts steigen. Die Folge der Überzuckerung: Der Gefrierpunkt sinkt.

Johanna hievte die schwere Holzkiste aus ihrem Lieferwagen. Das war gar nicht so einfach, weil sie dicke Fäustlinge trug und die Kiste nur kleine Metallausbuchtungen als Tragegriffe hatte, die sie mit ihren durchgefrorenen Fingern nur schwer zu fassen bekam. Mit einiger Mühe wuchtete sie die schwere Last auf die Sackkarre. Als sie erschöpft Luft ausstieß, verwandelte sich ihr Atem sofort in eine kleine weiße Wolke.

»Arschkalt heute«, stellte Tom fest, der auf dem Parkplatz neben ihr stand und Kartons mit selbst produziertem Gin auslud. »Bezaubernde Ginny« stand auf den

Kartons. Tom hielt inne, zog einen silbernen Flachmann aus der Innentasche seines Anoraks und öffnete ihn.

Tom hatte diesen Ausdruck in den Augen. Es wirkte, als würde er auf verschmitzte Art lächeln, auch wenn er es nicht tat. Lachfalten zogen sich von den Augenwinkeln bis zu den Schläfen. Er hatte es in seinem Leben oft lustig gehabt.

Als Tom den Flachmann an seine Lippen setzte, bemerkte Johanna, dass seine Lippe aufgeplatzt war. Und das war noch nicht alles. Ihr Blick wanderte höher. Die Haut unterhalb von Toms rechtem Auge schillerte rotviolett und wirkte geschwollen.

»Was ist denn mit dir passiert?«, fragte Johanna, »wer hat denn dich so z'sammg'richt? Hat dich wer g'haut?«

»Mich haut keiner …« Tom nahm noch einen kräftigen Schluck. »Und wenn's einer versucht, kriegt er selber eine auf die Goschn.« Er lachte und zwinkerte Johanna so bubenhaft verschmitzt zu, dass diese nicht wusste, ob er sie nur auf den Arm nahm.

Tom hielt den Flachmann Richtung Johanna und nickte ihr auffordernd zu: »Magst auch?«

Johanna schüttelte den Kopf. »Nein danke, ich mach mir nichts aus Schnaps.«

»Das ist kein normaler Schnaps, das ist mein weihnachtlicher Wundergin«, sagte Tom: »Ganz neue Rezeptur. 24 verschiedene Kräuter. Der wärmt dich richtig durch. Des brauchst bei dieser Orschkälten.«

»Weißt du eigentlich, warum es ›arschkalt‹ heißt?«, fragte Johanna.

Tom schüttelte den Kopf.

»Nun, der Grund ist, dass die Leute früher keine geheizten Toiletten hatten. Bei vielen war das Plumpsklo vor dem Haus. Und im Winter ist dir dann halt auf der eiskalten Klobrille der Hintern abgefroren.«

Tom nickte beeindruckt.

»Dauert eh nimmer lang, bis es wieder taut«, sagte er dann und machte eine wegwerfende Handbewegung. Johanna bemerkte, dass die Knöchel seiner rechten Hand verschorft waren. Also doch in eine Schlägerei gekommen, dachte sie.

»Jetzt, Ende November, denkst dir, die Hölle gefriert«, ereiferte sich Tom. »Und zu Weihnachten hat es dann 15 Grad. Dafür schneit's dann zu Ostern wieder, wenn wirklich keiner mehr den Schnee braucht.«

Johanna stieg nicht auf das Thema ein. Sie hatte dieses Lamento schon oft genug gehört.

Hauptsache, heute passt es, dachte sie und blickte sich um. Es war der erste Adventsonntag, und es sah aus wie in einem Bilderbuch. In den Tagen zuvor war Schnee gefallen. Nichts Ungewöhnliches für die Jahreszeit. Das Ungewöhnliche war, dass er trotz des milden pannonischen Klimas tatsächlich liegen geblieben war. Minus sechs Grad zeigte das Thermometer heute an.

Tom sah auf Johannas voll beladene Sackkarre. »Komm, ich helf dir, die Sachen zu deinem Stand zu bringen.«

Johanna nickte dankbar.

»Bist du deppert, das ist schwer«, sagte Tom, als er versuchte, eine zweite von Johannas Kisten auf der ersten zu stapeln: »Was zahrst du da alles zum Christkindlmarkt? Steine?«

»Das ist die Metalldeko vom Gerhard«, sagte Johanna: »Die wiegt so viel. Ich verkauf das, was ich auch in meinem Hofladen anbiete: Seifen, Pflanzenkosmetik, selbst gemachte Delikatessen, Sirup, Punsch und natürlich Weihnachtskekse.«

»Natürlich«, sagte Tom. »Ein Weihnachten ohne Johannas Kekserl – undenkbar! Hast auch die Unwiderstehlichen mitgebracht?« Ein bubenhaftes Lächeln machte sich auf seinem Gesicht breit. Tom, der verlebte Wirt, konnte auch mit Mitte 40 immer noch so begeistert strahlen wie ein Kind. Vor allem, wenn es um die Unwiderstehlichen ging. Eine der besten Kekssorten aller Zeiten.

»Klar«, bestätigte Johanna, »und ich sag dir was: Wenn du mir hilfst, das Auto auszuräumen, schenk ich dir ein Tatzerl davon.«

»Na sicher helf ich dir«, sagte Tom.

Eine knappe Stunde später stand Johanna mit roten Backen in ihrem Hütterl, das mit einer großen beleuchteten Sieben gekennzeichnet war. Toms Hütte hatte die Nummer 13. Insgesamt gab es 24 solcher Holzhütten, die im Kreis um einen riesengroßen Christbaum aufgebaut waren.

Der Weihnachtsmarkt, der einem Adventkalender nachempfunden war, war Teil des *Südburgenländischen Adventzaubers*, der an jedem der vier Adventwochenenden stattfinden sollte. Eine Idee des Tourismusdirektors.

Gleich beim Eingang gab es eine Christkindlwerkstatt, in der Kinder Kerzen ziehen, Christbaumkugeln bemalen und Orangen mit Gewürznelken spicken konnten.

Dahinter, in einem kleinen Gehege, befand sich eine lebende Krippe, in der sich Esel, Ziege und Schaf um eine Babypuppe scharten, die auf Stroh gebettet war. Die Tiere ließen es allerdings an Respekt fehlen und zupften begeistert Strohhalme unter dem Hintern des vermeintlich frischgeborenen Heilands heraus.

Friedlicher ging es bei der Krippenausstellung zu, die sich in einem Gebäude ganz hinten befand. Hier gab es auch eine Sammlung alter Spielsachen: Blechspielzeuge, Steckenpferde, Trommeln, Glasmurmeln und ein antikes Puppenhaus.

In diesem Saal sollte am dritten Adventsonntag auch die Prämierung der besten Weihnachtskekse stattfinden. Johanna hatte gute Chancen, den Wettbewerb zu gewinnen. Das fanden zumindest die Mitglieder des *Klub der Grünen Daumen*. Ein Verein, der von Johanna vor drei Jahren gegründet worden war, um Einheimischen und Zuagroasten Garten-Know-how, aber auch Wissenswertes zu Tradition und Handwerk näherzubringen.

Johanna blickte auf ihre Uhr. In wenigen Minuten würde der Weihnachtsmarkt offiziell seine Pforten öffnen. Die ersten Besucher strömten bereits herein. Johanna hob grüßend die Hand und winkte, als sie ihre Klubfreundinnen Vera, Mathilde und Isabella entdeckte.

Die drei Frauen verstanden sich bestens, obwohl sie unterschiedlicher nicht hätten sein können. Vera, dunkelhaarig, groß und oft in asymmetrische Teile gekleidet, die in der Stadt als Avantgarde und am Land als seltsam bezeichnet wurden, war Journalistin bei der Lokalzeitung. Sie war Alleinerzieherin einer 15-Jährigen und hatte lange in der Großstadt gelebt, bevor sie das Schicksal in das alte Bauernhaus ihrer Urgroßmutter verschlagen hatte. Ihre größte Stärke war ihr Recherchetalent. Ihre größte Schwäche war Tom. Der Tom mit der dicken Lippe, mit dem sie vor 20 Jahren eine Affäre gehabt hatte, die immer wieder aufgewärmt wurde. Was Ernstes wurde nie draus, was an Toms Bindungsparanoia lag, die er wie einen Schutzschild vor sich hertrug. Vera dachte, die Menschen am Land würden davon nichts mitkriegen, dass sie und der Tom das Pantscherl auf kleiner Flamme am Köcheln hielten. Das war freilich reines Wunschdenken. Am Land kriegten immer alle alles mit, was damit zu tun hatte, dass Geheimnisse unter dem Siegel der Verschwiegenheit sofort brühwarm dem oder der Nächstbesten weitererzählt wurden. Immer unter dem Motto: Von mir hast des net, aber hast schon g'hört?

Eine, die für ihre Klatschsucht berühmt war, war Mathilde. Eine liebenswerte, warmherzige Köchin, die sich gerne im Stil der Fifties stylte. Sie meinte es nicht böse, wenn sie über andere tratschte, sie tat es hauptsächlich deshalb, weil sie ihr eigenes Leben an der Seite ihres Künstlerfreundes Gerhard, der tagaus, tagein auf Metallteile eindrosch, sterbenslangweilig fand.

Isabella, die Dritte im Bunde, fand ihr Leben alles andere als langweilig. Die feingliedrige Kräuterpädagogin mit den raspelkurzen Haaren war Witwe und hochschwanger. »Das, was ich erlebt habe, würde ein Buch füllen«, pflegte sie zu sagen.

»Irgendwann, wenn ich Zeit habe, schreibe ich ein Buch über uns, was heißt eines, jede von uns kriegt dann einen eigenen Band«, pflegte Vera darauf zu antworten. Aber alle wussten, dass das niemals passieren würde, weil Vera viel zu beschäftigt war, um Bücher zu schreiben.

»Hier, nehmt euch was zu trinken«, sagte Johanna und griff nach einer großen Thermosflasche mit Tee. Die Blätter, Beeren und Blüten dafür hatte sie im Sommer selbst gepflückt und die Mischung dann mit Zimtrinde, getrockneten Uhudlertrauben und allerlei Gewürzen verfeinert.

»Ist da eh kein Alkohol drinnen?«, fragte Isabella.

»Keine Sorge«, sagte Johanna und dann zu Vera und Mathilde gewandt: »Wenn ihr beide was Härteres trinken wollt, müsst ihr zu den Punschhütten rüber oder zum Tom.« Sie deutete in Richtung Hütte Nummer 13, vor der sich bereits eine lange Schlange gebildet hatte.

»Vielleicht später«, sagte Vera, als sie ein taubenblaues, handgetöpfertes Häferl mit Johannas Tee entgegennahm.

»Der Tom ist ein bisschen lädiert«, sagte Johanna. »Schaut aus, als hätt er gestern a Rauferei gehabt.«

»Der Arme«, sagte Mathilde und machte ihr Erzähl-mir-mehr-Gesicht. Aber Johanna hatte leider nicht mehr zu erzählen, und Vera schien auch nicht zu wissen, mit wem und warum sich Tom gestern geprügelt hatte.

»Wir schauen dann zur Eröffnung vor, damit wir noch einen Platz kriegen«, sagte Isabella. Ihr Babybauch war schon kugelrund. Der dicke Fellmantel, den sie trug, ließ sich gar nicht mehr schließen, weshalb sie einen dicken Schal um ihre Leibesmitte gewickelt hatte. Sie trat von einem Fuß auf den anderen und massierte ihr Kreuz. Das Stehen schien sie anzustrengen. Isabella war auch hochschwanger lieber in Bewegung. Sie hatte so viel Energie in sich, dass sie lieber drei Sachen gleichzeitig machte, als nur herumzustehen.

»Ja, geht's nur«, sagte Johanna. »Ich seh' euch später.«

Es machte ihr nichts aus, an ihrem Stand zurückzubleiben und die Eröffnung zu versäumen. Da reden ohnehin nur die Großkopferten, dachte sie.

*

»Was heißt, der Bürgermeister ist noch nicht da?«, herrschte der Tourismusdirektor den Amtmann an. Seine Stimme war genervt und er machte eine große Show, als er auf seine Armbanduhr sah. Die Uhr war Vintage und auch wenn sie ob des Handaufzugs nicht sekundengenau war, war klar, dass sich der Bürgermeister bereits eine gute halbe Stunde verspätet hatte. »Wir können nicht länger warten, wir haben ein *ORF*-Team aus Eisenstadt da, die haben danach noch einen Dreh, die müssen gleich weiter zum *Weihnachtshaus* in Bad Tatzmannsdorf.« Der

Tourismusdirektor schnaufte und blickte sich ungeduldig um. Sein Blutdruck stieg in ungesunde Höhen.

Der Amtmann, ein schlaksiger Typ mit dünnem flachsblondem Haar, zuckte entschuldigend die Schultern. »Wir haben ihn Dutzende Male angerufen, aber er hebt nicht ab. Seine Frau auch nicht.«

»Herrgott, dann mach ich die Eröffnung alleine.« Der Tourismusdirektor stapfte wütend nach vorne.

Er stellte sich auf die Bühne, die eigentlich ein Tanzboden war. Winzige Tannenbäume in Töpfen standen zu seinen Füßen.

Hinter dem Tanzboden versuchte ein 20 Meter hoher Christbaum, seine Äste wieder in eine natürliche Position zu bringen. Der Baum war am Vortag geliefert und aufgestellt worden. Weil er tagelang fest in ein Netz eingerollt gewesen war, kamen seine Zweige nur langsam wieder in die ursprüngliche Wuchsrichtung zurück.

Neben dem Christbaum stand ein Pferdeschlitten. Es war gedacht, dass die Besucher hier später für Fotos posieren konnten, die sie idealerweise auch gleich auf Social Media teilten.

Noch war der Foto-Point allerdings mit einer grünen Zeltplane abgedeckt. Die Abdeckung sah sehr provisorisch aus.

»Das schaut nix gleich mit dem schiachen Plastik da drüber«, stellte Mathilde auch prompt kritisch fest. Sie hatte neben Isabella auf einer Holzbank in der ersten Reihe Platz genommen. Die Holzbank war mit Fellen belegt und eigentlich der Lokalprominenz vorbehalten.

Aber die Tatsache, dass Isabella schwanger war, hatte dafür gesorgt, dass man ihr den Platz angeboten hatte, und Mathilde hatte sich gleich daneben gequetscht. Vera hatte sich zu den Presseleuten gesellt. Sie hatte in der Menge den Fotografen des *Burgenländischen Boten*, Max Mustermann, entdeckt. Max' Aufgabe war es, möglichst viele der lokal anwesenden Prominenten abzulichten. Veras Aufgabe würde es sein, lobende Bildunterschriften zu verfassen. Das war leicht, denn die Protagonisten waren von Event zu Event immer dieselben: Politiker und Wirtschaftstreibende aus der Region, Künstler und Wirte, Sportler und Vereinsobmänner und -frauen.

Die Turmbläser stimmten ein weihnachtliches Lied an. »Es wird scho glei dumpa.« Tatsächlich dämmerte es bereits, als der Tourismusdirektor vortrat, um das Publikum zu begrüßen. Seine Rede begann wenig überraschend mit der namentlichen Aufzählung aller anwesenden Lokalprominenten. Darauf folgte ein Lobgesang auf das touristische Potenzial der Region, welches durch den *Südburgenländischen Adventzauber* einmal mehr gestärkt werden sollte. »Kunst, Kulinarik, Handwerk, Tradition – das Südburgenland ist eine Schatzkammer voll an Schätzen, die es zu entdecken gibt«, tönte der Tourismusdirektor.

»Des Plastikgraffl, tuats des Plastikgraffl weg«, zischte Mathilde vorlaut.

Der Mann blickte sich überrascht um. Dann fiel es auch ihm auf. Die Plane. Die Plane musste herunter. Wie würde denn das im Fernsehen aussehen, wenn da statt dem schönen Schlitten ein Plastiktrumm stand. Er nutzte das nächste Lied der Turmbläser, um dem Amtmann Anweisung zu geben, den Schlitten von der Abdeckung zu befreien. Der verstand sofort, sprang auf und entfernte den Stein des Anstoßes.

»Und nun ist der erste *Südburgenländische Adventzauber* feierlich eröffnet, er wird an allen vier Adventwochenenden stattfinden«, tönte der Tourismusdirektor ins Mikrofon. Er war stolz auf seine volle Stimme, die er in Dutzenden Rhetorikseminaren geschult hatte. Die Menschen klatschten. Der Applaus fiel aufgrund der vielen Handschuh- und Fäustlingträger etwas gedämpft aus. Und dann gingen Tausende Lämpchen, die an der Nordmanntanne befestigt waren, alle zugleich an.

Es war vollbracht. Der Markt war offiziell eröffnet. Der Tourismusdirektor war nun für das Blitzlichtgewitter bereit. Er blickte erwartungsvoll zu den Pressefotografen und Kameraleuten und setzte sein schönstes Lächeln auf. Aber die Meute ignorierte ihn.

Die Blicke, Kameras und Handys waren nicht auf ihn gerichtet, sondern auf den Pferdeschlitten, der durch die vielen Lichter des Baumes nun ebenfalls hell beleuchtet war. Und was man da sah, verhieß nichts Gutes. Zwischen den Kufen lag ein Mensch. Die Füße, die in dicken Maronibraterstiefeln steckten, zeigten Richtung Publikum.

»Ist das der Weihnachtsmann?«, fragte ein kleiner Junge begeistert.

»Hearst, es gibt keinen Weihnachtsmann, den hat *Coca-*

Cola erfunden, bei uns gibt's das Christkind«, herrschte ihn sein Opa streng an.

Der Tourismusdirektor trat näher an den Pferdeschlitten heran. »Das ist nicht der Weihnachtsmann«, sagte er mehr zu sich selbst als zu den anderen. Er hatte erkannt, wer dort lag. Und es wirkte nicht so, als ob dieser Jemand jemals wieder aufstehen würde.

KAPITEL 2 – MARLIES MURLASITS BEIM MUTTER-KIND-TURNEN

Marlies Murlasits hasste nichts mehr als das Mutter-Kind-Turnen. Sie fand, dass sie mit über 50 langsam zu alt für den Blödsinn war. Mutter-Kind-Turnen, so nannten die Polizeibeamten ihrer Abteilung, des Ermittlungsbereiches für Leib und Leben, das Einsatztraining, das fünf bis sechs Mal im Jahr in Eisenstadt abgehalten wurde und dafür sorgen sollte, dass die Beamten und Beamtinnen im Training blieben.

Nur, dass Marlies keine Jungmutter war, sondern im Wechsel. Erst war sie nur rund um die Mitte geworden. Ihr Bauch war gewachsen, und sie musste Omaunterhosen kaufen, damit es das alles z'sammhielt. Dann kamen die Gelenkschmerzen und die Vergesslichkeit. Und jetzt litt sie auch noch unter diesen grässlichen Hitzewallungen. Es war wirklich ein Kreuz mit dem Älterwerden.

Die erste Hitzewallung hatte sie schon auf der Fahrt zum LKA Eisenstadt gehabt. Ihr Vorgesetzter, Chefinspektor Franz Grandits, hatte den Wagen gesteuert. Der aktuelle Dienstwagen war ein *Skoda*. Für einen *VW*

Touareg oder einen *Audi* reichte ihre Gehaltsklasse nicht. Marlies war die Marke egal. Was ihr aber nicht egal war, war die Tatsache, dass das Heizgebläse des *Skodas* sie nonstop anzublasen schien wie ein Haarföhn. Das war Folter.

»Kannst du das bitte zurückdrehen«, stöhnte die Kontrollinspektorin. »Mich trifft der Hitzschlag.«

»Ich weiß nicht, was du hast. Es sind eh nur 19 Grad eingestellt«, gab Franz verwundert zurück, öffnete aber die Seitenfenster. Kalte Winterluft strömte ins Wageninnere. Die Zugluft passte Marlies aber auch nicht. Sie zog den Kopf zwischen die Schultern. Sie war so durchgeschwitzt, sie würde davon sicher ein steifes Gnack kriegen.

Ihre Laune war auf dem Tiefpunkt, als sie in Eisenstadt ankamen. Gut, dass zuallererst eine Übungseinheit »Lautes Schreien« angesetzt war. Schreien konnte Marlies gut, so gefrustet, wie sie heute war. »STEHEN BLEIBEN! POLIZEI!«, schrie sie, so laut sie konnte. Täteransprache muss laut und deutlich sein. Sie brüllte viel lauter und deutlicher als die jungen Kollegen. Sie hatte auch mehr Übung im Schreien als die Kids, die hinter der Spielkonsole statt im Wald aufgewachsen waren. »Die Armen haben einfach nie Räuber und Gendarm gespielt«, sagte Franz wie zur Bestätigung. Und Ehepartner und Kinder ham s' auch noch keine, dachte Marlies. Sie machte daheim schon ab und zu einen Brüller.

Nach einem Automatenkaffee – das Koffein brachte

Marlies' Blut leider erneut in Wallungen – ging es weiter mit dem Schießtraining.

Schießen übte Marlies auch ganz gern. Da musste man sich nicht allzu sehr bewegen. Doch heute waren die Bedingungen erschwert. Schießen bei schlechten Lichtverhältnissen mit Handschuhen stand auf dem Programm. Das fand Marlies dann wieder nicht so toll. Es war klar, dass man nicht nur bei strahlendem Sonnenschein Täter verfolgte, sondern auch im Finstern. Aber sobald sie die Handschuhe anzog, brach ihr sofort wieder der Schweiß aus. Die Haare klebten feucht an ihrem Kopf. Sie spürte, wie ihr Rücken feucht wurde und ihre Birne hochrot anlief.

»Alles in Ordnung?«, fragte Franz. Er wirkte heute besonders schneidig, was vielleicht an seinem neuen Style lag. Seit sein Haar immer dünner wurde, trug er es kürzer. Zum Ausgleich hatte er deswegen nun Haare im Gesicht. Einen gestutzten Bart, der nur um den Mund herum verlief. Bei vielen Männern sah so ein Bart affig aus. Aber dem Franz stand er wirklich gut.

»Alles in Ordnung«, sagte Marlies beschämt und versuchte, ihre Ziele zu treffen. Aber ihre Trefferquote war heute enttäuschend niedrig.

»Da werden wir wohl mehr trainieren müssen«, sagte der neue Ausbildner auch prompt, als er ihr das nur wenig durchlöcherte Blatt von der Zielscheibe reichte. Er redete in dieser dummen Wir-Form, die normalerweise nur Jungmütter und -väter gebrauchten. Von wegen: Wir gehen jetzt schon aufs Topferl.

Der Ausbildner ist selbst erst kürzlich dem Topferl entwachsen, dachte Marlies. Er war sicher noch keine 30 und Marlies las in seinen Augen, was er über sie dachte: »Die Oide bringts halt nicht mehr.« Vor Scham und Frust biss sie sich auf die Lippe.

Während der Mittagspause in der Kantine war sie einsilbig und pickte lustlos Putenstreifen von letscherten Salatblättern. Sie hätte auch lieber ein Surschnitzel oder Geröstete Knödel mit Ei gegessen wie die Kollegen. Geröstete Knödel waren Marlies' absolute Lieblingsspeise. Aber nach der Mittagspause stand das verhasste Mutter-Kind-Training an. Und die Nahkampfübungen waren auch ohne volle Wampe schwierig genug zu bewältigen. Eine Mischung aus Turnen und Boxen, bei der man jede Menge Griffe anwenden musste. »Bis ich mir die Griffe alle merke, bin ich in Pension«, pflegte Franz immer zu sagen. Aber das war Tiefstapelei. Franz beherrschte genug Griffe, um den Ausbildner zu beeindrucken, und außerdem war er dank des Life-Coachings, dem er sich im Sommer unterzogen hatte, mental und körperlich topfit.

Marlies fühlte sich hingegen wie ein gestrandeter Wal. Ihre Knie und Hüftgelenke knacksten bei den Drehungen. Sie verwechselte ständig die Griffe und außerdem vermutete sie, dass ihr Schweißgeruch mittlerweile im Raum deutlich wahrnehmbar war.

Sie sah, wie der Ausbildner stirnrunzelnd zu ihr herübersah und Notizen machte. Er war von der WEGA, einer Wiener Sondereinheit, ins LKA Burgenland gewechselt. Ob er überhaupt schon 30 war? Der Ausbildner trug einen Vollbart, und Bärte ließen Männer immer älter wirken.

Früher waren die bei der WEGA alle glatzert, jetzt haben s' alle einen Bart, dachte Marlies und fühlte sich gleich noch älter.

Der Mann beobachtete Marlies weiter. »Manche sind dem Täter halt immer einen Schritt hintennach«, sagte er in einem halblustigen Ton.

Marlies fand das kein bisschen witzig. Zu ihrem Erschrecken bemerkte sie, dass ihre Augen zu brennen begannen und sich mit Tränen füllten. Franz sah besorgt zu ihr herüber. Was war nur mit ihr los?

In der Pause zog sich Marlies auf die Toilette zurück und hielt Arme und Kopf unter die Wasserleitung. Dann versuchte sie, ihre Achseln mit feuchten Papiertüchern notdürftig zu reinigen. Sie blickte in den Spiegel und sah eine müde, fremde Frau mit strähnigen Haaren und hochroter Birne. Wer war diese Person, die ihr da entgegenblickte? Sie kannte diese Person nicht. Sie wollte diese Person nicht sein. Sie fing erneut zu weinen an. Immer heftiger, bis das Weinen in ein Schluchzen und dann in einen Schluckauf überging.

Marlies war nie ein sentimentaler Mensch gewesen. Der Gefühlsausbruch kam für sie komplett unerwartet. Was ist nur los mit mir? Ich verliere den Verstand, dachte sie. Reiß dich zusammen, Marlies. Sie musste wieder in ihre Stärke kommen. Du bist kein Opfer. »Ich bin kein Opfer!«, brüllte Marlies ihrem Spiegelbild entgegen, so laut sie konnte. Dann schnäuzte sie sich in ein Papiertuch und schaufelte einen weiteren Schwall kaltes Wasser ins Gesicht. Es half nichts. Sie musste zurück zum Einsatztraining.

Sie war die Letzte, die zurück in den Raum kam.

Der Kursleiter hatte bereits mit seinem Vortrag begonnen.

»Denken Sie immer an die 3-D-Philosophie. Dialog, Deeskalation und Durchsetzung.« Er blickte zu Marlies hinüber. »Und beachten Sie auch: Sie können nicht in Menschen hineinschauen. Man weiß ja nie, ob das Gegenüber Substanzen nimmt oder psychisch krank ist.«

Meint der mich?, dachte Marlies und merkte, wie es in ihrem Bauch zu brodeln begann.

»Ein Viertel aller Europäer entwickelt irgendwann einmal im Leben eine psychische Erkrankung, die behandelt werden muss«, fuhr der Mann fort.

Der meint mich. War er auf der Herrentoilette nebenan gewesen und hatte sie dort heulen und brüllen gehört?

»Wir werden jetzt einen Ernstfall simulieren«, sagte der Trainingsleiter. »Ich werde in den Keller hinuntergehen und einen Entführer mimen. Ich bin ein Gewaltverbrecher, der mehrere Zivilisten als Geiseln hält. Es hat einen Austausch gegeben. Zwei Geiseln gegen zwei Polizisten. Ihr kommt also paarweise mit eurem Partner runter und versucht, mich zu überzeugen, die restlichen Geiseln freizulassen.«

»Wie bei ›Haus des Geldes‹«, sagte ein junger Polizist begeistert.

»Ihr aus dem Süden fangt an«, sagte der Ausbildner und deutete auf Marlies und Franz. »Ich hoffe, ihr könnt mich überzeugen. Denkt immer daran: Ein guter Polizist muss immer auch ein guter Schauspieler sein. In zehn Minuten kommt ihr nach.«

Marlies und Franz kannten den Weg zum Keller. Sie waren beide seit Jahren beim Einsatzbereich der Abteilung für Leib und Leben, der intern »Bluatgruppen« genannt wurde, und hatten bei solchen Spielchen schon öfter mitgemacht.

»Wie findest du den neuen Ausbildner?«, fragte Franz. »Der ist ein bisschen übermotiviert, gell?«

Marlies nickte nur grimmig. »Ich hab heute wirklich keine Lust auf ein stundenlanges Theater«, sagte sie.

»Dann erschieß ihn halt gleich«, sagte Franz und lachte.

Der Vollbärtige öffnete die Kellertür für den vermeintlichen Austausch.

»Ah, die beiden Kollegen aus dem Süden. Dunkel is es hier. Aber das seid ihr eh gewöhnt. Habts ihr im Süden überhaupt schon a Elektrizität?«

Die alten Sticheleien zwischen Nord- und Südburgenländern. Marlies war nicht sicher, ob der Bärtige gerade als Ausbildner oder als Entführer zu ihr sprach.

»Aber nicht aus lauter Angst zu weinen beginnen«, sagte er und grinste Marlies an.

Jetzt reicht's, dachte diese. Franz' letzte Worte hallten noch in ihrem Kopf. Sie zog ihre Waffe, richtete sie auf den Bärtigen und drückte ab. Wieder und wieder und wieder.

Die Kugeln trafen die Brust des Mannes, die sich sofort blutrot färbte. Er schrie vor Überraschung und Schmerz auf, wich zurück, duckte sich und hielt schützend die Arme vor sich. An einen Gegenangriff war nicht zu denken. Er sah nichts. Auch seine Maske war komplett rot verschmiert. Marlies feuerte noch einmal auf ihn und noch einmal, bis das Magazin leer war. Es sah aus wie bei einem Massaker. Aber es war unerhört erleichternd. Als ihr Magazin leer war, drehte sie sich um und verließ mit hoch erhobenem Kopf den Keller.

Bei der Stiege hatte sie Franz eingeholt. Er fasste sie am Arm. »Marlies, was war das?«

Marlies ging unbeirrt weiter.

»Du hast ja gesagt, erschieß ihn!«

»Marlies, das war ein Scherz.«

»Der hat Glück gehabt, dass das nur Markiermunition war, der Trottel.«

»Stehen bleiben«, brüllte der Ausbildner, der ihnen nachgerannt war. Er hatte die Maske vom Kopf gerissen und wütend auf den Boden geworfen. »Was war das bitte, seid's komplett deppert worden?«

Marlies drehte sich um. »Wir im Süden verhandeln nicht mit Verbrechern.«

Franz versuchte, ernst dreinzuschauen, aber es gelang ihm nicht.

Marlies' Handy läutete. Sie blickte auf die Anrufkennung. »Das sind die Kollegen von daheim. Ich heb ab.«

»Was gibt's?«

»Waaas? Was ist los?«

»Wer?«

»Wie bitte, das darf ja nicht wahr sein!«

»Wir sind unterwegs.«

Sie legte auf.

»Was darf nicht wahr sein?«, fragte Franz.

Dass der Übungsleiter hinter ihnen noch immer keppelte wie ein Rohrspatz, ignorierten beide.

Marlies blickte ihren Kollegen an. »Der Bürgermeister ist tot! Sie haben ihn bei der Eröffnungszeremonie vom *Adventzauber* tot neben dem Christbaum gefunden.«

»Ja und?«

»Er ist zusammengeschlagen worden.«

»Weiß man, von wem?«

»Es wird gemunkelt, er hatte am Vorabend einen Wickel mit dem Dunkel Tom.«

KAPITEL 3 – DER AMTMANN UND DIE MUSCHELKRIPPE

Männliche Teichmuscheln geben ihren Samen in den Wintermonaten direkt in das Teichwasser ab. Durch das Filtersystem der Weibchen werden die Eier, die zwischen den Kiemen lagern, befruchtet. Im Frühjahr werden die Larven herausgespült und warten am Teichboden auf vorbeiziehende Fische, an deren Haut sie sich anheften. Die Wunde verheilt und die Larve wird eingekapselt. Nach einem Zeitraum von zwei bis zehn Wochen platzt die Kapsel und die inzwischen fertige Muschel wird von ihrem Wirtsfisch abgescheuert und beginnt ihr eigenständiges Leben.

Die Bezirksspurensicherer waren schon da, als Marlies und Franz im Südburgenland ankamen. Der Tatort war großräumig abgesperrt. Zwei uniformierte Polizisten, die ebenfalls vor Ort waren, hatten alle Hände voll damit zu tun, die Schaulustigen zurückzudrängen. Denn jeder der Besucher des Christkindlmarkts wollte einen Blick auf den toten Bürgermeister werfen und im Idealfall auch ein Handyfoto von und mit ihm machen. »Es ist wirklich eine Pest mit den depperten Mobiltelefonen«, fluchte Franz und schlug einem aufdringlichen Mann, der versuchte, ein Selfie mit Franz im Hintergrund zu machen, fast das Handy aus der Hand.

»Habt ihr seine Frau informiert?«, fragte Marlies. Das fehlte noch, dass sie aus *Facebook* erfuhr, dass ihr Mann tot war.

»Wollten wir, aber sie hebt nicht ab«, entgegnete einer ihrer Kollegen.

»Dann schickt einen Wagen hin«, ordnete Marlies an.

Ein anwesender Arzt hatte den Tod des Bürgermeisters zweifelsfrei bestätigt. Die genaue Todesursache konnte er aber nicht benennen. Da müsste man die Obduktion abwarten. Dass der Bürgermeister Verletzungen im Gesicht hatte, sah man auch als Laie. Die Lippe war blutig, ein Vorderzahn wackelte. Aber das hätte auch bei einem Sturz passiert sein können. Da müsse man wohl einen Gerichtsmediziner zurate ziehen.

Die Personalien der Anwesenden aufzunehmen war ein schwieriges Unterfangen. Auf dem Markt waren rund 800 Personen anwesend. Wo sollte man da anfangen? Wie sollte man die alle festhalten, und brachte das überhaupt was? Die uniformierten Beamten, die bereits vor Marlies und Franz vor Ort gewesen waren, waren heillos überfordert.

»Wie schaut's aus?«, fragte Franz und blickte sich am Tatort um. »Wir haben alles fotografiert und dokumentiert und jede Menge Tschickstummel und weggeworfene

Plastikschnapsglaseln eing'sackelt, aber mit Fußspuren sieht es schlecht aus. Erstens war rund um die Bühne und den Pferdeschlitten sowieso alles niedergetrampelt und dann hat es auch noch draufgeschneit. Wir untersuchen jetzt noch den Schlitten auf Fingerabdrücke«, sagte ihr Kollege von der Tatortgruppe.

Marlies nickte. Sie hatte die Hände in die Hosentaschen gesteckt und dachte nach.

Was hatte der Kollege am Telefon gesagt: »Eine Auseinandersetzung mit dem Dunkel Tom.«

Sie ging zu dem uniformierten Polizisten, der sie angerufen hatte, und fragte nach. »Von wem hast du den Hinweis, dass er gestern Streit mit dem Dunkel hatte?«

»Der Amtmann hat mir das gesteckt. Der Holper Gerli. Da drüben steht er.« Er zeigte zu einem schmalen blassen Mann mit lichtem Haar, der trotz der beißenden Kälte keine Mütze trug. Sein blondes Haar war sorgfältig gepflegt, und obwohl es bereits später Nachmittag war, hatte er das rosafarbene, glatt rasierte Aussehen von jemandem, der gerade aus der Dusche gekommen war.

Manche Menschen wirken immer wie frisch geduscht, dachte Marlies, die sich nach dem langen Tag in Eisenstadt verschwitzt und schmuddelig fühlte.

Marlies ging auf den Mann zu: »Herr Holper …«

»Ja«, der Amtmann zog den rechten Handschuh aus und reichte ihr die Hand. Die Hand war weich, die Fingernägel gepflegt und manikürt.

»Können wir uns kurz unterhalten? Vielleicht da drinnen?« Sie deutete auf das Gebäude mit der Krippenausstellung. »Franz, kommst du mit?«

Ein paar Minuten später saßen die drei im Warmen, umgeben von unzähligen Kunstwerken, die alle der Niederkunft der Heiligen Mutter Maria gewidmet waren. Marlies zog ihre Jacke und ihren Pullover aus, wischte sich den Schweiß von der Stirn und betrachtete das göttliche *Minimundus*, das sie umgab. Wie unterschiedlich die verschiedenen Künstler den Stall, in dem der Heiland geboren worden war, sahen. Vom einfachen Schuppen, der aus Rindenstücken zusammengeklebt war, über diverse Puppenhäuser bis zu einem Palast aus Muscheln, der sie eher an die Comicserie »SpongeBob« als an Bethlehem denken ließ, war hier alles vertreten.

»Also, Herr Holper, Sie haben meinem Kollegen von einem Streit zwischen dem Bürgermeister, Herbert Zapfel, und dem Ginproduzenten, Thomas Dunkel, erzählt. Wann hat sich dieser genau zugetragen?«

Der Amtmann strich sich durch sein sandfarbenes Haar. »Das war gestern, gestern am Abend, so gegen 18 Uhr. Wir haben die letzten Details besprochen und alle noch Uhudlerglühwein getrunken hinter dem Stand vom Tom. Und dabei ist es dann ein bisschen ›feuchtfröhlich‹ geworden, wenn Sie wissen, was ich meine.«

»Warum hinter dem Stand und nicht vor der Hütte?«, fragte Marlies.

»Wegen der Wärmelampen«, erklärte der Amtmann. »Der Tom hatte solche Infrarot-Schwammerl eingeschaltet, damit wir nicht frieren müssen. Aber er wollte die nicht vor dem Stand aufstellen, weil dann dort der Schnee weggeschmolzen wäre und die Besucher anderntags im Gatsch gestanden wären. Es ist doch so selten, dass es bei uns im Südburgenland um diese Jahreszeit schneit. Bis Weihnachten taut alles wieder weg. Und meistens kommt der Schnee dann erst zu Ostern …«

»Ich verstehe«, unterbrach ihn Franz. »Bleiben wir mal bei den Fakten. Wer ist ›wir‹? Also, wer war da alles dabei bei diesem feuchtfröhlichen Umtrunk?«

»Das kann ich Ihnen genau sagen«, gab der Amtmann dienstbeflissen zurück. »Also zunächst natürlich der Herr Bürgermeister und der Tom, dann die beiden Damen aus dem Rathaus, die Großschädel Elfi und unsere neue junge Kollegin, die Caro Karner-Beiglböck.« Er machte eine kurze Pause. »Am Anfang waren auch noch Burschen von der Feuerwehr dabei. Die, die den Baum aufgestellt haben. Der Toni, der Manfred und der Pedda. Der Tourismusdirektor und seine Frau waren auch da, aber die sind ebenfalls schon früher gegangen. Die Caro ist auch schon vorher mal weg.«

»Vorher, was meinen Sie mit *vorher*?«, unterbrach Marlies.

»Es war ganz seltsam«, sagte der Amtmann. »Wir kennen, pardon, kannten ja alle unseren Herrn Bürgermeister. Und wir wissen, dass er so ein freundlicher und sozialer Mensch ist. Und der Dunkel Tom. Der ist halt ein typischer Wirt. Also auch einer von der entspannten, lebenslustigen Sorte. Aber gestern Abend, da ist die Stimmung irgendwie gekippt. Nachdem die

Caro gegangen ist, so nach der zweiten Runde muss das gewesen sein, ist der Bürgermeister kurz weg gewesen. Vermutlich musste er austreten. Und die Toilettenwägen sind ja doch ein Stück weit hinten. Kurz darauf ist der Dunkel Tom dann auch zu den Toiletten gegangen. Jemand hat gesagt, er könne ja auch in die Büsche pinkeln. Aber der Tom hat ihm nur den Vogel gezeigt. Das sieht man ja im Schnee. Gelber Schnee, wie sieht denn das aus? Er ist dann weg und wir haben uns Pinkelwitze erzählt. Kennen Sie den …

Woran erkennt eine Frau, dass ihr Mann heimlich Viagra nimmt?

Er trifft beim Pinkeln immer die Deckenlampe!«

Er lachte meckernd und blickte die beiden Beamten Beifall heischend an.

»Nein, den kenn ich nicht. Aber ich kenn einen anderen«, sagte Marlies trocken.

»Gott sagt zu Adam und Eva: ›Ich habe zwei Dinge für euch. Einmal die Fähigkeit, im Stehen zu pinkeln …‹

Adam unterbricht Gott: ›Das will ich. Das will ich!‹

Gott: ›Also gut, so sei es.‹

Eva: ›Und was bekomme ich?‹

Gott: ›Ein Gehirn.‹«

Franz konnte sich ein Grinsen nicht verkneifen.

Der Amtmann starrte Marlies an. »Äh ja, der ist auch gut!«

»Können wir jetzt bitte beim Thema bleiben?«, fragte Marlies. »Wie ist es dann weitergegangen?«

»Dann ist der Bürgermeister zurückgekommen«,

erzählte der Amtmann. »Wir wollten noch eine Runde, aber der Tom war noch nicht zurück, also haben wir uns selber noch eine Runde Uhudlerglühwein eingeschenkt. Es war eh klar, dass der Bürgermeister alles bezahlen würde.«

»Eh klar«, echote Franz.

Mit Steuergeldern, dachte Marlies, aber zumindest blieben die Steuergelder in der Region.

»Der Tom kam dann zurück, und wie er uns da trinken gesehen hat, ist er super grantig geworden. Ich hab mich sofort dafür entschuldigt, dass wir uns selber bedient haben. Ich hab nicht gewusst, dass das so ein Drama ist, aber die Stimmung war dahin. Der Tom hat die Runde dann aufgelöst.«

»Wie spät war es, als der Dunkel Tom die Runde aufgelöst hat?«

»Da muss es circa 20 Uhr gewesen sein. Ich weiß das ziemlich sicher, weil ich auf meine Smartwatch geschaut habe und die ist da in den Feierabendmodus gegangen. Ich bemühe mich immer um regelmäßige Ruhephasen, in denen ich offline bin – wobei ich die natürlich nicht immer einhalten kann …«

»Wann war nun dieser Wickel?« Franz wurde langsam ungeduldig und begann zu schnaufen. Das war typisch Franz. Andere begannen in diesem Gemütszustand mit den Fingern zu trommeln. Franz schnaufte.

»Das wollte ich ja gerade erzählen.« Der Amtmann wirkte beleidigt. »Wir haben uns verabschiedet und sind alle in unterschiedliche Richtungen gegangen. Mein

Auto ist nämlich nicht auf dem Parkplatz gestanden, sondern hier hinter dem Gebäude. Sie müssen wissen, ich mache bei der Krippenausstellung mit. Und da war es näher mit dem Ausladen. Diese Objekte sind ja sehr filigran. Hier. Das ist meine. Diese mit den Muscheln.« Er deutete auf den Meerespalast. »Gefällt sie Ihnen? Ich habe mich in Lignano inspirieren lassen. Da fahre ich seit Jahren jedes Jahr hin. Dort haben solche Muschelkrippen Tradition.«

»Lignano ist wie Salzburg oder Rom, das geht immer«, stellte Marlies freundlich fest.

»Können wir bitte beim Thema bleiben«, schnaufte Franz und schlug mit der Hand auf den Tisch mit den Ausstellungsstücken, sodass die Muschelkrippe bebte.

Der Amtmann erschrak und zuckte zusammen. Er warf einen furchtsamen Blick auf sein Kunstwerk und fuhr dann mit seiner Geschichte fort.

»Also wir sind alle aufgebrochen, ich war schon bei meinem Auto. Da ist mir aufgefallen, dass ich meinen Schal vergessen habe. Er war ein Weihnachtsgeschenk von einem lieben Bekannten. Kaschmir. Sie wissen, das ist teuer, aber es hält viel wärmer als normale Wolle und kratzt nicht. Ich hatte meinen Schal abgenommen, weil es unter den Heizschwammerln ohnehin so warm war …«

Er drohte schon wieder abzuschweifen, aber Franz sah ihn so drohend an, dass er wieder zur Ursprungsstory zurückkehrte.

»Auf jeden Fall hole ich meinen Schal, und wie ich über

den Platz zurückgehe, sehe ich, dass da der Dunkel und der Bürgermeister stehen und über irgendwas hitzig diskutieren. Sehr hitzig. Es wirkte bedrohlich.«

»Und dann?«, fragte Marlies.

»Ich war etwa 20 Meter entfernt. Ich habe rübergerufen, ob alles okay ist? Und beide haben zurückgeschrien, dass eh alles passt. Der Bürgermeister hat noch gesagt, ich seh dich morgen, Gerli.«

Er wischte sich mit der Hand über das Gesicht, als wollte er die Erinnerung wegfegen.

»Und dann bin ich heimgefahren. Ich mach mir solche Vorwürfe, dass ich nicht geblieben bin. Wer hätte sich gedacht, dass das so ausgeht? Dass das das letzte Mal war, dass ich mit ihm gesprochen habe … Als ich ihn das nächste Mal gesehen habe, war er tot.« Seine Stimme bebte.

»Entschuldigen Sie bitte, die Nerven. Wir arbeiten schon die ganze Legislaturperiode zusammen. Er steht, also er stand mir schon sehr nahe, der Herr Bürgermeister …«

Irgendetwas schien den Amtmann noch zu bedrücken. »Sie werden dem Tom doch nicht sagen, dass ich ihn quasi belaste? Nicht, dass er sich an mir rächt.«

In der nächsten Sekunde war ein markerschütternder Schrei zu hören. So laut, dass man es sogar durch die geschlossenen Fenster des Ausstellungsgebäudes hörte.

»Herbert«, kreischte eine Frau und dann noch einmal, »Herbert! Ist er tot? Ist er tot?«

Franz sprang auf und ging zum Fenster.

»Wer ist das?«, fragte er mehr zu sich selber.

»Das«, sagte der Amtmann hölzern, »das ist die Frau Bürgermeister.«

KAPITEL 4 – DIE FRAU BÜRGERMEISTER

Die Lebenszyklen der Stechmücken können je nach Geschlecht unterschiedlich lang sein. Begattete Weibchen vieler Anopheles-Arten sowie die Gattungen Culex und Culiseta überwintern an kühlen, feuchten und geschützten Stellen, beispielsweise in Kellern, Höhlen oder Viehställen. Die Männchen sterben allerdings im Herbst.

Franz und Marlies stürmten ins Freie. »Was ist denn da los«, zischte Marlies den beiden uniformierten Kollegen zu. »Warum bringt ihr sie her?«

»Wir haben sie nicht hergebracht. Sie hat sich nicht aufhalten lassen. Sie ist zu ihrem Wagen gestürmt und ist selber hergefahren. Was heißt gefahren, gerast ist sie. Wie eine Irre! Und das bei dem Glatteis. In einem verdammten Sportcabrio. Wir sind ihr kaum nachgekommen. Eigentlich müssten wir sie jetzt wegen Raserei am Steuer anzeigen.«

»3-D-Taktik. Dialog, Deeskalation und Durchsetzung. Wir schauen besser, wie wir die Situation deeskalieren«, sagte Franz, der noch ganz im Modus der Eisenstädter Schulung war.

»Frau Zapfel.« Er trat näher und berührte die Gattin des Bürgermeisters, die schluchzend vor dem Pferdeschlitten zusammengebrochen war, sanft am Ellenbogen. Der Bürgermeister war von den Tatortsicherern mit einer sterilen Plane zugedeckt worden, aber das machte seinen Tod noch realer.

»Ich will ihn sehen«, beharrte die Frau des Bürgermeisters.

Marlies nickte Franz zu. Der lüftete den rechten Zipfel der Plane, was ein weiteres Wehgeschrei der Frau zur Folge hatte. »Mein Herbertbärli. Wurde er niedergeschlagen? Wer hat ihm das angetan, was ist passiert?«

»Das versuchen wir gerade herauszufinden, Frau Zapfel. Wollen wir nicht in das Gebäude da drüben gehen? Möchten Sie etwas trinken?« Marlies überlegte. In einem britischen Krimi hätte man der Frau jetzt Tee mit Milch und zwei Stück Zucker angeboten und auf dessen nervenberuhigende Wirkung gesetzt. Aber auf dem *Südburgenländischen Adventzauber* gab es keinen Earl-Grey-Tee, nur Uhudlerglühwein, heißen Apfelmost und Gin. Apropos Gin, den Dunkel würde sie sich als Nächstes vorknöpfen. Die Kollegen passten inzwischen auf ihn auf.

Während Franz die Frau des Bürgermeisters in den Raum mit den Weihnachtskrippen führte, ging Marlies zu Johanna und erbat sich eine Tasse Kräutertee. Diese war bereits mit dem Wegräumen ihrer Waren beschäftigt. »Der Markt wird wohl an diesem Wochenende geschlossen bleiben«, mutmaßte Johanna.

»Sieht ganz so aus«, sagte Marlies. »Es tut mir leid für dich«, sagte sie. Sie wusste, dass der Markt für Johanna eine wichtige Einnahmequelle war.

»Das muss dir nicht leidtun, alles, was mit Geld zu tun hat, ist kein Unglück. Wenn jemand stirbt, das ist ein Unglück«, sagte Johanna schlicht.

Marlies musste ihr recht geben.

Sie kehrte mit dem Tee zu Franz und der Bürgermeistergattin zurück und stellte diesen vor der Frau hin. Diese nickte dankend.

Marlies setzte sich und beobachtete Anneliese Zapfel, wie diese die Tasse zum Mund führte und trank. Der Mund faszinierte sie. Er war voluminös wie ein Schlauchboot und die Mundwinkel waren hochgezogen wie beim *Joker*.

Die Wangenpartie von Anneliese Zapfel war ungewöhnlich straff, wesentlich straffer als ihr Hals und ihre Hände, die von Leberflecken übersät waren. Auch die Partie rund um die Augen wirkte starr. Die Augenbrauen saßen höher als bei anderen Menschen und gaben der Dame den Ausdruck einer erstaunten *Minnie Mouse*.

Marlies bemühte sich, weniger auffällig zu starren, und machte sich stattdessen ihre Gedanken. Anneliese Zapfel war wohl mehrmals in die Hände eines fragwürdigen Beauty-Docs gefallen. Das Paradoxe war, dass sie zwar faltenfrei, aber nicht jugendlich wirkte. Tatsächlich war ihr Alter gar nicht mehr zu erraten. Sie konnte 45 sein oder auch 65. Sie sah einfach nur »gemacht« aus.

Marlies blickte auf die Notizen, die sich Franz gemacht hatte. Da standen ihre Personalien und ihr Geburtsdatum.

Sie war 56 Jahre alt, rechnete Marlies nach. Genauso alt wie ihr Gatte, der verstorbene Bürgermeister.

Anneliese Zapfel nahm ihre Mütze ab. Ihr Haar war lang, lockig und rot getönt. Marlies suchte am Ansatz nach grauen Haaren, fand aber keine. Sie selber musste ihren Ansatz regelmäßig nachfärben. Wie seltsam, dass man sich als Frau immer mit anderen Frauen verglich und in Relation stellte, dachte sie, während ihr Blick über den kurvigen, wohlproportionierten Körper der Frau wanderte, der in einem engen Wollkleid steckte.

Franz hatte schon mit der Befragung begonnen. »Frau Zapfel, wann haben Sie Ihren Gatten zum letzten Mal gesehen?«

»Gestern war das«, sagte diese. »Gegen 16 Uhr. Er sagte, er müsse los, zu einer Vorbesprechung wegen des *Adventzaubers.*« Sie schniefte. An ihren stark getuschten langen Wimpern hing plötzlich ein Tropfen. Die Frau blinzelte den Tropfen weg, wodurch dieser auf die Wangen fiel und dort eine dunkle Spur hinterließ.

Marlies blickte die Frau prüfend an.

»Ihr Mann ist danach nicht nach Hause gekommen, haben Sie ihn nicht vermisst?«

»Er hat gesagt, er würde in unserem Kellerstöckl übernachten. Das liegt günstig. Man muss ja als Bürgermeister doch immer wieder mittrinken. Und das Kellerstöckl ist nur einen Katzensprung von hier entfernt.«

»Ah, über den Promilleweg. Das hamma schon gerne. Da ist die Chance, dass man von der Polizei aufgehalten wird, geringer«, sagte Franz süffisant.

»Genau«, sagte Anneliese Zapfel.

Sie fuhr sich mit dem Handrücken über das feuchte Gesicht, griff dann nach ihrer Tasche und nahm eine E-Zigarette heraus. »Darf ich bitte? Es stinkt eh nicht. Ich ›heate‹.«

Marlies nickte geistesabwesend.

Anneliese begann gierig an dem Plastikmundstück zu saugen. »Es ist nur Nikotin, das ist nicht schädlich. Aber es beruhigt mich.«

»Und heute, haben Sie sich nicht gewundert, warum Sie nichts von Ihrem Mann gehört haben? Haben Sie gar nicht versucht, ihn zu kontaktieren?«, forschte Franz weiter.

»Das habe ich«, sagte Anneliese. »Gegen Mittag. Ich habe ihm geschrieben, dass ich ihn wohl am Abend sehe und dass ich jetzt nach Ungarn zur Thaimassage fahre. Hier, schauen Sie.« Sie zeigte den Beamten ihr Handy. »Danach habe ich mein Handy ausgeschaltet.«

»Sie fahren nach Ungarn zur Thaimassage.«

»Ja, der Salon befindet sich gleich hinter Rechnitz. Zwei waschechte Thailänderinnen. Die massieren vierhändig. Sie lachen zwar, während sie massieren, was etwas befremdlich ist. Man hat irgendwie das Gefühl, dass sie einen auslachen, aber dafür kostet es nur 40 Euro.«

Eine sprunghafte Frau, dachte Marlies. Eben noch hatte sie draußen einen halben Nervenzusammenbruch, und jetzt sitzt sie hier und macht Werbung für ungarische Thaimassagen.

»Ich nehme an, die beiden heiteren Masseusen können bestätigen, dass Sie heute dort waren?«, sagte Franz fragend.

Anneliese Zapfel nickte eifrig. »Freilich können die das.«

Marlies räusperte sich: »Wo waren Sie gestern Abend und in der Nacht?«

»Verdächtigen Sie etwa mich, etwas mit dem Tod meines Mannes zu tun zu haben?« Anneliese Zapfel fuhr empört hoch.

»Das haben jetzt Sie gesagt«, entgegnete Franz. »Für uns ist das eine reine Routinefrage.«

»Ich war natürlich zu Hause! Alleine«, fügte sie ungefragt hinzu.

»Sie waren am Nachmittag telefonisch nicht erreichbar.«

»Ich habe Bäume gepflanzt.«

»Jetzt, im tiefsten Winter?«, fragte Marlies entgeistert. »Es ist doch alles gefroren.«

»Auf dem Handy«, sagte Anneliese. »Es gibt da eine App. Zur Entschleunigung. Sie heißt ›Forrest‹, da pflanzt man virtuelle Bäume und darf während dieser Zeit sein Handy nicht angreifen, sonst stirbt der Wald.«

Sachen gibt's, dachte sich Franz und überlegte, ob die Frau ihn pflanzen wollte.

»Und was haben Sie gemacht, während Sie auf dem Handy Bäume gepflanzt haben?«, fragte er deshalb ironisch.

Anneliese lächelte kokett. »Ich habe an meiner neuen Novelle geschrieben.«

»Sie sind Schriftstellerin?«

»Selfpublishing. New Adult und Romance.« Sie lächelte stolz. »Mein Buch ›Verdorbene Begierde‹ wurde als E-Book über 1.000 Mal runtergeladen.«

Marlies griff zu ihrem Handy und googelte den Titel. Auf dem virtuellen Cover strahlte ihr ein Muskelprotz entgegen, der eine spärlich bekleidete Schönheit an seinen nackten Oberkörper zog.

»Da steht aber, das hat eine gewisse Hillary Mayor geschrieben«, stellte sie fest.

»Das ist mein Pseudonym«, sagte Anneliese. »Das ist in diesem Genre üblich. Meine Bücher sind doch etwas …« Sie machte eine kunstvolle Pause und sah den Beamten tief in die Augen: »Nun sagen wir … pikant. Da wäre Anneliese Zapfel nicht so passend gewesen.«

Sie blickte auf ihre Nägel, die lang und spitz gefeilt waren und rosa-silbrig schimmerten.

»Entschuldigen Sie, ich habe noch immer nicht realisiert, dass er tot ist.«

Im nächsten Moment begann sie heftig zu weinen. Weil sich ihr Gesicht ob all der Schönheitseingriffe dabei kein bisschen verzog, sah es grotesk aus. »Mein Herbertbärli«, wimmerte sie. »Mein Herbertbärli.«

Als Marlies und Franz die Gattin des Bürgermeisters hinreichend beruhigt und nach Hause geschickt hatten, genehmigten sie sich erst einmal heiße Kartoffelpuffer und je eine große Tasse Kinderpunsch. Die Erdäpfelpuffer waren fettig und gut geknofelt. Der Kinderpunsch bestand vor allem aus Orangensaft, Zucker und Gewürzen. Beides war heiß und stärkte. Und mit leerem Magen kann man nicht denken, sagte Franz. Und Marlies gab ihm recht.

Dieserart gestärkt marschierten die beiden Beamten zum Stand vom Dunkel Tom, der pfeifend saubere Gläser in ein Regal schlichtete. Vor dem Stand standen zwei Uniformierte, die dafür sorgen sollten, dass der Verdächtige nicht flüchtete. Allerdings sah der Gläser schlichtende Wirt keineswegs so drein, als ob er vorhätte zu flüchten.

»Tom, wir müssen mit dir reden«, kam Marlies gleich zur Sache. »Das dachte ich mir«, sagte Tom und schlichtete weiter.

»Warum denkst du dir das?«, fragte Franz.

»Weil der Bürgermeister und ich uns gestern in die Goschn g'haut haben.«

»Und warum habt ihr euch in die Goschn gehaut?«

»Wenn ich das heut nur noch wüsst«, sagte Tom und hielt ein Glas prüfend gegen das Licht. Es war bereits stockdunkel und das Licht war nur eine Glühbirnenkette mit Rentieren. Insofern machte er das wohl eher aus Gewohnheit.

»Tom, der Bürgermeister ist tot!«

»Der Bürgermeister ist tot, aber ganz sicher nicht wegen mir. Das weiß ich ganz genau, weil er nach der Rauferei noch im Schnee gesessen und mich beschimpft hat wie ein Rohrspatz«, sagte Tom.

»Vielleicht hast du ihn bewusstlos geschlagen, und er ist erfroren.«

»Ich hab ihm in die Goschn g'haut, net auf den Schädel. Davon wird man nicht bewusstlos«, sagte Tom. »Das werden eure schlauen Gerichtsmediziner auch rausfinden. Außerdem hat er angefangen.«

»Womit angefangen?«, fragte Marlies leicht genervt. »Jetzt red schon.«

»Kann mich nicht mehr genau erinnern, wir waren beide blunznfett. Er hat mich beleidigt, ich hab ihn beleidigt, er hat mich geschubst, ich hab ihn geschubst. Er hat mir eine aufgelegt und ich ihm eine. So was passiert auf jedem Zeltfest, auf jedem Kirtag, auf jedem Weihnachtsmarkt.«

Marlies musste ihm insgeheim recht geben. So was passierte tatsächlich überall dort, wo gesoffen wurde. Und gesoffen wurde im Südburgenland überall.

Sie überlegte, ob sie Tom festnehmen sollte, aber die Beweislage war reichlich dünn. Kein Staatsanwalt würde ihr dafür einen Haftbefehl ausstellen.

Der Amtsarzt hatte bis auf die geplatzte Lippe und den lockeren Zahn keine weiteren äußeren Verletzungen diagnostiziert. Andererseits war Tom der einzige Verdächtige und wohl auch der Letzte, der den Bürgermeister lebend gesehen hatte.

»Schaut's, Leute«, nahm Tom ihr den Wind aus den Segeln, »eure Burschen von der Tatortsicherung haben schon meine DNA und meine Fingerabdrücke genommen. Euer Gerichtsmediziner aus Graz wird mich entlasten, weil ich mit dem Tod von dem Typen nichts, aber auch gar nichts zu tun habe. Aber vermutlich fühlt's ihr euch besser, wenn ich heute bei euch schlafe. Vor lauter Angst, dass ich flüchten könnt und ihr dann einen Anschiss aus Eisenstadt kriegts, tuts ihr zwei sonst sicher kein Auge zu. Also biete ich euch an, heut Nacht mit auf euer Revier zu kommen. Heißt das überhaupt Revier? Ich hab gehört, der Kaffee bei euch ist erstklassig.« Er zwinkerte Marlies zu und blickte ihr tief in die Augen. »Aber nur, weil du eine Freundin von der Vera bist.«

Marlies lief rot an. Sie wusste nicht, was sie sagen sollte. Einen Verdächtigen, der sich freiwillig über Nacht einsperren ließ, so was hatten sie in Oberwart noch nie gehabt.

»Tu net so großzügig. Wir hätten dich sowieso auf die KAAST[*] mitgenommen«, sagte Franz auch prompt. »Das muss erst mal bewiesen werden, dass du unschuldig bist.«

»Klar bin ich unschuldig«, sagte Tom und stellte das letzte polierte Glas zurück ins Regal. »Ich bin zwar a Halawachl[**], aber ka Mörder.«

---

* Landeskriminalamt Außenstelle

** leichtsinniger, unzuverlässiger Mensch. Von tschechisch »halama« (= Schlingel) oder »Holomek« (= Bengel)

KAPITEL 5 – DER GARTENKLUB LÄSST GRAMMELN AUS

Junge Hummelköniginnen verschlafen den Winter unter dichten Moospolstern in der Erde. Ein selbst produziertes »Frostschutzmittel« schützt sie vor Kälte bis zu minus 19 Grad. Zudem haben sie sich Fettreserven angelegt und ihre körpereigene Honigblase gefüllt.

»Jetzt ist der Halawachl* auch noch ein Mörder«, sagte Hilda und schüttelte ihren Kopf. Ihre stufig geschnittenen grauen Haare flogen entrüstet hin und her.

»Dass ich das auf meine alten Tage noch erleben muss. Mein Probeschwiegersohn ein Mörder.«

»Also erstens ist es aus zwischen dem Tom und mir, und zweitens ist er kein Mörder. Er ist da sicher nur zufällig reingeraten«, sagte ihre Tochter Vera bestimmt.

»Ha, zufällig!«, beharrte Hilda. »Der Halawachl geht überall um wie das schlechte Geld!«

»Außerdem habts ihn doch festgenommen.« Hilda zeigte auf Marlies. »Nicht wahr, er ist mit euch mit? Die

* leichtsinniger, unzuverlässiger Mensch. Von tschechisch »halama« (= Schlingel) oder »Holomek« (= Bengel).

Frau Fuith hat euch auf dem Markt gesehen. Ihr habt ihn in eurem Auto weggebracht.«

Wie immer hatten die burgenländischen Buschtrommeln ganze Arbeit getan.

»Mir hat die Marlies erzählt, er sei freiwillig mitgegangen«, protestierte Vera.

»Das war vielleicht ein Trick«, stellte Hilda misstrauisch fest. »So auf unschuldig tun. Kennst du nicht das Märchen vom Wolf im Schafspelz?«

Marlies ergriff das Wort: »Ich darf mit euch wirklich nicht über laufende Ermittlungen reden …«

»Wir wollen ja nur wissen, was passiert ist«, hakte Hilda beharrlich nach.

»Mama! Jetzt lass sie in Ruhe«, mischte sich Vera ein.

Marlies nickte ihr dankbar zu.

»Konzentrieren wir uns lieber auf unser heutiges Klubtreffen. Du wolltest uns doch zeigen, wie man Grammeln macht, Mama.« Vera versuchte, ihre Mutter abzulenken.

Hilda war heute zu Gast bei Johannas *Klub der Grünen Daumen*, weil sie einer Generation angehörte, die noch wusste, wie man Grammeln herstellt. Und als Draufgabe wollte sie auch noch das Rezept ihrer berühmten Grammelpogatscherl teilen.

Eigentlich befasste sich der *Klub der Grünen Daumen*, der von Johanna gegründet worden war, vorrangig mit Gartenthemen und Wildkräutern. Ab und zu stand aber auch Wissenswertes zu Tradition, Handwerk und Kulinarik auf dem Programm.

Johannas Hofladen war eine Mischung aus Bauernladen und Gemischtwarenhandlung. Johanna verkaufte neben Brot, Fleisch, Milch, Eiern und Gemüse von lokalen Produzenten auch das, was ihr selbst gefiel. Handgesiedete Seifen, mit Pflanzenfarbe gefärbte Schafwolle, lokale Keramik und handgemachte Rosshaarbesen, buntes Geschirr und Tischtücher aus Bauernleinen und dazu jede Menge Kramuri. Zur Jahreszeit passend gab es aktuell viel Winter- und Weihnachtliches: dicke Bienenwachskerzen, Türkränze aus Tannenreisig, die mit getrockneten Beeren und Nüssen verziert waren, Adventkalender mit Retrobildchen und originelle Keksausstecher. Die Umsätze in Johannas Hofladen hielten sich in bescheidenen Grenzen, aber sie fühlte sich trotzdem reich, auch wenn andere das nicht verstanden. »Man ist glücklich, wenn man ein bisschen mehr hat, als man braucht, und wenn man nicht so viel hat, muss man halt ein bisschen weniger brauchen«, war Johannas Motto, und damit war sie ihr Leben lang gut gefahren.

»Sind wir vollständig?«, fragte Johanna und blickte in die Runde. Vera und Hilda, Mathilde die Köchin, Mizzi die Altbäuerin, Grete die »zuagroaste« Künstlerin und Marlies die Kriminalbeamtin waren zum Grammelworkshop gekommen. Die hochschwangere Isabella hatte heute »ausgelassen«. »Ich bin aktuell so geruchsempfindlich«, hatte sie erklärt. Und geruchsempfindlich darfst beim Grammelauslassen wirklich nicht sein. Denn heißes Schweineschmalz riecht nun mal nach Schweineschmalz.

»Jo mei, Grammeln«, strahlte die Altbäuerin Mizzi. Ihre Apfelbäckchen, die mit einem feinen Netz geplatzter Äderchen überzogen waren, leuchteten. »Mir hom uns friacha a imma Farln huam tan und großzougn. Uas homma in Fruihjohr ogstochn und des aundari im Herbst. Hot si hoit guid ausgehn miassen fias Gsölchte fiar Ostern und Weihnochtn.«*

»Wo habt ihr die Ferkeln hergeholt?«, fragte Vera.

»Aus Neckenmarkt. I bin oft mit mein Papa mit auffigfoarn. Des wor oft a wüde Vahaundlerai, weil dei Farln san hoid jeds Johr teira wurn.«**

»Früher hielten sich im Burgenland viele Familien ein paar Schweine für die Selbstversorgung«, erklärte Johanna. »Heute sind Hausschlachtungen untersagt. Eine Hofschlachtung ist nur möglich, wenn der Bauer einen eigenen Schlachtraum am Hof hat. Der Neubau eines Schlachtraumes kostet aber meist über 100.000 Euro. Das ist für einen Nebenerwerbsbauern unleistbar.«

»Meine Urlioma hielt früher auch Schweine«, erzählte Vera. »Da wurde alles verwendet. Nicht nur die Gustostückerl. Aus der Schwarte, dem Schwanzerl, den Schweinshaxen und dem Sauschädel wurde Sulz gekocht und eingerext. Aus den Knochen hat sie Suppe gemacht. Und aus dem Fett gewann man Grammeln und Schmalz. Da

* Ja mei, Grammeln. Wir haben uns früher auch immer Ferkeln heimgenommen und groß gezogen. Eines haben wir im Frühjahr abgestochen und das andere im Herbst. Es hat sich halt (zeitlich) gut ausgehen müssen wegen des Geselchten (Rauchfleisch) für Ostern und Weihnachten.

** Aus Neckenmarkt. Ich bin oft mit Vater mit raufgefahren. Das war meist eine wilde Verhandlerei. Denn die Ferkel sind jedes Jahr teurer geworden.

wurde alles verwertet. Nose to tail. Und das Haus hat noch Tage später nach Schmalz gerochen.«

Johannas Hofladen roch aktuell himmlisch nach Lebkuchen, Tannenreisig, Zimt und Bienenwachs, und sie wollte, dass das auch so blieb.

»Wir machen unseren Grammelworkshop im Freien«, erklärte sie. »Ich habe eine Kochplatte draußen vor dem Hofladen vorbereitet.«

Hilda stellte sich mit roten Backen hinter die Kochplatte. Sie liebte es, im Mittelpunkt zu stehen. Sie stellte eine große schwarze Auslassrein von *Riess* auf die Kochplatte. Der traditionelle Schmalztopf* war aus Emaille, hatte zwei Henkel und erinnerte von der Form her ein bisschen an einen Wäschekorb.

»Alsdann«, sagte sie. »Für die Grammeln wird ein Schweinespeck vom Rücken oder Bauch ohne Schwarte benötigt. Die Haut sollte am besten bereits vom Fleischhacker abgezogen werden. Unser Speck ist von freilaufenden Schweinen. Also von glücklichen Viechern. So wie es sich gehört.«

Mizzi beäugte misstrauisch den Speck. »Friacha hom d' Sau no vü mehr Speck ghobt. Deis homs ois wegzicht, wei d' Leit heit kua fetts Fleisch mer mengan.«**

---

* Schmalztöpfe aus Schwarzemaille gab es früher in fast allen Haushalten, denn Schmalz und Grammeln (österreichisch für Grieben) wurden meist selbst hergestellt. Da der Schmalzbedarf je nach Haushaltsgröße sehr variiert, gibt es den berühmten Topf der Firma *Riess* auch heute noch in vielen Größen von ein bis 18 Liter.

** Früher haben die Säue noch mehr Speck gehabt. Das haben sie alles weggezüchtet, weil die Leute heute kein fettes Fleisch mehr mögen.

»Stimmt, früher war die Speckschicht dreimal so dick«, gab ihr Hilda recht.

Sie nahm ein scharfes Messer und schnitt den weißen Speck in kleine Würfel. Veras Papa hatte immer darauf bestanden, dass die Stücke schön gleichmäßig geschnitten waren, damit sie zugleich gar wurden, was den Begriff »Maurergrammeln« geprägt hatte. Genau ein mal ein Zentimeter war das richtige Maß.

»Vom Speckschneiden kriegt man ganz weiche Hände«, sagte Hilda und dann zu Vera gewandt: »Die Urlioma hat auch immer Ringelblumensalbe aus Schmalz gemacht.«

»Was heißt das überhaupt, Grammeln auslassen, und warum macht man das?«, fragte Grete, die in der Stadt aufgewachsen war.

»Grammeln auslassen heißt, dass man weiße Speckwürfel mit Milch erhitzt und dann auspresst. Das ausgepresste Fett lässt man erstarren. So gewinnt man Schmalz. Die Grammeln bleiben als knuspriger Snack zurück.«

»Ah«, sagte Grete. »Ich verstehe.«

»Wenn am Speck noch ein paar Fleischreste dranhängen, ist das kein Problem. Ganz im Gegenteil, das gibt den Grammeln später noch mehr Geschmack.«

Sie wischte sich die Hände an der Schürze ab. »Ich geb' jetzt ein bisserl Wasser in den Topf, damit die Grammeln später nicht picken bleiben, und ein Glas Milch, damit sie schön braun und knusprig werden. Dann kommen die gesalzenen Speckwürfel dazu, und die lässt man ganz langsam auf kleiner Flamme braten. Immer schön rühren und nicht aus den Augen lassen. Zum Grammelnauslassen brauchst Zeit und Geduld.«

Ein intensiver Geruch nach Schmalz stieg aus dem Topf auf. Hilda rührte und rührte, eine kleine Ewigkeit lang. Endlich tat sich etwas im Topf. »Kommt näher und schaut zu, was jetzt passiert.«

Alle traten näher. Die weißen Würfel wurden immer kleiner und färbten sich langsam dunkler, Fett trat aus, und nach einiger Zeit begannen die Grammeln in diesem zu schwimmen.

»So, und jetzt gießen wir das Ganze ab und drücken die Grammeln aus.«

Hilda befestigte ein Sieb über einem ochsenblutroten Schmalztopf, seihte die Grammeln ab und drückte sie kräftig aus. Hilda nahm dazu eine Art Kartoffelstampfer.

»Die Grammeln kommen jetzt auf ein Blech mit Küchenrolle zum Abtropfen, und dann könnt ihr sie auf Schwarzbrot essen.«

»Und was machst du mit dem vielen Schmalz, das da rausgekommen ist?«, fragte Mathilde.

»Das kommt jetzt in Gurkengläser und wird kühl gestellt, und dann kann man es als Brotaufstrich essen oder zum Braten und Backen verwenden.«

»Da habe ich ein super Rezept von der Sandra und der Katrin aus dem *Sapore*«, sagte Vera. »Dörrzwetschken-Oliven-Schmalz. Man gibt faschierte gedörrte Pflaumen und feingehackte schwarze, entkernte Oliven dazu. Das ergibt einen tollen Brotaufstrich.«

Die Grammeln waren jetzt trocken und knusprig, aber noch immer warm.

Johanna verteilte sie auf mehrere Teller, gab je ein Stück selbst gebackenes Schwarzbrot dazu und reichte sie im Kreis herum. »Hier, kostet.«

Begeistertes Ah und Oh war zu vernehmen. Die knusprigen, salzigen Grammeln fanden reißenden Absatz in der Runde. »Und danach trinkts am besten einen Vogelbeerschnaps«, sagte Hilda. »Zur Verdauung, weil fett sind s' schon, die Grammeln.«

»Das schmeckt wirklich wie bei der Urlioma früher«, sagte Vera.

»Ist Schmalz nicht schrecklich ungesund?«, fragte Grete.

»Alles mit Maß und Ziel. Aber ich denke, gutes, hochwertiges Schmalz ist besser als sein Ruf. Früher wurde es sogar zum Heilen verwendet. Bei Erkältungen wurde ein Tuch in warmem Schmalz getränkt und auf die Brust gelegt. Manchmal auch als Zwiebel-Schmalz-Wickel. Und auch bei trockener, rissiger Haut hilft Schmalz. Sogar Seife wurde daraus hergestellt.«

»Wia i a jungs Diarndl wor, wor des Schmoiz bei ins dahuam so wertvoll wia a Göd. Unser Schmoiztesen hot sogor a Schloss ghobt, und nur dei Schwiegermuida hotn Schlissl ghobt.«*

»Was ist eine Schmalztese?«, fragte Grete.

»Das ist ein großer verschließbarer Topf mit Deckel,

* Als ich ein junges Mädchen war, war das Schmalz bei uns daheim so wertvoll wie Gold. Unsere Schmalztese (Schmalztopf) hat ein Schloss gehabt, und nur die Schwiegermutter hat den Schlüssel gehabt.«

in dem das Schmalz an einem kühlen Ort aufbewahrt wurde. Es wurde ja alles mit Schmalz gekocht und gebacken. Vom Bohnensterz über die Schnitzel bis zu den Palatschinken«, erklärte Hilda.

»Ich habe meine ganze Volksschulzeit jeden Tag die gleiche Jause mitbekommen«, erinnerte sich Johanna, »ein Schmalzbrot und einen Apfel. Das Schmalz ganz unten aus der Schmalztese, wo der dunkle Bodensatz vom Grammelauslassen drin war, das mochte ich am liebsten.«

»Mir wird's da heraußen zu kalt«, sagte Hilda. »Das ist nicht gut für meine alten Knochen, ich geh jetzt rein und back die Grammelpogatscherl. Wer kommt mit?«

Alle bis auf Vera und Marlies folgten ihr.

Vera hatte noch etwas auf dem Herzen.

»Ich weiß, dass du mir nichts erzählen darfst. Aber ich mache mir Sorgen um Tom«, sagte Vera schließlich. »Glaubst du wirklich, dass er was mit dem Tod des Bürgermeisters zu tun hat?«

»Du bist schon genauso penetrant wie deine Mutter«, sagte Marlies statt einer Antwort.

Sie dachte nach. Vera hatte ihr mit ihren Recherchen schon bei vergangenen Fällen geholfen. Ob sie ihr auch diesmal nützlich sein konnte? Sie gab sich einen Ruck.

»Die Erstuntersuchung schließt eindeutig aus, dass der Bürgermeister an den Folgen der Schlägerei gestorben ist. Er ist auch nicht erfroren. Sein Rachen war geschwollen. Vieles deutet auf einen Erstickungstod hin. Vielleicht eine allergische Reaktion. Wir warten jetzt auf die Laborbefunde und die genauen toxikologischen Befunde. Die Leber und die Lunge wirkten auf den ersten Blick sehr angegriffen, aber das ist bei einem Mittfünfziger, der trinkt und raucht, keine Seltenheit.«

»Geschwollener Rachen, sagst du? Vielleicht war das ein allergischer Schock. Wie damals beim Architekten mit der Latexallergie. Vielleicht ein Trittbrettfahrer.«

»Der Bürgermeister hatte keine Latexallergie«, seufzte Marlies.

»Schau, Vera, nichts deutet aktuell darauf hin, dass Tom den Bürgermeister getötet hat. Vielleicht hatte er auch einen Schlaganfall oder einen Lungeninfarkt. Das werden die weiteren Untersuchungen zeigen. Was mich nur stutzig macht, ist, dass der Tom so ein Geheimnis daraus macht, um was es bei dem Streit ging. Er ist auch zuvor nie als Raufbold aufgefallen. Diese Geheimniskrämerei ist seltsam. Es wirkt, als würde er mehr wissen, als er sagt. Irgendwas verheimlicht er uns.«

»Ich krieg das raus«, sagte Vera. »Ich kenne ihn seit über 20 Jahren.«

»Es wäre wirklich auch sehr in seinem Sinne«, sagte Marlies ernst. »Und könntest du mir noch einen Gefallen tun?«

»Und der wäre?«

»Die Bürgermeistergattin schreibt Bücher. Erotische Romanzen und New Adult, ich weiß nicht mal, was das Letztere genau ist.«

»New Adult – da geht es um Frauen um die 20, die den Traumprinzen suchen«, sagte Vera.

»Verstehe«, antwortete Marlies. »Vielleicht magst du sie ja für den *Burgenländischen Boten* interviewen. Ich würde gerne mehr über sie und ihr Umfeld erfahren. Wie sie tickt. Und ich denke, sie erzählt einer Journalistin, die sie bei der Eitelkeit packt, mehr als zwei Polizisten, die ihr auf den Zahn fühlen.«

Kurz überlegte Marlies, ob sie zu weit gegangen war. Sie hatte gerade eine Grenze überschritten. Sie hatte Vera offiziell in ihre Ermittlungen hineingezogen. Franz würde sich schrecklich aufregen, wenn er das wüsste. Und der bärtige Jungspundausbildner aus Eisenstadt würde wohl die interne Revision einschalten ob des Alleingangs. Aber Marlies hatte mit Veras Hilfe schon drei Fälle gelöst und fing an, ihr zu vertrauen. Sie würde auch diesen Fall lösen, und der Jungspundausbildner würde sehen, dass sie noch lange nicht zum alten Eisen gehörte.

KAPITEL 6 – DAS SIND ALLES VERBRECHER

Weißstörche treten ihre wochenlange Reise in den Süden nur wegen der Nahrungsknappheit im europäischen Winter an. Ostzieher fliegen im Herbst über die Türkei, Israel und Ägypten nach Ost- und Südafrika, Westzieher über Spanien und Gibraltar nach Westafrika. Einige Weißstörche haben in den letzten Jahren einen neuen Trend geprägt. Sie sparen sich den Flug über die Meerenge von Gibraltar und überwintern in Spanien.

»Die könnts gleich alle festnehmen da drinnen. Das sind alles Verbrecher!« Hilda Horvath stand empört vor dem Gemeindehaus.

»Wer ist ein Verbrecher?«, brummte Chefinspektor Franz Grandits.

»Na, die da drinnen«, sagte Hilda.

»30 Euro wollen die jetzt schon für zehn Restmüllsäcke. Das sind über 400 Schilling in richtigem Geld. Für Plastiksackl, die ma eh wieder weghaut!«

Hilda rechnete auch noch Jahrzehnte nach der Euroeinführung gerne um, was etwas in der alten Währung, dem »richtigen Geld«, gekostet hätte. Meist traf sie dabei halbert der Schlag.

»Man bezahlt ja nicht für die Säcke per se, sondern für die Entsorgung des Mülls«, klärte Marlies sie auf. »Du hast doch eh eine Restmülltonne. Kommst du damit nicht aus?«

»Wie soll man damit auskommen, wenn die nur einmal im Monat abgeholt wird und die Zuagroasten ihren ganzen Mist bei mir reintun? Und was die alles reintun. Dosen, Flaschen, Plastik. Keine Ahnung von Mülltrennung haben die. Und ich könnt dafür gestraft werden, Gott bewahre.«

»Die Zuagroasten laden ihren Müll bei dir ab?«

Hilda nickte energisch mit dem Kopf. »Letztens hab ich vom Kuchlfenster aus g'sehn, wie so ein Gscherter mit einem Wiener Kennzeichen einen Sack in meine Tonne gestopft hat. Der war wahrscheinlich nicht da an dem Tag, als der Müll in seiner Straße abgeholt wurde. Also hat er ihn bei mir reingetan.«

»Hast du das Kennzeichen notiert?«

»Glaubst ich seh so weit!«

»Und was für ein Auto war das?«

»Na so eins, wie alle Zuagroasten fahren. Ein SUFF.«

»Ein was?«

»Na ein Suff oder wie die heißen. Ein schwarzes Geländeauto. So eins, das dich halbert von der Straße drängt, wenn es dir entgegenkommt. Ich kauf mir jetzt ein Schloss für meine Mülltonne. Soweit ist es schon gekommen, dass man seinen Mist absperren muss. Und ihr tuts auch nix dagegen. Weit ist es gekommen in unserm schönen Südburgenland. Einen guten Tag wünsche ich.«

Hilda entfernte sich schimpfend, die wertvolle Rolle Plastiksäcke mit dem Aufdruck »BMV – Burgenländischer Müllverband« fest unter den Arm geklemmt. Säcke ohne diesen offiziellen Aufdruck wurden von den Abholern eben dieser Institution nämlich ignoriert und liegen gelassen. Hilda hatte so eine energische Ausstrahlung, dass ihr die Passanten, die ihr auf dem Gehsteig entgegenkamen, allesamt auswichen. Hilda war ein menschlicher SUV.

»Wer war das, bitte?«, fragte Franz.

»Die kennst du doch. Das war die Horvath Hilda, die Mutter von der Horvath Vera. Du weißt schon, die Journalistin vom *Burgenländischen Boten.*«

Franz nickte. »Energische Person.« Er zeigte zur Tür. »Sollen wir reingehen?«

Er deutete auf die moderne doppelflügelige Glastür, mit der das historische Gebäude vandalisiert worden war.

Die beiden Beamten traten ein.

Der Raum für den Parteienverkehr war gut geheizt. Der Bundeskanzler und der Landeshauptmann überblickten aus ihren gerahmten Fotografien, die prominent an der Wand hingen, die Lage. In der Ecke stand ein kleiner Christbaum, der mit elektrischen Lichterketten geschmückt war. Rechts daneben war das Schaufenster mit den aktuellen Volksbegehren, die man unterzeichnen konnte: »Rücktritt der Bundesregierung. GIS-Gebühren abschaffen. Beibehaltung der Sommerzeit. Freibad für Stinatz.«

»Kann ich Ihnen helfen?« Eine Frau sah von ihrem Computerbildschirm hoch und grüßte freundlich. Hinter ihr stand ein Aktenschrank, der halb geöffnet war. Zahlreiche bunte Plastikordner und Schnellhefter waren zu sehen.

»Caroline Karner-Beiglböck« war auf einem kleinen Metallschild, das vor der Frau stand, zu lesen.

Marlies überlegte, ob die Frau verheiratet war und diesen Doppelnamen seit ihrer Eheschließung hatte. Und falls ja, ob sie zuerst Karner oder Beiglböck geheißen hatte.

Die Frau war geschätzt Ende 20, Anfang 30 und hatte erdbeerblonde schulterlange Haare, die sie mit einem Lockenstab in Form gebracht hatte. Würde sie die Haare ausbürsten, so hätte sie vermutlich gewellte Haare. So waren die einzelnen Strähnen aber deutlich definiert. Es erinnerte Marlies an Spiralnudeln oder Luftschlangen aus dem Faschingsbedarf, in die man eben erst hineingeblasen hatte.

»LKA Burgenland. Wir sind wegen des kürzlich verstorbenen Bürgermeisters hier. Wir haben noch ein paar Fragen an Sie und zwei Ihrer Kollegen, die am engsten mit dem Bürgermeister zusammengearbeitet haben.«

Franz blickte auf seine Liste. »Sind die Frau Elfriede Großschädl und der Herr Gerhard Holper heute da?«

»Oh«, die Erdbeerblonde blickte Marlies und Franz ein bisschen erschrocken an. »Ich hole die beiden gleich.«

Sie sah auf die Uhr. »Wir haben in drei Minuten Mittagspause. Ich kann jetzt schon abschließen, und wir setzen uns im Gemeindesaal zusammen.«

Sie griff zum Telefonhörer und informierte ihre Kollegen. Dann führte sie die Gäste in den ersten Stock, wo sich der Gemeindesaal befand.

Marlies und Franz hatten überlegt, ob sie die Beamten aus dem direkten beruflichen Umfeld zuerst jeden für sich oder gleich gemeinsam befragen sollten, sich dann aber für Letzteres entschieden. »Ich will sehen, welche Dynamiken es in diesem Amt gibt«, hatte Marlies entschieden.

Caroline Karner-Beiglböck betrat mit den Beamten den Gemeindesaal, wo die Kollegen bereits warteten. Gerli Holper schien erfreut, die beiden Beamten erneut zu sehen. »Gibt es Neues? Haben Sie den Dunkel überführt?«

»Wir ermitteln noch in alle Richtungen«, sagte Franz. »Deswegen sind wir auch hier.«

»Geh, Caro, frag die Herrschaften von der Polizei, ob sie was trinken wollen«, sagte Elfriede Großschädl zu der Erdbeerblonden. Die Dynamik zwischen den beiden Frauen war damit klar. Die Ältere behandelte die Jüngere wie ihre Sekretärin, was wohl daran lag, dass die Großschädl überhaupt die Dienstälteste im Amt war. Sie hatte die selbstverständliche, grimmige Autorität lang gedienter österreichischer Beamter, die man nur in Österreich fand.

»Ich hab noch eineinhalb Jahre bis zu meiner Pensionierung«, erklärte sie ungefragt, »ich frag mich, wie der

Laden hier dann weiterlaufen soll. Fast 40 Jahre bin ich schon im Amt. Sieben Bürgermeister hab ich bereits überlebt.« Sie machte eine Pause: »Nur der jetzige, der ist vor mir g'storbn. Das gibt einem schon zu denken. Über die Endlichkeit. So schnell kann alles vorbei sein.« Sie zog ein Papiertaschentuch aus ihrer Handtasche und tupfte sich die Augenwinkel ab. Ihr Lidstrich verschmierte dabei kein bisschen, was daran lag, dass er tätowiert war, genauso wie die Augenbrauen und die Lippenkonturen. Die mahagonibraun gefärbten Haare der Dame saßen so akkurat wie bei einem *Playmobilmännchen.*

»Ich glaube, wir hatten schon einmal das Vergnügen«, sagte Marlies. »Sie wohnen doch in Buchschachen?« »Ich bin ursprünglich schon von hier«, erklärte Frau Großschädl. »Aber mein Mann ist aus Buchschachen, und als uns seine Eltern einen Grund vererbt haben, haben wir dann dort ein Haus gebaut. Meinen Job hier habe ich natürlich behalten.«

»Natürlich«, echote der Amtmann. »Die Elfi macht bei uns die Lohnverrechnung und die Vorschreibungen. Niemand ist da so genau wie sie. So eine Schlamperei, wie dass man zum Beispiel vergisst, die Wasserrechnungen fristgerecht rauszuschicken, so was gibt es bei uns auf der Gemeinde nicht.«

Elfi lächelte geschmeichelt.

»Der Standesbeamte, der das Meldewesen macht, ist gerade auf Urlaub«, ergänzte er ungefragt.

»Und die Frau Karner-Beiglböck?«

»Die macht die PR und das Marketing für die

Gemeinde. Sie hat das in Wien studiert und war dann auch in Eisenstadt in der Landesregierung hochaktiv, aber letztendlich zieht es einen doch immer in die Heimat, in den Süden. Nicht wahr? Die Caro ist in den letzten Monaten fast so was wie die rechte Hand des Bürgermeisters geworden.«

Er blickte zur Tür Richtung Büroküche, wo die rechte Hand des toten Bürgermeisters dabei war, Kapseln in eine Kaffeemaschine zu stopfen.

»Frau Karner-Beiglböck ist keine Gemeindebeamtin, sondern Gemeindevertragsbedienstete«, präzisierte Elfriede Großschädl. »Aber sie hat so gehofft, dass sie fix übernommen wird. Sie hat sich deshalb wirklich ins Zeug gelegt beim Herrn Bürgermeister.« Sie lächelte, was dem Satz einen doppeldeutigen Beigeschmack gab.

»Hatte der Herr Bürgermeister Feinde?«, fragte Franz.

»Natürlich«, sagte der Amtmann, »den halben Gemeinderat. Alle, die a andere Farbe gehabt haben als er.« Er lachte meckernd. Er war einer von denen, die gerne über die eigenen Witze lachten. Aber es war kein lustiges Lachen, denn es klang komplett humorlos. Wenn ihn eine Bremse gestochen hätte, hätte er vermutlich ein ähnliches Geräusch gemacht.

Die Erdbeerblonde kehrte mit einem Tablett Kaffee und einer Karaffe Leitungswasser und ein paar Gläsern zurück. Neben jeder Tasse lag eine Mandelmakrone. Marlies bemerkte, dass sie Elfriede Großschädl zuletzt bediente.

»Habe ich etwas versäumt?«, fragte sie.

»Ich habe gerade gefragt, ob der Herr Bürgermeister Feinde hatte.«

Die Erdbeerblonde legte die Stirn in Falten und überlegte. »Er hat schon manchmal heftige Auseinandersetzungen gehabt. Mit diesem Zuagroasten zum Beispiel.«

»Welcher Zuagroaste?«

»So ein Lehrer aus Graz. Magister Wolfram Mösenpichler heißt der. Ein fürchterlicher Zeitgenosse. Seine Beschwerden füllen schon einen ganzen Akt. Warten Sie, ich zeige es Ihnen.« Sie ging noch einmal aus dem Raum und kam mit einem dicken Schnellhefter zurück. »Das sind die Briefe und Mails, die er uns geschickt hat. Und unsere Antworten. Und auch die Stellungnahmen der betroffenen Nachbarn.«

Marlies blätterte den Ordner durch. Franz sah ihr dabei über die Schulter.

Sehr geehrter Herr Bürgermeister,
ich muss Sie leider davon in Kenntnis setzen, dass ich seit meinem Einzug in die Holundergasse 15 von erheblichem Lärm gestört werde. Aus dem beigefügten Lärmprotokoll ersehen Sie die Häufigkeit, die Art und die Auswirkung der Ruhestörungen.
Dreimal täglich unangemessen lautes Läuten der Kirchenglocken.
Ständige Lärm-, Schmutz- und Geruchsbelästigung durch Güllefahrzeuge …

»Was will der? Wir leben am Land. Warum zieht er aufs Land, wenn er das Landleben nicht packt?«, schnaubte Franz.

»Das war letzten Sommer, das war erst der Anfang«, sagte Elfriede Großschädl.

»Der Anfang?«

»Nach den Maschinen hat er sich auf die Tiere versteift.«

»Die Tiere?«

»Ja, der Nachbarshahn, der zu laut kräht. Die Katze von vis-à-vis, die in sein Gemüsebeet scheißt. Am Schluss hat er sogar von uns verlangt, wir mögen die Frösche aus dem Bach hinter seinem Grundstück entfernen. Die würden nämlich zu laut quaken.«

Caro blätterte weiter im Akt. »Hier, der Ton wird jetzt auch schärfer. Da hat er uns zum ersten Mal mit seinem Anwalt gedroht.« Sie deutete auf einen Brief, der vor Ausrufezeichen nur so strotzte.

»Und dann, im Herbst, kamen die Pflanzen dran.«

»Die Pflanzen?«, echote Franz.

»Bäume von angrenzenden Grundstücken, die die Frechheit besaßen, sich über seinem Grund zu entblättern«, sagte Caro. Franz lachte. Die Frau war originell.

»Und dann ist das mit der Marienstatue passiert«, sagte der Amtmann ernst.

»Welche Marienstatue?«, fragte Franz.

»Der Verschönerungsverein hat in seinem Vorgarten eine Marienstatue mitsamt Grotte aufgestellt. Das ist nämlich Gemeindegrund. Und der Herr hat das als persönliche Provokation aufgefasst.«

»Wie kann man sich von einer Marienstatue provoziert fühlen?«, wunderte sich Marlies.

»Nun, er hat wohl befürchtet, dass da jetzt Prozessionen und Pilgerreisen zu seinem Haus stattfinden werden. Lauter Gläubige, die alle lautstark ›Gegrüßet seist du, Maria‹ singen und seine heilige Ruhe stören«, erklärte der Amtmann.

»Auf jeden Fall hat er die Maria mit der Flex niedergemetzelt und zum Bauhof* gebracht. Und die Arbeiter dort haben uns informiert. Die haben die Statue nämlich auch aufgestellt und wussten, dass diese Gemeindeeigentum war.« Der Amtmann sah ernst drein.

»Sogar den Kopf hat er ihr gespalten«, ergänzte Elfriede Großschädl schockiert.

Sie blätterte im Akt weiter und deutete auf ein Foto der zerstückelten Muttergottes.

»Eine weiß-blaue Holzfigur, aus der im wahrsten Sinne des Wortes Kleinholz gemacht wurde.«

»Unser Bürgermeister hat natürlich einen Brief schreiben lassen, dass das so nicht geht. Und dass der Herr den Schaden bezahlen muss und dass gerichtliche Schritte eingeleitet werden.«

»Wann war das?«, fragte Marlies.

»Ende November«, sagte der Amtmann. »Und es wird bis Jänner dauern, bis die neue Marienstatue geliefert wird.« Er verzog das Gesicht schmerzlich. »Dabei hätten wir sie so gerne weihnachtlich beleuchtet. Jetzt in der Adventzeit hätte das sicher hübsch ausgesehen.«

* Müllabladeplatz

»Ich glaube, wir werden diesem Herrn Magister Mösenpichler einmal einen Besuch abstatten«, sagte Marlies.

»Tun Sie das«, sagte Elfriede Großschädl. »Weil, einem, der keinen Respekt vor der Muttergottes hat, dem ist alles zuzutrauen. Sogar der Mord an einem Sterblichen.«

GEDANKEN

Ich glaube, ich habe nie gelernt, offen über meine Gefühle zu reden. Ich hätte Trost gebraucht, auch wenn ich dieses Bedürfnis nie gezeigt habe. Ich war immer gut darin, meine Gefühle zu verstecken und nach außen hin stark zu wirken. Heute weiß ich, es tut gut, ab und zu den Gefühlen freien Lauf zu lassen.

KAPITEL 7 – DER NACHBAR

In einer eigens angelegten Nahrungskammer im Erdboden horten Maulwürfe lebende Regenwürmer. Damit diese winterliche Hauptspeise schön frisch bleibt, werden die Würmer vom Maulwurf mit einem Biss in den vorderen Abschnitt des Körpers »gelähmt«. Bewegungsunfähig liegen sie in seiner kühlen Speisekammer, bis sie schlussendlich gefressen werden.

»Privatgrundstück – Betreten verboten« stand auf dem gelben Schild, das an die Kastanie genagelt war. Solche Schilder konnte man im Baumarkt kaufen, wusste Marlies. Sie wusste auch, dass der Weg, der zum Haus von Magister Wolfram Mösenpichler führte, ganz sicher kein Privatweg war. Sie parkte vor dem Haus des »zuagroasten« Grazers.

»Da würde ich mich nicht hinstellen«, hörte sie eine Stimme hinter sich. Sie drehte sich um. Die Stimme gehörte einer jungen Frau, die einen circa dreijährigen Jungen auf einer Rodel hinter sich herzog. Die etwas größere Schwester lief daneben her. Sie trug rosa Moonboots, die bei jedem Schritt leuchteten. Das Mädchen führte einen kleinen wuscheligen Hund an der Leine, der eine gesteppte rosa Hundejacke trug. Der Gehsteig war schneebedeckt, über der festgetretenen Schneedecke hatte jemand Rollsplitt gestreut. Die Kufen des Schlittens machten auf den Steinchen ein kratzendes Geräusch.

»Warum würden Sie sich hier nicht hinstellen?«, fragte Marlies freundlich.

»Er sagt, es ist sein Parkplatz.« Die Frau ließ die Schnur der Rodel fallen und zeigte zum Haus. »Mein Nachbar kriegt die Bockerlfroas*, wenn Sie sich auf seinen Parkplatz stellen.«

»Sein Parkplatz?«, fragte Marlies. »Das ist doch eine öffentliche Straße.«

»Der Herr Mösenpichler sieht das aber anders, das hier ist sein Haus und sein Garten, also ist der Platz davor auch sein Parkplatz. Er glaubt bei jedem fremden Auto, dass das meine Besucher sind, und droht mir dann, die Polizei zu holen.«

»Die ist schon da«, sagte Franz, fuhr mit der Hand in seine Jackentasche und präsentierte seinen Dienstausweis.

»Oh«, sagte die Frau nur. Sie hatte kurze schwarze Locken, die unter einer selbst gestrickten türkisfarbenen Haube hervorkringelten. Mit ihrer Stupsnase und den Sommersprossen sah sie jung aus, gar nicht wie eine zweifache Mama. Sie wich einen Schritt zurück und ver-

* die Bockerlfraß kriegen = ausrasten

schränkte defensiv die Arme vor ihrem Körper: »Hat er sie gerufen? Ist es wegen der Kinder? Diese ewigen Beschwerden sind ein Witz. Das sind Kinder. Die haben auch ein Recht darauf, draußen zu spielen. Sie dürfen wohl bitteschön einen Schneemann bauen oder eine Schneeballschlacht machen. Jetzt, wo es endlich einmal geschneit hat.«

Der kleine Junge fing an zu quengeln. Er sah wohl nicht ein, warum seine Mutter mit den Fremden tratschte, anstatt die Rodelpartie fortzusetzen. Die Mutter nahm eine Jausenbox aus ihrer Handtasche und reichte jedem der Kinder ein Weihnachtsgebäck. Linzeraugen, zartes Mürbteiggebäck mit Ribiselmarmelade.

»Möchten Sie auch?«, fragte sie. »Nein danke«, antwortete Franz, obwohl er eigentlich schon Lust gehabt hätte, aber er wollte professionell bleiben.

»Ihr Nachbar hat ein Problem mit Ihren Kindern«, stellte Marlies fest.

Die Frau nickte heftig. »Das geht schon seit Monaten so. Im Sommer hat er verlangt, dass ich mit den Kindern bei 30 Grad INS HAUS gehe, weil Mittagsruhe herrsche und der aufblasbare Swimmingpool so laut ›Platsch!‹ mache! Und ich soll gefälligst ein größeres Oberteil anziehen, denn vom Fenster aus sieht er mich, und das ist ungehörig.« Ihre Stimme wurde leiser. Sie sah zum Haus hinüber. »Ungehörig, ich bitt sie gar schön, ich habe A-Cup, maximal B mit gutem Willen. Und sehen Sie, dieses Loch hat er in die Hecke geschnitten. Das hat er gemacht, damit er beobachten kann, was wir machen. Aber wir machen nichts Ungehöriges, wirklich nicht. Wenn ich Geld hätte, wäre ich schon längst weggezogen. Aber ich bin geschieden, und die Kinder … klar sind sie manchmal ein bisschen laut. Aber es sind doch Kinder. Wir waren doch alle einmal klein.«

»Es geht nicht um den Lärm Ihrer Kinder. Wir wollen Ihren Nachbarn wegen einer ganz anderen Angelegenheit sprechen. Es hat nichts mit Ihren Kindern zu tun«, beruhigte Franz sie.

Die Frau wirkte erleichtert. »Wir gehen jetzt zum Waldteich runter. Da können die Kinder eislaufen, und ich habe meine Ruhe. Ich nehm schon Bachblüten, weil mich der Mensch so aufregt.«

Sie wünschte den Beamten einen guten Tag und entfernte sich eilig mit Kindern und Hund im Schlepptau.

»Was hältst du von der?«, fragte Marlies.

»Die Wahrheit über einen Menschen erfährt man am besten von den Nachbarn«, sagte Franz. »Ein altes chinesisches Sprichwort. Na gut, schauen wir uns den Typen einmal an.«

Marlies betätigte die Türglocke neben dem schmiedeeisernen Gartentürchen.

»Ja bitte«, schnarrte eine Stimme.

»LKA Burgenland.«

Die Tür öffnete sich sofort.

Ein Mann um die 50 stand im Türrahmen und musterte die beiden Beamten.

»Was wollen Sie?«

Magister Wolfram Mösenpichler war auf den ersten

Blick weder groß noch kräftig gebaut. Sein Haar, das zwischen rötlich blond und grau changierte, war sehr kurz geschnitten, besonders um die Ohren herum. Tiefe Geheimratsecken hatten den dünnen Haaransatz nach oben rücken lassen. Schmale Augen blitzten aus einem blassen, leicht ungesund wirkenden Gesicht. Er hatte auffällig große Ohren und eine markante Nase. Der Mann trug einen weinroten gemusterten Pullunder über einem weißen Hemd und graue Hosen.

»Dürfen wir hereinkommen?«, fragte Marlies. »Es geht um Ihre Beschwerden bei der Gemeinde.«

»Ich hab mit dem Tod des Bürgermeisters nichts zu tun«, sagte der Mann statt einer Antwort, trat aber einen Schritt zur Seite und ließ die Beamten herein.

»Warum glauben Sie, dass wir denken, Sie hätten was damit zu tun?«, fragte Marlies.

»Ich wollte es nur klarstellen. Ich war auch auf dem Weihnachtsmarkt. Ich wollte ihn zur Rede stellen. Der Markt ist keine 500 Meter Luftlinie von hier entfernt. Bei Westwind höre ich jedes depperte Weihnachtslied, das dort gespielt wird. ›Last Christmas‹ in Endlosschleife. Können Sie sich das vorstellen?«

»Können wir uns setzen und uns in Ruhe unterhalten?«, fragte Franz.

Der Mann deutete ins Wohnungsinnere. »Schuhe bitte abputzen«, knarzte er und deutete auf den Ausreibfetzen, der hinter dem Fußabstreifer am Boden lag. Dann führte er die Beamten in den Wohnbereich seines Hauses.

Wenn Marlies fremde Wohnungen oder Häuser betrat, überlegte sie immer, ob sie hier auch einziehen wollen würde. Hier ergab diese Evaluierung ein eindeutiges Nein. Sie blickte auf den Hauptwohnbereich mit seiner angeschlossenen offenen Küche. Die Wintersonne schien auf solide, traditionelle Möbel und schwere beigefarbene Vorhänge.

Eine dunkle Holztheke trennte die Küche vom Rest des Raumes. Magister Wolfram Mösenpichler nahm auf der Kante der dunkelbraunen Wohnlandschaft Platz.

Es musste der Platz sein, auf dem er immer saß, denn die Rückenlehne hatte dort, wo man beim entspannten Sitzen den Kopf anlehnt, einen großen Fleck. Ob der Herr Magister unter öligem Haar litt?

»Sie leben alleine hier?«, fragte Marlies.

»Ja.« Der Lehrer schaute sie kurz an. Dann warf er einen Blick auf seine Manschettenknöpfe und rückte sie zurecht. »Ich mache gerade ein Sabbatical. Das Haus hier habe ich gerade noch gekauft, bevor die Immobilienpreise durch die Decke gingen. Ich dachte, es wäre nett, hier etwas zu haben. Für später, für die Pension. Ich dachte, das Leben hier im Südburgenland ist günstiger und auf lange Sicht lebenswerter. Aber das hat sich in vielen Fällen als Irrtum herausgestellt. Eigentlich mag ich die Natur.« Für den Bruchteil einer Sekunde wurde sein Gesicht ganz weich, und man konnte ahnen, wie er früher einmal ausgesehen hatte. Als junger Mann.

Marlies konnte seine Enttäuschung zum Teil nachvollziehen. Sie hatte das bei Zuagroasten aus der Stadt, die sich im Südburgenland niedergelassen hatten, oft genug mitbekommen. Hohe Erwartungen, die nicht erfüllt wurden. Die Städter träumten von Ruhe, frischer Luft und selbst gezogenem Gemüse. Und waren dann frustriert, wenn sie bemerkten, dass eine Landwirtschaft Dreck und Lärm machte und das eigene Gemüse von Nacktschnecken und Wühlmäusen vernichtet wurde.

»Sie haben Dutzende Beschwerden eingereicht«, meldete sich Franz zu Wort.

Die Gesichtszüge des Lehrers verzogen sich zornig, und er wurde wieder zur Karikatur seiner selbst. »Es ist eine Frechheit, wie oft hier Jauche gespritzt wird«, schimpfte er. »Ich führe darüber Buch. Als ich hierhergezogen bin, war es nur vier Mal im Jahr. Jetzt sind es acht Mal. Ich denke, da kann man dem Bauern schon eine gewisse Absicht unterstellen ... Grausig, wie das jedes Mal stinkt. Nach menschlichen Fäkalien. Wussten Sie, dass im Burgenland noch Klärschlamm auf die Felder ausgebracht wird ...«

»Ihre Nachbarin ...«, begann Marlies.

»Eine Frau, die weder ihre Kinder noch den Koter, geschweige denn den Garten im Griff hat. Auf meinen gepflegten Rasen sind von dort drüben ständig irgendwelche Früchte oder, noch schlimmer, Blätter heruntergefallen. Und das nur, weil die Dame ihre Bäume und Sträucher nicht schneidet. Tag und Nacht rieselt der Dreck auf mein Grundstück!« Er fuchtelte mit dem Zeigefinger in der Luft. »Unerhört, so was muss ich mir nicht gefallen lassen. Ich muss mich nicht provozieren lassen. Ich nicht!«

Er atmete schwer und lehnte sich zurück, und sein Hinterkopf verdeckte für einen Moment den Fettfleck.

»Außerdem ist das eine ausg'schamte Weibsperson. Die läuft halb nackt herum. Vor den Kindern, im Garten und im Haus.«

Marlies stand auf, ging zum Fenster und sah zum Nachbarhaus, das von der meterhohen Thujenhecke verdeckt war. Sie drehte sich wieder um und schätzte den Blickwinkel ein, den es benötigen würde, um die Nachbarin zu beobachten.

»Nun, ins Haus drüben sieht man aber nur hinein, wenn sie in der Küche auf die Bank steigen und oben schräg durch die Oberlichte hinüberschauen.«

»Wollen Sie mir was unterstellen?«

Magister Wolfram Mösenpichler lehnte sich wieder nach vorne und schaute sie scharf an, die Hände unter den Knien zu Fäusten geballt und den ganzen Körper angespannt.

Franz ließ sich nicht aus der Ruhe bringen und zog eine Akte aus seiner Tasche. »Hier ist der Schriftverkehr, den Sie mit der Gemeinde geführt haben. Ein Lärmprotokoll, in dem Sie jedes Hundebellen und jedes Zuschlagen einer Tür akribisch vermerkt und Ihre Nachbarn mit insgesamt einem Dutzend Anzeigen eingedeckt haben. Die daraufhin eingeleiteten Verwaltungsstrafverfahren wurden mit zwei kleinen Ausnahmen allesamt eingestellt. Nur eine Partei musste wegen tatsächlicher Lärmerregung zwei Mal kleine Geldstrafen zahlen.«

»Zu Recht«, zischte Magister Wolfram Mösenpichler. »Die anderen Verfahren sind nur eingestellt worden, weil hier im Südburgenland alle unter einer Decke stecken. Die Polizei, die Gerichte, die Unruhestifter.«

Marlies überlegte kurz, ob sie den Mann zurechtweisen sollte, überlegte es sich dann aber anders. Sie würde seine Rage ausnutzen.

»Was wollten Sie am Abend vor der Eröffnung auf dem Weihnachtsmarkt?«

Es war ein absoluter Bluff. Der Lehrer hatte nicht gesagt, an welchem Tag und wann er am Weihnachtsmarkt gewesen war. Aber der Bluff ging auf.

»Ich wusste, dass der Bürgermeister dort sein würde. Die Putzfrau am Amt hat es mir verraten. Ich hab mir schon gedacht, dass die alle am Feiern sind. Ich sag ja, die am Land stecken alle unter einer Decke.«

»Und was wollten Sie vom Herrn Bürgermeister?«

»Ich wollte ihn zur Rede stellen, wegen der Rechnung. 4.800 Euro will der mir verrechnen wegen der Madonna, die wahrscheinlich *Made in China* war. Das war ja auch so eine Provokation. Mir als Protestanten diese Madonna in den Vorgarten zu stellen! Und welche Gemeinde gibt 4.800 Euro Steuergeld für ein Stück lackiertes Holz aus? Ein abgekartetes Spiel ist das. Der Tischler ist wahrscheinlich ein Freund vom Bürgermeister. Wahrscheinlich teilen sich die beiden den Gewinn. Mir kann man nichts vormachen, mir nicht!«

Er stand auf und begann, aufgebracht im Raum auf und ab zu gehen, dann riss er das Fenster auf. »Hören Sie das«, brüllte er. »Das ist der Westwind. Er trägt die Musik zu mir herüber. ›Last Christmas‹. Sie spielen ›Last Christmas‹. Am 29. November. Wissen Sie, wie oft ich mir diesen Dreck noch anhören muss bis Weihnachten? Hunderte Male! Das ist Folter! Das ist ein abgekartetes Spiel!« Sein Gesicht war so rot und verzerrt, dass Marlies kurz dachte, er würde einen Herzinfarkt bekommen.

»Herr Mösenpichler, wenn Sie sich nicht beruhigen, müssen wir das Gespräch auf unserer Dienststelle fortsetzen«, sagte Franz scharf. »Bitte bleiben Sie kooperativ.«

»Ich bin kooperativ. Was wollen Sie denn noch wissen?«

»Haben Sie den Bürgermeister wegen der Rechnung zur Rede gestellt?«

»Nein.«

»Warum nicht?«

»Ich bin Richtung Gin-Stand, wo der Rest von der Bagasch aus seinem Büro war, aber da war er nicht. Also bin ich wieder zurück zum Marktplatz, dort wo die Bühne ist, und da habe ich ihn gesehen. Mit einer Frau.«

»Mit einer Frau«, echote Franz.

»Ja, mit einer Frau. Die Zunge in ihrem Rachen, und ich wette, es war nicht die werte Frau Gemahlin. So obszön, wie die sich benommen haben.« Kurz benetzte er sich mit der Zunge die eigene Lippe. »Keine Moral und keine Werte.«

»Haben Sie ihn angesprochen?«

»I wo, aber ich hab mir meinen Teil gedacht.«

»Sie wollten ihn also erpressen.«

»Unterstellen Sie mir nichts.« Magister Wolfram Mösenpichler lehnte sich zurück und verschränkte defensiv die Arme vor dem Körper. »Was heißt erpressen. Der hat schon seine gerechte Strafe bekommen, wie wir alle wissen. Und wie und warum – das herauszufinden ist Ihr Job und nicht meiner.«

GEDANKEN

Ich habe mich oft in Tagträume geflüchtet, um der Realität zu entkommen. Viel später habe ich erfahren, ich hätte besser regelmäßig zur Therapie gehen sollen. Ich hatte ein Trauma durchlebt, das unbedingt ernst genommen hätte werden sollen. So ein Verlust ist gleichzusetzen mit Tod. Wäre ich regelmäßig zur Therapie gegangen, hätte das eventuellen negativen Verhaltensmustern vorgebeugt.

KAPITEL 8 –
DIE MACHT EINER SIRENE

Ringelnattern überwintern gerne im warmen Komposthaufen. Denn die Körpertemperatur der wechselwarmen Tiere passt sich der Außentemperatur an.

Jason lächelte und strich sanft mit seinen Fingern über ihren Nacken. Sie erschauderte. Sie drehte sich um und sah ihm direkt in die Augen. Sein männlicher Duft kitzelte sie in der Nase. Als Jason sie mit seinem großen, harten Freudenspender streifte, erschauerte Constance. Ihr wogender Busen bebte lustvoll in Erwartung von alldem, was auf sie zukam. Sie schmiegte sich an ihn. »Warte«, raunte er heiser und biss sie ins Ohrläppchen. Seine Selbstbeherrschung erstaunte sie. Sie beugte sich vor, küsste seine Brust, atmete sein Erschaudern ein. In ihr schwoll die Macht einer Sirene. Er würde ihr nicht widerstehen können. Und sie würde sich immer an seine Liebkosungen erinnern, seine Küsse, seine weiche Haut, seine Lippen, seine feuchte, harte Männlichkeit.

»Was liest du da bitte?« Der Chefredakteur stand hinter Vera und blickte auf den Bildschirm.

»Feuchte, harte Männlichkeit? Hast leicht an Notstand, Vera?«

Vera fuhr in ihrem Bürostuhl herum. Sie spürte, wie Hitze in ihr hochstieg. Im selben Moment ärgerte sie sich. Über die blöde, sexistische Meldung ihres Chefs und über ihre »gschamige« Reaktion.

»Das ist Recherche«, sagte sie. »Das ist eine Leseprobe aus dem neuesten Buch der Frau Zapfel alias Mrs Mayor.«

»Ah, die Frau Bürgermeister«, lachte der Chefredakteur und nahm einen hastigen Schluck aus der Espressotasse, die er in der Hand hielt. »Verdammt, jetzt hab ich mir die Zunge verbrannt.« Der Chefredakteur des *Burgenländischen Boten* war ein zappeliger, impulsiver Mann, der immer unter Strom stand. Ein *Duracellhaserl* auf Koffein.

»Sie ist nicht die Frau Bürgermeister«, widersprach Vera, »sie ist die Frau *vom* Bürgermeister. Und nicht einmal das mehr. Weil der Bürgermeister ist tot, wie du weißt. Auf noch ungeklärte Art verstorben.«

»Und du glaubst, du findest die Antwort auf dieses Rätsel in den Sexheftln von der?«

Der Chefredakteur fing an, vor Vera auf und ab zu gehen. Das war auch so eine Angewohnheit, die sie nervös machte. Bei jeder Kehrtwende machten die Gummisohlen seiner Turnschuhe ein quietschendes Geräusch.

»Ich mache ein Porträt über sie. Für unsere ›Land

und Leute‹-Serie. Ich hab dir doch eine Mail deswegen geschickt. Du hast nicht darauf geantwortet.«

»Aha«, sagte der Chefredakteur und stoppte mitten in einer Kehrtwendung abrupt ab.

Er hatte sich noch immer nicht daran gewöhnt, dass Vera seit ihrer Beförderung zur Stellvertretenden Redaktionsleiterin eigenständige Entscheidungen traf.

Der Titel *Stellvertretende Redaktionsleiterin* machte sich ohnehin nur auf der Visitenkarte gut, denn Vera hatte keine Mitarbeiter unter sich, die sie hätte leiten können. Die meisten Artikel im »Burgenländischen Boten« wurden von freien Mitarbeitern verfasst, von pensionierten Lehrern und passionierten Publizistikstudentinnen.

»Passt dir das leicht nicht, dass ich die Frau Zapfel interviewe?«, fragte Vera.

»Nein, nein, ist schon in Ordnung. Mich wundert nur, dass sie da überhaupt mitmacht. Ihr Mann ist ja noch nicht mal unter der Erde.«

»Ich glaube, sie denkt da vor allem an die beruflichen Vorteile. Vor Weihnachten kaufen viele Leute Bücher«, entgegnete Vera. Sie sah auf die Uhr. »Ich muss jetzt los. Der Max fährt mit und macht die Fotos.« Sie fuhr den Computer herunter und griff nach ihrem schwarzen Wollmantel und ihrem Autoschlüssel. »Viel Spaß«, rief ihr der Chefredakteur nach. »Vielleicht ist ja ein Bild fürs Cover dabei.«

Wie ein Covermodel sah Anneliese Zapfel allerdings nicht aus, als sie Vera und Max eine halbe Stunde später die Tür öffnete. Sie war völlig zerzaust und trug Kleidung, die nicht zusammenpasste: eine lockere rostrote Strickweste, ein langes nachthemdartiges Kleid mit gehäkelten Trompetenärmeln, dazu Hauspantoffeln und eine klobige Kette aus Holzperlen. Das rotbraune Haar stand in allen Richtungen vom Kopf ab, ihre haselnussbraunen Augen wirkten in dem künstlich gestrafften Gesicht etwas verzweifelt. Dennoch verzog sie ihre Mundwinkel zu einem Lächeln, als sie die Tür öffnete. Fast so, als würde sie mit dem Eintreffen der Journalistin und des Fotografen gute Nachrichten erwarten.

»Können Sie bitte die Schuhe ausziehen?«, fragte sie und drückte Vera und Max zwei Paar Gästepantoffeln mit dem Logo eines Tiroler Nobelhotels in die Hand. »Der Herbert und ich nehmen die Patschen vom Zimmer immer mit, wenn wir wo auf Urlaub sind. Die werden ja sonst weggeschmissen«, sagte sie. »Haben die Patschen mitgenommen«, korrigierte sie sich. Die haselnussbraunen Augen füllten sich mit Wasser.

»Ich brauch keine Hausschuhe, ich hab eh dicke Socken an«, wehrte Max ab und stellte sich vor. Der Fotograf des *Burgenländischen Boten* hieß mit vollständigem Namen Max Mustermann. Eine Idee, die seine Eltern einst für originell gehalten hatten. Er war daran gewöhnt, dass nach Nennung seines Namens eine Diskussion um ebendiesen begann. Wer hieß denn bitteschön wie ein Platzhalter auf einer Drucksorte?

Aber Anneliese Zapfel stieg gar nicht auf das Thema ein. Hatte sie überhaupt zugehört? Sie wirkte geistesabwesend, benebelt. Vera blickte sich um. Der Flur war eng und so vollgestopft mit Zeug, dass es schwer war hindurchzugehen. Es gab jede Menge Winterstiefel, Mäntel und Taschen, Regenschirme, Werbebroschüren, einen Korb mit Altpapier.

Das Wohnzimmer war ähnlich vollgeräumt. In den Regalen türmten sich unzählige Taschenbücher und noch mehr Schnickschnack. Urlaubsmitbringsel, dachte Vera. Venezianische Masken, mit winzigen Spiegeln besetzte indische Dosen, Tierfiguren aus aller Herren Länder: ein bunt lackierter Dodo aus Mauritius, ein polierter Elefant aus Ebenholz, ein wuscheliges Murmeltier aus Plüsch, das einen Steirerhut trug.

Vera fragte sich, was wohl zuerst da gewesen war, die Kästen oder das Zeug. Sie schaute sich wahllos um, als ob sie die Antwort irgendwo im Regal finden würde.

»Entschuldigen Sie bitte, dass es hier so ausschaut«, sagte Anneliese Zapfel. Der klassische Eröffnungssatz im Südburgenland.

Sie sah an sich herab: »Normalerweise bin ich auch nicht so angezogen.«

Max konnte sich ein Grinsen nur schwer verkneifen. Dieser Satz war die zweitmeistgehörte Floskel, es fehlte nur mehr die dritte. Diese folgte auch prompt.

»Haben Sie Hunger? Ich fürchte nur, ich hab nicht allzu viel daheim.«

Vera wusste, würde sie jetzt »Ja« sagen, würde Frau Zapfel in die Küche gehen und tonnenweise Lebensmittel heranschaffen, bis sich der Tisch bog. Südburgenländische Frauen, die behaupteten, nichts daheim zu haben, hatten in der Regel mehr zu essen daheim, als die Bewohner eines durchschnittlichen Dorfes in einem Monat verspeisen konnten.

Vera lehnte dankend ab. »Wir haben erst gegessen.«

»Dann vielleicht einen Eierlikör?«

»Das wäre sehr freundlich«, antwortete Max. Er wusste, dass Vera diesen Likör, der ob seiner süßen Cremigkeit fast ein kleines Dessert war, genauso gerne trank wie er selbst.

»Sollen wir uns setzen?«, fragte Vera.

Anneliese Zapfel nahm eine Flasche mit vanillegelbem Inhalt aus dem Kühlschrank und drei geschliffene Sherry-Gläser aus dem Regal und ging Richtung Couchgarnitur: schwere dunkelbraune Ledermöbel im Kolonialstil, die um einen niedrigen Tisch arrangiert waren, der wie eine antike Koffertruhe aussah. Auf dem Dreisitzersofa lag eine zerknuddelte beigefarbene Wolldecke.

Die Witwe griff danach und faltete diese zusammen, bevor sie sich hinsetzte.

»Entschuldigen Sie bitte, ich hatte mich kurz hingelegt. Unsere Hausärztin hat mir ein Beruhigungsmittel verschrieben nach der Sache mit dem Herbert. Das macht mich so müde.«

Das erklärte wohl ihr zerzaustes Aussehen.

»Gemütlich haben Sie es hier«, sagte Vera und nahm neben Max auf dem Sofa Platz. Anneliese Zapfel ließ sich in einen der beiden Fauteuils sinken.

»Wissen Sie, der Herbert war mein dritter Mann«, sagte die Hausherrin. »Ich habe einmal aus jugendlicher Blödheit geheiratet und einmal aus reiner Vernunft. Aber das mit dem Herbert, das war Liebe.« Sie zog ein Taschentuch aus der Tasche ihrer Strickjacke und tupfte sich die Augenwinkel ab. Dann schnäuzte sie sich lautstark, griff zur Eierlikörflasche und schenkte sich und den Gästen ein. »Der Herbert hat meinen Eierlikör geliebt.« Sie hob ihr Glas. »Prost.«

»Prost«, echoten Vera und Max leise und hoben die Kristallgläser.

»Der Herbert war sicher sehr stolz auf Sie. Darauf, dass Sie so einen Erfolg mit Ihren Büchern haben«, fragte Vera und nahm einen Schluck Eierlikör. Der war wirklich gut. Die kleinen schwarzen Punkte zeugten von der Verwendung echter Vanilleschoten. Außerdem war er nicht zu süß. Ihr Glas war schon fast leer, und sie widerstand der Versuchung, Zunge oder Zeigefinger zu Hilfe zu nehmen, um den klebrigen Rest herauszubekommen.

»Stolz schon, aber gelesen hat er sie nicht«, sagte die Angesprochene. »Der Herbert hat nur Fachbücher gelesen und Biografien. Und ich bin ja eher im romantischen Genre daheim.«

»Waren Sie lange verheiratet?«, fragte Vera.

»Zehn Jahre. Meine erste Ehe ist gleich gescheitert. Wir haben heiraten müssen, weil was unterwegs war. Die Lilly. Meine Tochter, die hatte als Kind so ein schweres Asthma. Auf der Kinderstation habe ich dann meinen zweiten Mann kennengelernt, der war Arzt. Wir haben uns so sicher bei ihm gefühlt. Die Lilly und ich. Bis er mit einer Krankenschwester durchgebrannt ist. Ein Klassiker.« Sie seufzte. »Stört es Sie, wenn ich rauche? Ich heate nur. Das stinkt nicht.« Sie zog einen Zigarettenspitz hervor und saugte gedankenverloren daran, bevor sie weitersprach. Ihre Augen nahmen beim Saugen einen erstaunten Ausdruck an. Aber das war wohl das viele Botox. Sie fuhr mit ihrer Erzählung fort.

»Dann war ich sehr lange Single, bis ich den Herbert auf einer Plattform kennengelernt habe.«

»Auf einer Plattform? Sie wandern?« Max dachte an eine Aussichtsplattform und hatte kurz die Aussichtswarte am Geschriebenstein im Kopf.

»Eine Datingseite. Nix. Etwas Gehobenes mit Niveau. Eine Seite, auf der man was zahlen muss.«

»Aha.«

»Und wir haben sofort gewusst, dass es passt. So ein Gleichklang der Herzen. Das war übrigens auch der Titel meines ersten E-Books. ›Gleichklang der Herzen‹. Es folgten ›Verdorbene Begierde‹ und ›Lenden der Leidenschaft‹. Meine Gefühle für den Herbert waren schon die Inspiration zu all meinen Büchern. Aber das schreiben Sie bitte nicht.«

»Warum denn nicht«, sagte Vera betont arglos. »Liebe ist doch etwas Schönes.«

Sie dachte an ihren Chefredakteur. Der wäre begeistert. Der tote Bürgermeister als Ideenspender für Erotikliteratur. Das wäre *der* Aufhänger für die Story. Damit würde diese sogar in die überregionale Ausgabe kommen.

»Nun«, Frau Zapfel wetzte auf dem Sofa herum, »meine Bücher sind sehr pikant. Seiner Familie hat nie gefallen, was ich schreibe. Alle hatten Angst, man könnte da was Autobiografisches rauslesen. Der Amtmann hat mir einmal sogar recht grob gesagt, ich solle das mit diesen ›Fifty Shades of Grey‹-Kopien besser ganz lassen.« Sie schnaubte. »Ha, von wegen ›Fifty Shades of Grey‹. Das ist amerikanischer Mist. Und schlecht geschrieben. Meine Bücher haben ein viel höheres Niveau.«

»Der Amtmann hat sich eingemischt?«, fragte Vera.

Anneliese Zapfel nickte so heftig, dass die Holzperlen auf ihrer Brust zusammenschlugen.

»Hat er. Mit dem Argument, dass dem Herbert ja eine glänzende Karriere in der Landesregierung bevorsteht. Und seine politischen Gegner das gegen ihn verwenden könnten. Wir sind ja doch ein konservatives Land.«

Frau Zapfel schenkte noch eine Runde Eierlikör ein.

Sie schaute kämpferisch drein. »Aber der Amtmann kann sich brausen gehen. Am Ende siegt nicht die Politik, sondern die Liebe. Darum will ich Ihnen auch dieses Interview geben.« Unvermutet traten wieder Tränen in ihre Augen.

Sie starrte in das Eierlikörglas.

Als sie wieder aufblickte, sah Vera etwas in dem künstlich gestrafften Gesicht der Frau. Einen eigenartigen Ausdruck. Es dauerte ob der fehlenden Mimik eine Weile, bis sie begriff, was es war: Es sah aus wie Wut.

GEDANKEN

Vigilanz bezeichnet in der Psychologie einen Zustand der Daueraufmerksamkeit. Sind wir zum Beispiel ängstlich oder skeptisch einer Situation gegenüber, richten wir die volle Aufmerksamkeit darauf und blenden andere Dinge aus. Seit ich um dieses Phänomen weiß, bin ich mir bewusst, dass ich unter einer übermäßigen Vigilanz leide. Ich halte immer nach Gefahren Ausschau. Wachsamkeit bestimmt meinen Alltag. Ich fühle mich nie sicher.

KAPITEL 9 – VERA UND DIE LENDEN DER LEIDENSCHAFT

Wildschweine paaren sich eigentlich von November bis Januar. Uneigentlich paaren sie sich in freier Wildbahn inzwischen das ganze Jahr über.

»Was haltst von der?«, fragte Vera, als sie wieder im Auto auf dem Rückweg in die Redaktion waren. Sie freute sich über die Sitzheizung, die Po und Rücken wärmte. Ihr war im Winter immer kalt. Und bis die Heizlüftung des Autos ansprang, dauerte es immer ein Randl.

»Hunde, die bellen, beißen nicht«, sagte Max.

»Wie meinst du das?«

»Ich glaube nicht, dass die so viel Sex und Liebe hatte.«

»Wie kommst du drauf?«

»Nur so ein Gefühl. Sie wirkt so verzweifelt.«

»Na klar ist sie verzweifelt. Ihr Mann ist gestorben.«

»Anders verzweifelt. Frustriert. Langzeitfrustriert.«

»Das ist jetzt aber schon eine harte Aussage. Und ein deppertes Klischee. Kein Sex bedeutet Frust oder was?« Vera funkelte Max böse an.

»Dann frag mich nicht, wenn du die Antwort nicht hören magst.« Max zuckte mit den Achseln. Vera sah ihn von der Seite an. Max gehörte zu den Menschen, bei denen man sich nie sicher war, ob sie rasend gut aussahen oder interessant hässlich waren. Alles an ihm war ein bisschen asymmetrisch und zu ausgeprägt. Die Nase zu groß, das Kinn zu spitz, die Augen zu tief liegend. Er war alles, nur nicht 08/15. Als Max in der Redaktion begonnen hatte, hatten ihre Freundinnen aus der Gartenrunde vorgeschlagen, sie solle sich den Fotografen aufreißen. Vera hatte sofort abgewunken. Keine Affären am Arbeitsplatz. Außerdem war der einzige Mann, der sie interessierte, Tom. Leider. Sie hielt auf dem Parkplatz vor der Redaktion. Ein unscheinbarer Neubau am Rande von Oberwart.

»Schon nach 18 Uhr. Kommst du noch mit rauf ins Büro? Ich spiel gleich die Fotos von heute ins Redaktionssystem. Dann kann dein Artikel morgen gelayoutet werden.« Die Gattin des toten Bürgermeisters hatte sich für den Pressefotografen dann doch noch umgezogen, frisiert und geschminkt. Das hatte allerdings gedauert. Es war später geworden, als sie gedacht hatten.

»Nein, ich fahr noch auf den Csaterberg«, erwiderte Vera.

Der Csaterberg war ein idyllischer Weinberg bei Kohfidisch. Hier reihten sich pittoreske Kellerstöckl, Buschenschenken und Bars aneinander. Auch die Gin-Bar vom Dunkel Tom befand sich hier.

»Aha.« Max' Mundwinkel zuckten wissend. »Fahrst zum Tom?« Auch er wusste über die Leider-nein-und-manchmal-doch-Beziehung von Vera und Tom Bescheid.

»Ja. Aber rein beruflich«, verteidigte sich Vera. »Ich möchte ihm ein bisschen auf den Zahn fühlen, was da eigentlich los war am Weihnachtsmarkt und warum er gerauft hat.«

»Na dann, viel Spaß«, sagte Max. Er fand es schade, dass Vera so verbrunzt in diesen Wirten war. Sie hätte ihm schon gefallen. Er mochte sportliche Brünette. Und Vera sah nicht nur gut aus, sie war auch smart und selbstbewusst. Ihre Tochter Violetta hatte sie ganz allein großgezogen. Großziehen müssen, da Lettas Vater, ein windiger Brasilianer, sie sitzen gelassen hatte. Genau das war Veras Problem, dachte er. Sie war eine von diesen Frauen, die sich prinzipiell in die Falschen verliebten. Die dem Irrtum unterlagen, dass die größten Idioten in Wahrheit ganz anders waren und sich unter deren harter Schale ein weicher Kern befand. Und dass sie mit viel Liebe und Geduld zu diesem Kern vordringen konnten. Bullshit, dachte Max. Selbst wenn Vera jemals draufkommen würde, warum die Männer, die sie gar nicht verdienten, so waren, wie sie waren: Solche Typen änderten sich nicht. Manche Idioten bleiben einfach nur Idioten.

»Na dann, mach's gut.« Er löste den Sicherheitsgurt, beugte sich zu seiner Kollegin und küsste sie flüchtig auf die Wangen. Ein Hauch ihres Parfums, Iriswurzel und Tonkabohne, stieg ihm in die Nase. Gut roch sie, die Vera, dachte er. Es war wirklich schade, dass sie nur auf Idioten stand.

»Hallo, Schatzerl, was verschafft mir die Ehre?« Tom umarmte Vera und küsste sie zur Begrüßung auf den Mund. Seine Lippen waren dabei halb offen und feucht.

Vera wusste aus Erfahrung, dass die Art, wie sie sich begrüßten, oft ein Barometer für den weiteren Verlauf des Abends war.

Toms Atem roch nach Gin. Seine Augäpfel waren gerötet und ließen seine grünbraunen Augen fast flaschengrün wirken.

Vera sah ihn forschend an. »Bist du betrunken?«

»Heast, i bin Wirt, da hat man schon zwei bis drei Räusch' in der Woche.«

»Das sieht man gern, dass der Wirt sein bester Gast ist.«

Tom lachte und nahm am Stammtisch Platz. Er klopfte neben sich auf die Bank. »Jeden Tag an Rausch ist auch regelmäßig gelebt. Da, hock dich her.«

Vera nahm Platz, blickte sich um. Die Bar war brechend voll. Die drei ungarischen Kellnerinnen hatten alle Hände voll zu tun, die Getränkewünsche der Gäste zu erfüllen.

»Urviel los für einen Dienstag«, stellte Vera fest.

»Die kommen alle Mörder schauen«, sagte Tom und schlug sich mit den Handflächen auf die Oberschenkel. »Dass mich deine Freundin von der Kieberei verdächtigt hat, war die beste Werbung aller Zeiten.«

Tom stand auf und wischte auf einem Tablet herum, das die Musik im Raum steuerte. Falcos Stimme tönte aus den Lautsprechern. »Drah di net um, der Kommissar geht um.«

Die betrunkene Meute im Raum begann zu grölen.

Toms Bar befand sich in einem 150 Jahre alten Streckhof, den er liebevoll renoviert hatte. Kalkputz, Holz, Hausleinen. Rustikal, aber puristisch. Heute steppte hier der Bär.

»Da geht's zu wie in einer Skihütte, und du hast heute auch einen Schmäh drauf wie ein Skilehrer«, schimpfte Vera.

»Heast, wennst nur kommen bist, um mich zu schimpfen, kannst gleich wieder gehen.«

Tom rülpste leise.

»Du bist grauslich«, schimpfte Vera.

»Ich weiß«, grinste er.

Vera hätte ihm am liebsten eine geschmiert.

»Dann geh ich halt«, zischte sie und stand auf.

Tom fasste sie am Handgelenk. »Ma, jetzt sei nicht so a beleidigte Leberwurst. Das war ja nur ein Spaß.«

Er zog an Veras Arm, und diese plumpste auf die Bank zurück, näher bei ihm als vorher.

»So ist gut«, sagte er und legte den Arm um sie. »Und jetzt trink amal was.« Er deutete zur Kellnerin: »Einen Gin Tonic für die Dame. Du musst den neuen Weihnachtsgin probieren. Mit Mandarinenschale, Kardamom und Pfeffer.«

»Tom, ich kann jetzt nicht Gin Tonic saufen. Die Straßen sind vereist. Ich bin mit dem Auto da.«

»Ich bring dich später heim.«

»Ja sicher, du kannst ja jetzt schon nicht mehr grad gehen.«

»Wenn man nicht mehr gehen kann, muss man fahren«, sagte Tom und lachte über seinen eigenen Witz. »Das war jetzt ein Scherz. Es gibt auch Taxis.«

Dann sah er sie treuherzig an. »Du kannst natürlich auch hier schlafen. Du hast schon ewig nicht mehr hier geschlafen. Ich vermisse dich.«

»Ich schlafe ganz sicher nicht hier«, sagte Vera.

»Ganz sicher nicht«, feixte Tom.

Als Vera aufwachte, war es mitten in der Nacht, und Tom hielt sie fest umarmt. Er hatte sie nicht mehr losgelassen, seit sie Stunden zuvor gemeinsam eingeschlafen waren. Es war so gekommen, wie es schon oft gekommen war. Alkohol, blöd reden, provozieren, flirten, Sex, sehr guter Sex. Ihr Herz machte einen Sprung, als sie seine Hand drückte. Es waren Gesten wie diese, die sie so berührten. Tom konnte so viel Blödsinn reden, wie er wollte, ihr 100 Mal erklären, warum er beziehungsunfähig war und sich sicher keine Oide hamtuan würde. Aber solang er sie in der Nacht umarmte, wusste sie, es war nicht nur eine Bettgeschichte. Sie musste ihm etwas bedeuten.

Ihr war heiß unter der dicken Tuchent. Tom, der sie von hinten umschlungen hielt, schien von innen zu glühen. Sie versuchte, von ihm abzurücken, aber Tom grunzte im Schlaf und rückte sofort nach. Sie streckte ein Bein aus der Tuchent, um einen Temperaturausgleich herzustellen. Dann tastete sie mit der freien Hand nach dem Mobiltelefon, das auf dem Nachtkasterl lag. Das Display leuchtete auf. 5.45 Uhr. Sie hatte noch ein bisschen Zeit. Sie musste erst um 10 Uhr in der Redaktion sein.

Das Timing hätte nicht besser sein können. Letta war mit dem örtlichen Skiklub in Sankt Corona am Wechsel und wollte danach bei einer Schulfreundin schlafen. Trotzdem. Vera musste vor dem Büro noch nach Hause, die Tiere füttern, mit dem Hund eine Runde gehen und sich umziehen. Sie konnte unmöglich mit derselben Kleidung wie gestern in der Redaktion auftauchen. Ihre Kollegen würden sofort wissen, was Sache war. Kurz dachte sie an Max. Der würde das mit ihr und Tom nie verstehen.

Die Haare auf Toms Brust kitzelten Vera am Rücken. Sie versuchte erneut, ein bisschen von Tom abzurücken.

»Nicht weggehen«, murmelte er. Er ließ ihre Hand los, umarmte sie aber dafür fest und zog sie in der Seitenlage noch enger an sich. Vera merkte, dass sein Glied, das gegen ihren Po gepresst war, größer und härter wurde. Ihr Körper reagierte sofort darauf. Es begann in ihrem Unterleib zu ziehen und zu pochen. Sie rieb ihren nackten Hintern gegen seinen Schwanz und spürte Toms Atem an ihrem Ohr. »Du, ich glaub, ich könnt schon wieder«, sagte er heiser. »Du auch?«

Statt einer Antwort spreizte Vera leicht ihre Schenkel. Sie stöhnte auf, als sie seinen Schwanz zwischen diesen fühlte. Im selben Moment fiel ihr der Titel des Buchs ein, das die Frau des toten Bürgermeisters ihr mitgegeben hatte: »Lenden der Leidenschaft«. Sie prustete los. Tom bezog das natürlich prompt auf sich.

»Du lachst mich aus? Na dir werd ich's zeigen.« Er war auf einmal hellwach. Er drehte Vera auf den Rücken und fing an, sie am ganzen Körper zu kitzeln, spielerisch zu zwicken und zu beißen, bis sie vor Lachen und Erregung kreischte.

»Nein, nicht, bitte!« Vera flehte um Gnade und lachte gleichzeitig, bis ihr die Tränen kamen. Mit Tom zusammen zu sein war wie Zeitreisen. Auch wenn sie mittlerweile Falten und Flecken hatte und er versoffen war und schwammig um die Mitte wurde, fühlten sie sich miteinander im Bett wie mit 20. Wie damals, als alles begonnen hatte. Nur dass er mittlerweile ein noch viel besserer Liebhaber war als damals. Er wusste genau, was und wie sie es mochte.

Er hatte es einfach drauf. Tom hörte auf, sie zu quälen, und beugte sich über sie. Sein Gesicht war jetzt so nah, dass sie die geplatzten Äderchen in seinen Augen sah. Den Bluterguss am rechten Auge. »Ich mag dich, Vera Horvath«, raunte er, bevor er das Liebesspiel fortsetzte und sie nach allen Regeln der Kunst zum Orgasmus trieb. Vera wusste, dass dieses Bekenntnis für Tom schon einer Liebeserklärung gleichkam.

Als sie wieder aufwachte, war es 7.30 Uhr, draußen war es noch immer dunkel, aber in Toms Schlafzimmer roch es himmlisch nach Kaffee. Tom hatte ihn gemacht und ans Bett gebracht. »Hier«, er reichte Vera die Tasse. Sie kostete. Melange mit einem Zuckerwürfel. So wie sie es mochte. »Danke«, sagte sie. Sie nahm mit der einen Hand die Tasse und fuhr mit der anderen leicht über Toms Gesicht. Der Bluterguss rund ums Auge schillerte im Schein der Nachttischlampe gelbgrün. »Tut es noch weh?«, fragte sie.

»Gar nicht«, sagte er.

»Warum hast du dich eigentlich geprügelt?«

»Wer will das wissen? Verhörst mich jetzt auch?«

Vera schwieg.

Sie wusste, dass es keinen Sinn hatte, in Tom zu dringen. Er erzählte Dinge nur, wenn er sie erzählen wollte. Heute wollte er offenbar reden.

»Er ist einem von den Mädels aus seinem Büro nachgestiegen. Caro heißt die. Die ist zu mir und hat mich um Hilfe angefleht, weil sie sich seiner nicht mehr erwehren konnte.«

»Und das hast du nicht der Polizei erzählen können?«

»Nein.« Toms Mund verzog sich abschätzig.

»Und warum nicht?«

»Weil es nichts bringt. Er ist tot, und ihr bringt es nichts.«

»Natürlich bringt das was. So was ist klassischer Machtmissbrauch. *MeToo*. So was muss öffentlich gemacht werden.«

»Vera, so rennt das bei uns am Land nicht. Für die Leute ist immer *sie* die Schlampen bei so einer Geschichte. Als Frau kannst bei so was nur verlieren.«

»Aber das ist was anderes. Der Bürgermeister ist tot«, sagte Vera.

»Nach unserem Disput war er noch höchst lebendig.«

»Also noch mal langsam, Tom, was war los?«

»Er hat sie wohl auf dem Weg zur Toilette belästigt. Ich hab gesehen, wie sie sich von ihm losgerissen hat. Sie ist dann zu mir und hat mich gebeten, sie zu ihrem Auto zu begleiten. Sie hatte wohl Angst, dass er ihr nachgeht.«

»Und du hast sie begleitet?«, forschte Vera.

»Ja. Dann bin ich zurück zum Stand und hab alle rausgeschmissen. Und wie ich dann den Stand zusperren will, steht dieser Idiot bei der Bühne und geht mich an.«

»Und daraufhin hast du eine Rauferei mit ihm angefangen?«

Tom nickte entschlossen. »Ja, weil das die einzige Sprache ist, die so einer versteht.«

»Und dann bist du einfach heimgegangen?«

»Vera, der war total fit. Der hat seine Watschen kassiert, mich beschimpft und dann hat er gesagt, er braucht jetzt an Tschick und hat nach seinem Feuerzeug gesucht.«

»Und am nächsten Morgen lag er dann genau dort bei der Bühne tot unterm Schlitten«, sinnierte Vera. »Komisch ist das schon. Vielleicht ist die Caro zurück und hat ihn umgebracht.«

»Gerade war sie noch ein *MeToo*-Opfer, und jetzt sagst, sie ist eine Mörderin«, spottete Tom.

»Das eine schließt das andere nicht aus.«

»Sie hat ein Alibi. Sie ist verheiratet. Ihr Mann hat bestätigt, wann sie heimgekommen ist und dass sie auch da geblieben ist. Das hab ich mitbekommen, als ich bei der Polizei übernachtet habe. Die haben nämlich gar keine Zelle auf ihrer Außenstelle. Ich habe mit denen die halbe Nacht Karten gespielt. Außerdem wissen wir noch gar nicht, ob der Bürgermeister überhaupt umgebracht worden ist. Vielleicht hat den einfach der Schlag getroffen.«

Er packte Vera bei den Schultern und sah sie eindringlich an. »Du musst aufhören, überall eine Detektivgeschichte wie in einem Krimi zu wittern. Das war vielleicht gar kein Mord.«

GEDANKEN

Ehrliche, aufrichtige Worte wären mir lieber gewesen als diese Lügen. Verschweigen ist doch keine Option. Ich habe immer gemerkt, dass ich anders bin. Ich habe mir dazu Gedanken gemacht. Irgendwann habe ich begonnen, mich abzuwerten und dann zu hassen.

KAPITEL 10 – VERA UND MARLIES ESSEN VANILLEKIPFERL

Wenn man im Winter Falter im Gewächshaus oder in der Garage findet, soll man sie an Ort und Stelle lassen. Wichtig ist vor allem, dass diese Räume kühl bleiben, da ansonsten die Falter zu früh aufwachen und keine Nahrung finden.

»Es tut mir leid, aber das, was dein Tom da verzapft, ergibt keinen Sinn.«

Marlies sah Vera nachdenklich an.

»Was hat er genau gesehen? Was hat der Bürgermeister genau getan? Und wenn er schon so ritterlich ist, warum hat er sich dann nicht gleich eingemischt, als er die Belästigung beobachtet hat? Aber nein, er begleitet die Frau zum Parkplatz und geht dann zurück und zettelt eine Rauferei an. Das erscheint mir nicht schlüssig.«

Marlies saß auf der gemütlichen Couch in Veras Bauernhaus und wärmte ihre Hände an einer Tasse Kakao. Vera hatte sie um ein Vieraugengespräch gebeten, aber jetzt war es ein Sechsaugengespräch geworden. Denn

Veras Mutter Hilda saß im Lehnstuhl daneben und strickte. Während ihre Hände wieselflink Maschen abnahmen, machte sie sich ihre eigenen Gedanken.

»Vielleicht ist er verblödet«, stellte Hilda fest und strickte emsig weiter. Ein Wollknäuel fiel von ihrem Schoß auf den Boden. Die namenlose Katze, die Vera mit geerbt hatte, stürzte sich darauf und schlug mit den Tatzen danach. Sie sah mit ihrem dicken Winterfell selber aus wie ein Wollknäuel. »Kusch, weg da«, schimpfte Hilda.

»Er ist nicht verblödet«, sagte Vera. Sie hatte immer das Gefühl, Tom vor Hilda verteidigen zu müssen.

»Klar ist er verblödet. Das ist wissenschaftlich bewiesen«, sagte Hilda und legte ihr Strickzeug weg. »Das habe ich heute erst gelesen.« Sie griff zu ihrem iPad und setzte die Lesebrille auf.

»Da, im Newsletter von ›Lust aufs Leben‹ steht's. Das Gehirn eines 50-Jährigen, der zwei Standardgläser Alkohol täglich trinkt, ist durchschnittlich zwei Jahre älter als das Gehirn eines 50-Jährigen, der nur ein Standardglas am Tag konsumiert. Das Gehirn eines 50-Jährigen, der vier Standardgläser täglich konsumiert, ist gegenüber einer abstinenten Vergleichsperson sogar zehn Jahre älter.« Sie sah Vera triumphierend an.

»Mama, Tom ist noch keine 50.«

»Aber er sauft acht Trankeln am Tag«, stellte Hilda fest. »Mindestens! Darauf wett ich was. Hast ein *Ajax* daheim?«

Weil Vera sie verwirrt anstarrte und nicht reagierte,

ging sie selbst in die Küche und kam kurz darauf mit einem Glasreiniger zurück, den sie auf ihr iPad sprühte.

»Mama, du bist so arg, das darfst du nicht. Du kannst doch nicht ein elektronisches Gerät mit Glasreiniger ansprühen. Das wird davon kaputt.«

»Geh bitte, was man alles nicht darf.« Hilda grinste vergnügt. »Ich mach das jeden Tag so, sonst sieht man ja die ganzen Fingertapper. So, jetzt wisch ich es mit der Küchenrolle ab, und alles ist wieder schön.«

Vera überlegte kurz, ihre Mutter darauf aufmerksam zu machen, dass Glasreiniger auch alkoholische Dämpfe enthielt, die sie einatmete, aber sie wusste aus Erfahrung, dass sie in Diskussionen mit Hilda sowieso immer den Kürzeren zog. Sie wandte sich wieder Marlies zu.

»Du darfst Tom nicht sagen, dass ich es dir berichtet habe, sonst erzählt er mir nie wieder was.«

Sie sah die Polizistin flehentlich an.

»Wir werden einmal mit der Dame reden, die angeblich vom Bürgermeister belästigt wurde, mit der Caro Karner-Beiglböck«, sagte Marlies. »Und Tom dann mit deren Aussage konfrontieren. Mach dir keine Sorgen. Dich halt ich raus.«

Vera sah sie dankbar an. »Magst noch ein Vanillekipferl?« Sie hielt Marlies den Teller mit dem Mürbteiggebäck hin. »Hier, nimm, vor Weihnachten schmecken sie am besten. Danach kann die Weihnachtsbäckerei eh niemand mehr sehen.«

Marlies bediente sich und biss von einem der Gebäckstücke ab. »Ein Traum. Ich mag es, wenn die so mürb sind, dass man sie mit der Zunge am Gaumen zerdrücken kann. Sind da Walnüsse drinnen?«

»Geröstete Haselnüsse«, sagte Vera.

»Vanillekipferl sind mein Lieblingsgebäck. Ich hab einmal so viele davon gebacken, dass ich sie einfrieren musste und dann noch aufgetaut im Hochsommer gegessen habe«, sagte Marlies.

»Vanillekipferl bleiben bei uns nie über«, stellte Hilda fest.

»Du hast es wirklich schön hier«, stellte Marlies fest und blickte sich um.

Vera hatte den Bauernhof, in dem sie mit ihrer Tochter lebte, von ihrer Großmutter, der Urlioma ihrer Tochter Letta, geerbt. Es war ein typischer südburgenländischer Streckhof mit einem gemauerten Arkadengang, der im Burgenland »Gredn« genannt wurde. Das Haus hatte ursprünglich nur vier winzige Räume mit niedrigen Decken und kleinen Kastenstockfenstern gehabt: Küche, Bad, Wohnzimmer und Schlafzimmer. Vera hatte im letzten Sommer den alten Kuhstall zu einem weiteren Schlafzimmer mit Bad für ihre Tochter umbauen lassen.

Hilda lebte nicht mit den beiden unter einem Dach, aber sie spekulierte darauf, hier einzuziehen, sobald Letta flügge geworden war.

Die verstorbene Urlioma selbst hatte ausschließlich in der Küche gehaust: auf der Bettbank neben dem Beistellherd, auf dem den ganzen Tag Essen vor sich hin geköchelt hatte.

Das Wohnzimmer, in dem sie nun zu dritt saßen, hatte die Urlioma nur zu Weihnachten benutzt oder wenn jemand gestorben war. Es wurde damals nicht geheizt. Denn nicht nur Christbäume und Weihnachtsmehlspeise, auch die bis zum Begräbnis zu Hause aufgebahrten Toten hielten sich in einem kalten Raum einfach besser frisch.

Es war die Anschaffung des ersten Fernsehers in den 1970er-Jahren gewesen, die dazu geführt hatte, dass das Wohnzimmer endlich eingeheizt und damit auch bewohnt wurde. Heute mochte Vera diesen Raum sehr, auch wenn er niedrig und dunkel war und sie am Heiligen Abend den Ohrensessel, in dem Hilda gerade strickte, hinaus unter die Gredn* tragen musste, um Platz für den Christbaum zu schaffen.

Weil Vera zu den Menschen gehörte, die mehr Fantasie als Geld besaßen, hatte sie das Wohnzimmer im Shabby Chic eingerichtet. Bücherregale vom Altwarentandler hatten mit Kreidefarbe ein buntes Upcycling erhalten.

Auch der Ohrensessel und die Couch waren Secondhand und waren von einem Ungarn, der noch die Kunst des Polsterns ausübte, neu bezogen worden. Den Ohrensessel zierte nun ein Stoff mit riesigen blauen, lila und cremefarbenen Hortensien. Die Couch war mintfarben mit einem leicht glänzenden Muster, das an französische Lilien erinnerte. Darauf lagen zahlreiche Kissen, manche aus Blaudruckstoffen, andere mit verschiede-

* Arkadengang

nen Blumen- und Tiermotiven, sowie von Hilda gehäkelte Decken und Plaids. Auf dem hölzernen Couchtisch stand ein Adventkranz mit drei violetten und einer rosa Kerze. Schaffelle waren auf dem Boden verstreut. Auf einem schnarchte Veras Hund, Herr Schröder, ein rumänischer Mischlingshund, der genauso überraschend in ihr Leben gekommen war wie die namenlose Katze und die Hühner. Hühner, die draußen im Stall auf das Ende des Winters hofften, der eben erst begonnen hatte, und womöglich gerade von feuchter Erde und fetten Regenwürmern träumten.

In der Ecke des Wohnzimmers stand ein kleiner Holzofen. Durch das Sichtfenster konnte man die brennenden Buchenscheiter sehen, die eine wohlige Wärme abgaben. Die Wände waren in einem kräftigen Dunkelgrün gestrichen. In alten Bilderrahmen hingen Illustrationen und Zeichnungen aus alten Botanikbüchern, die Vera auf dem Flohmarkt gefunden hatte. In diesem Raum passte nichts zusammen, und genau deshalb war alles wunderschön.

»Ist diese Woche ein Treffen der Gartenrunde angesetzt?«, fragte Marlies.

»Ja, am Donnerstag«, antwortete Vera. »Johanna ist ein bisschen im Stress, sie muss dieser Tage urviel erledigen. Sie hat recht geheimnisvoll getan. Sie hat gesagt, sie muss noch viel vorbereiten. Zu Weihnachten käme ihr Mann.«

»Ihr Mann? Johanna hat einen Mann?«, wunderte sich Hilda. »Warum weiß ich nichts davon?«

»Ich hab mich auch gewundert. Ich habe mir immer gedacht, sie ist alleinstehend«, sagte Vera und schenkte sich Kakao nach. »Wir reden immer nur über Garten und Pflanzen und Traditionen. Ich weiß auch nicht, warum. Die Johanna ist irgendwie nicht so der Typ Frau, mit der man über Liebesthemen spricht.«

»Ja, und was macht dieser Mann?« Hilda legte das Strickzeug endgültig weg. Sie wollte jetzt mehr wissen.

»Das weiß ich auch nicht so genau. Er ist beruflich irgendwo im Ausland. Irgendwas mit Medizin.« Vera zuckte mit den Achseln.

Marlies konnte zu alldem nicht viel sagen. Sie kannte Johanna, die Gründerin des *Klubs der Grünen Daumen*, weder lange noch gut. Außerdem hatten viele südburgenländische Frauen Männer, die woanders arbeiteten. Ihr eigener Mann, der Karli, war unter der Woche auch beruflich weg. Allerdings nicht im Ausland, sondern am Flughafen Schwechat beim Zoll.

»Was hat denn der Hund?«, fragte Marlies.

Herr Schröder, der schwarz-weiße Mischling, begann urplötzlich zu jaulen, stand dann von seinem Schaffell auf und lief schwanzwedelnd zur Tür.

»Das muss die Letta sein«, sagte Vera. »Er hört immer als Erster, wenn sie heimkommt«, erklärte Vera.

Tatsächlich, Veras Tochter Letta kam zur Tür herein. Herr Schröder sprang begeistert an ihr hoch und schleckte ihr die Hände ab. »Hallo.« Letta blickte nur kurz in die Runde. Dann ging sie in die Knie und streichelte ausgiebig den Hund. Sie trug Baggy-Hosen und trotz der Jahreszeit einen extrakurzen Pullover. Als sie sich hinhockte, rutschte dieser hoch, und ihr halber Rücken war nackt.

»Kind! Wie bist du denn angezogen. Du wirst dir eine Nierenentzündung holen«, sagte Hilda. »Wo ist deine Jacke?«

»Im Auto.«

»In welchem Auto?«, fragte Vera überrascht.

»Im Auto vom Justin.«

»Von wem?«

»Justin. Ein Freund von mir. Er wartet draußen im Auto. Ich wollt nur mein Ladekabel holen.«

»Magst du deinen Freund nicht hereinbitten«, sagte Hilda.

»Muss das sein?«, maulte Letta. Ihr hübsches Gesicht verzog sich, und ihre dunklen Augen funkelten. »Das ist peinlich.« Sie sah zu ihrer Mutter. »Bitte, Mama.«

»Ich möchte aber auch gerne wissen, mit wem du im Auto wegfährst«, sagte Vera.

»Ich bin fast 16. Wir fahren nur nach Oberwart zum *Mäcci.*«

»Du bist noch 15, Letta, und du fährst sicher nicht mit einem Wildfremden nach Oberwart.« Vera sah ihre Tochter streng an.

»Für mich ist er ja nicht fremd. Ich kenn ihn von der Schule«, begehrte Letta auf und fuhr sich durch die dunklen Locken. »Immer willst mich kontrollieren.«

Vera war die Diskussion peinlich. Vor allem vor dem Besuch.

»Komm, Schatzi. Niemand will dich kontrollieren. Wir wollen ihn nur kurz begrüßen«, sagte Hilda versöhnlich.

Letta war ihr einziges Enkelkind und somit ihr absoluter Liebling. Sie hatte einen besonderen Draht zu dem Mädchen.

»Na gut. Aber nur kurz. Wir haben es eilig«, grummelte Letta.

Sie ging wieder nach draußen und kam fünf Minuten später mit einem schlaksigen jungen Mann im Schlepptau zurück.

»Das ist der Justin.«

Vera scannte ihn von oben bis unten. Er trug noch weitere Hosen als ihre Tochter und einen riesigen schwarzen Kapuzensweater, in dem er fast verschwand. Die schwarzbraunen Haare waren an den Seiten und hinten raspelkurz geschnitten. Die vordere Partie war wild gelockt. Wie bei einem Schaf. Ob Dauerwellen bei Burschen wieder in waren? Dunkle, ein bisschen melancholische Augen in einem blassen Gesicht. Der Mund war schön geschwungen. Die Unterlippe war ein bisschen ausgeprägter, was ihm einen rebellischen Ausdruck gab.

»Hallo«, sagte der Bursch und kaute auf einem Kaugummi herum.

Die Hand hätte er uns schon geben können, dachte Vera. Aber die hatte der Bursch in den Hosentaschen stecken. Nun gut, vielleicht war er schüchtern. Sie beschloss, den ersten Schritt zu machen, und ging auf den Teenager zu. »Hallo, Justin, schön, dich kennenzulernen.«

Justin schüttelte ihr die Hand und sah Vera selbstbewusst in die Augen. Sein Händedruck war fest. Ihre Theorie von der Schüchternheit löste sich in Luft auf.

»Hast du schon lange den Führerschein?«, fragte Vera.

»Ich hab L17 gemacht. Aber ich hab schon vorher viel geübt. Mein Vater hat eine Werkstatt und handelt mit Autos«, grinste er.

Letta trat von einem Bein auf das andere. Offenbar hatte sie ihren Freund nicht informiert, dass eine Polizeibeamtin im Raum war, die illegales Autofahren bei Minderjährigen vielleicht nicht so cool fand.

»Ah, eine Werkstatt, da habt ihr sicher viel zu tun«, sagte Hilda. »Bei diesen neumodischen Autos ist ja immer was hin.«

»Geht so«, sagte Justin freimütig. »Seit die Autos alle Parksensoren und Rückfahrkameras haben, gibt es kaum mehr Blechschäden. Ohne die Rehe, die ins Auto laufen, und die ganzen alten Leute, die überall anfahren, könnten wir zusperren.«

Marlies musste ihm innerlich recht geben.

Hilda fühlte sich nicht betroffen, weil sie der Ansicht war, dass sie nicht alt war.

»Wo bleibst du?«, fragte sie neugierig. Das war so eine burgenländische Redensart, die »Wo wohnst du?« bedeutete. Zum Glück hatte sie nicht »Wem g'hearst du?«, also »Wem gehörst du?«, gefragt. Das bedeutete nämlich »Wer sind deine Eltern?«. Das wäre noch peinlicher gewesen, dachte Letta. Immerhin war Justin schon 18.

»Schölbing. Das ist bei Hartberg«, sagte Justin knapp.

»Bist du auf *Facebook*?«

Justin starrte Lettas Oma verwirrt an. Was war denn das für eine Frage? »Äh nein, nur auf *Snapchat* und *TikTok*«, stammelte er.

»Aha, und was hast du für ein Auto?«, fragte Hilda.

»Einen *Audi R8*«, sagte Justin.

»Schön«, sagte Hilda, die nur die Marke kannte, aber keine Ahnung hatte, wie ein *Audi R8* aussah.

Na bum, dachte Vera, die wusste, dass das ein ziemlich fetter Sportwagen war.

»Nun, dann fahrt bitte vorsichtig und denk dran, dass du um 21 Uhr daheim bist, morgen ist Schule.« Letta verdrehte die Augen. »Tschüs.«

»Tschüs«, echote Justin.

»Auf Wiedersehen«, rief Hilda.

»Des is ma a Lustiger. Den Männergeschmack hat sie von dir«, sagte Hilda zu Vera, nachdem die Tür ins Schloss gefallen war. Draußen heulte ein Bolide auf.

»Wie meinst du das bitte? Du kennst ihn ja gar nicht. Du kannst ihn nicht einfach vorverurteilen.« Vera musste sich innerlich eingestehen, dass sie Letta schon irgendwie verstehen konnte. Der Junge hatte was. »Auf mich hat er keinen schlechten Eindruck gemacht«, sagte sie.

Auf mich schon, dachte Marlies. Die hatte ihren ersten Eindruck nämlich schon vor einem halben Jahr gehabt. Als sie Justin zum ersten Mal getroffen hatte. Im Elektrogroßmarkt in Oberwart.

Da hatte Justin ein teures Computerspiel gestohlen. Es war zu keiner Anzeige gekommen, weil es das erste

Mal gewesen war und er damals noch nicht volljährig gewesen war. Ladendiebstähle gehörten nicht zu den Fällen, die die Einheit für Leib und Leben behandelte. Doch der Kaufhausdetektiv hatte Marlies gekannt, und sie hatte die Anhaltung beobachtet und danach mit dem Detektiv gesprochen. Darüber, dass das immer schlimmer wurde mit den Ladendiebstählen und dass die Diebe immer dreister wurden.

Marlies überlegte, ob sie Vera von der Geschichte erzählen sollte, aber dann entschied sie sich dagegen. Sie würde erst mal im Hintergrund Erkundigungen einziehen und dann entscheiden, was zu tun war.

Hilda war auch ohne jedes Vorwissen auf Spionage aus. »Jetzt muss ich mir auch noch einen *TikTok*-Account machen«, sagte sie und schüttelte ihren Kopf.

»Du willst auf *TikTok*? Warum?«, fragte Vera.

»Na wegen dem Justin«, sagte Hilda. »Ich will wissen, was das für einer ist, mit dem meine Enkeltochter umanandzieht. Glaubts mir, des hat sich schon bei den letzten Politskandalen gezeigt: Im Internet erfährst alles.«

GEDANKEN

Ich hatte immer schon Probleme damit, anderen zu vertrauen. Jede neue Begegnung habe ich immer skeptisch beäugt und unter die Lupe genommen. Selbst wenn ich mein Gegenüber für gut befunden habe, war kein Ende in Sicht. Es blieben immer Bedenken im Hinterkopf, dass die Person es nicht ernst mit mir meint, dass sie mich verlässt oder enttäuscht. Ich war immer in Alarmbereitschaft, gewappnet für die Enttäuschung.

KAPITEL 11 – TOM UND DER CLOWN

Füchse brauchen außerhalb der Paarungszeit und der Aufzucht ihrer Jungen keine Höhle. Sie schlafen einfach auf dem Boden. Auch im Winter. Es kann durchaus vorkommen, dass ein Fuchs unter einer frischen Schneedecke im Freien schläft. Der Fuchs rollt sich dann zu einer Kugel zusammen und wickelt dabei seinen Schwanz wie eine Decke um sich herum.

Toms Kindheit unterschied sich in den ersten Lebensjahren nicht von der Tausender anderer Kinder, die Ende der 1970er-, Anfang der 1980er-Jahre in mittelständischen Verhältnissen im Burgenland groß wurden. Sein Vater war Glaser, hatte sechs Angestellte, eine Funktion als ÖVP-Gemeinderat und einen Sitz in der Wirtschaftskammer. Er gehörte damit in Rechnitz zu den G'stopften und zu den angesehenen Mitgliedern der Gemeinde. Zu denen, die bei Festakten fotografiert wurden. Legte er Anbote für Glaseraufträge, fragte man ihn, ob man nicht bei der Rechnung was machen oder irgendwas mit der

Versicherung drehen könnte. Man konnte meistens was machen. Mit dem Geld, das auf diese Art reichlich floss, finanzierte der Glasermeister, gerne »Herr Kommerzialrat« genannt, seiner Familie ein angenehmes Leben.

Tom wuchs in einem Bungalow am Rande von Rechnitz auf. Bungalows waren damals der letzte Schrei. Alles in dem Bungalow war dunkelbraun. Auch das war damals der letzte Schrei. Ein dunkelbrauner Fliesenboden, dunkelbraune Wandverbauten und Holzdecken, ein dunkelbrauner offener Kamin, eine dunkelbraune Küche, eine dunkelbraune Bar mit dunkelbraunen Hockern wie aus einem Westernsaloon. Das nannte man rustikal. Und rustikal war schick.

Toms Mutter arbeitete stundenweise im Büro der Glaserei mit, aber meist war sie bei den Kindern daheim. Tom hatte Zwillingsschwestern, die sechs Jahre älter waren als er. Er war der Stammhalter, der, der einmal den Betrieb übernehmen sollte. Auf ihn hatte man im wahrsten Sinne hingearbeitet. Dass das mit Opfern und Verlusten verbunden gewesen war und dass seine Mutter vor seiner Geburt mehrere Fehlgeburten gehabt hatte, darüber wurde nie gesprochen.

Der Vater war ein attraktiver Mann. Er war groß, breitschultrig, von den vielen Baustellenbesuchen stets braun gebrannt. Sein dichtes dunkles Haar hing ihm der damaligen Mode entsprechend bis in den Nacken, und lange Koteletten ließen sein etwas feistes Gesicht schlanker wirken. Er war viel unterwegs: Kundenbesuche, Sitzungen, Festakte für Gebäude, an deren Entstehung sein Betrieb beteiligt war. Er war nicht treu. Das waren Männer in seiner Position damals selten. Er fuhr gerne über die Grenze, durch den Eisernen Vorhang nach Ungarn, wo er dank der westlichen Währung ein noch reicherer Mann war. Er feierte mit seinesgleichen Mulatschak. Wodka floss in Strömen, Gläser flogen gegen die Wand. Seine wechselnden Geliebten freuten sich über die mitgebrachten Nylonstrümpfe und über die Dinners mit Krimsekt und Kaviar. Er musste die Frauen gar nicht suchen. Sie saßen in den ungarischen Grandhotels an der Bar und warteten auf ihn. Manche wollten danach auch Bargeld – Devisen, aber das störte ihn nicht. Er war Geschäftsmann, er wusste, alles hat seinen Preis.

Toms Mutter saß die meiste Zeit alleine mit den Kindern im Bungalow. Sie hatte keine Freundinnen im Dorf. Sie war eine Zuagroaste. Eine Beute-Tschechin nannte sie ihr Mann, weil sie aus Prag stammte und er sie dort erobert, also »erbeutet« hatte. Er hatte sie bei einer Baumesse kennengelernt, wo sie als Hostess gearbeitet hatte. Nach drei Halben *Budweiser* hatte er beschlossen, dass sie die Mutter seiner Kinder werden sollte. Er war fasziniert gewesen von ihrer Schönheit und von ihrer Sensibilität. Doch schon nach wenigen Jahren schien ihre Schönheit zu verblassen, und die Sensibilität wich einer stumpfen Melancholie. Ihr einst makelloses Puppengesicht war aufgedunsen, von zu viel Alkohol und den Pillen, die ihr der Hausarzt gegen die ständigen Stimmungsschwankungen verschrieben hatte. »Mama ist müde.« Das war der Satz, den Tom am öftesten hörte. Dass seine

Mutter depressiv war und trank, begriff er erst Jahre später, als er sich einen Reim auf all die Dinge machte, die er damals beobachtete, aber nicht verstand. Dass der Inhalt ihrer Teetassen so säuerlich roch, weil da kein Tee, sondern Veltliner drinnen war. Dass die leeren Glasflaschen deshalb extra weggebracht und nicht im Hausmüll entsorgt wurden, damit die Putzfrau nicht mitbekam, wie viel sie trank. Er erinnerte sich auch an ihre Stimmungsschwankungen. In der einen Minute legte sie ihre Lieblings-Schallplatte auf, Jim Morrison kreischte »Come on, baby, light my fire« in die Welt, und die Mutter tanzte wie ein Derwisch. In der nächsten lag sie weinend auf dem Sofa. »Warum bist du so traurig, Mama?« »Ich weiß es nicht, mein Liebling.« Er war ihr Liebling, ihr Augenstern. Er spürte, dass er sie viel lieber hatte als seine älteren Schwestern, die es gar nicht erwarten konnten, endlich auszuziehen. Aber er hatte auch Angst, dass sie seinetwegen traurig war. War er zu ungezogen gewesen, zu wild, zu laut? War sie deswegen traurig? War das alles seine Schuld?

Die Fotos, die Tom aus dieser Zeit erhalten geblieben waren, hatten nichts von alldem dokumentiert. Denn fotografiert wurde nur zu Anlässen, an denen alle glücklich in die Kamera strahlten. Wanderungen auf den Wechsel mit Extrawurstsemmeln und *Dreh und Trink* mit Kirscharoma. Ein Besuch im Zoo in Schönbrunn, bei dem die Affen mit Erdnüssen gefüttert wurden. Ein Urlaub in Jesolo, bei dem alle vor einem Eisbecher saßen, dessen Schlagobershaube mit bunten *Bols*-Likör-Schlieren verziert war. Familienglück in *Kodak Color.* Die anderen Momentaufnahmen, die wirklichen, echten, die alle schwarz-weiß waren, konservierte er nur in seinen Erinnerungen. Und er wünschte, es würde einen Weg geben, sie ungeschehen zu machen. Die endlosen Streitereien und Schreiereien am Abend, wenn die Eltern dachten, die Kinder würden schon schlafen. Vieles hatte er erfolgreich verdrängt, aber nicht dieses Ereignis: Es war kurz vor seinem zehnten Geburtstag, und die Eltern brüllten so laut, dass Tom aufwachte und sich Richtung geöffneter Wohnzimmertür schlich. Er wollte hineinstürmen und seinen Eltern sagen, sie sollten aufhören. Sie sollten sich vertragen. Immer sagten sie, die Kinder sollen sich vertragen, aber sie selber taten es auch nicht.

Der Vater schrie so laut, dass Tom es mit der Angst bekam, deswegen stoppte er kurz vor der Tür und versteckte sich hinter dem Türflügel, um nicht gesehen zu werden.

»Wo warst du, ich weiß, dass du wieder herumgehurt hast. Ich halte das nicht mehr aus. Ich pack die Kinder und geh zurück nach Prag!«, kreischte die Mutter. »Du bist ja hysterisch, ein Fall für Gugging. Du glaubst doch nicht ernsthaft, dass irgendein Richter einer Alkoholikerin das Sorgerecht gibt. Ich lass dich in die Klapse einweisen.« Klatsch, er hörte ein schallendes Geräusch. War das eine Ohrfeige gewesen? Hatte die Mutter den Vater geschlagen? Auf einmal war es totenstill. Tom spähte um die Ecke und sah, dass der Vater die Mutter am Hals gepackt hatte und würgte. Tat er ihr weh? Tat er seiner Mama weh? »Nein«, rief er, ging auf seinen Vater los und hämmerte mit seinen kleinen Fäusten auf ihn ein.

Der Vater drehte sich um und erstarrte. Von einem Moment auf den anderen verließ ihn die Kraft. Tom sah in seinen Augen Bedauern und Scham. »Es tut mir leid«, sagte er fahrig. »Mir sind die Nerven durchgegangen. Mama und Papa hatten nur einen Streit. Alles ist wieder gut.«

»Gar nichts ist gut«, sagte die Mutter mit krächzender Stimme. »Es wird nie wieder gut sein.« Sie nahm Toms Hand und ging aus dem Raum.

Am nächsten Tag war der Vater nicht da. »Er hat geschäftlich wegmüssen und wird ein paar Tage verreist sein«, sagte die Mutter. »Du hast doch am Samstag Geburtstag, Tom, ich habe eine Überraschung für dich.« Sie klatschte in die Hände. »Ich habe einen Clown für deine Geburtstagsparty engagiert!«

Tom war enttäuscht. Er wurde zehn Jahre alt, er war kein Baby mehr, auch wenn ihn die Mutter manchmal immer noch wie ein Kleinkind betüdelte. Er machte sich nichts aus Clowns. Er hätte sich viel mehr gefreut, wenn die Mutter Samantha Fox zu seiner Geburtstagsparty eingeladen hätte, oder Michael Knight mit seinem sprechenden Auto, K.I.T.T. Aber keinen Clown. Clowns waren peinlich. Was würden seine Freunde sagen? Aber er traute sich nicht, seiner Mutter zu sagen, dass er keinen Clown wollte. Nicht nach allem, was passiert war. Er wollte ihr nicht noch mehr Kummer bereiten.

Tom hatte Angst, dass die Clownsache sein Image als Rädelsführer in der 4. Klasse der Rechnitzer Volksschule für immer ruinieren würde, aber er wurde eines Besseren belehrt. Der Clown war nämlich eine große Überraschung.

Er war nicht einer von diesen Idioten, die er aus dem Wanderzirkus kannte, der ab und zu im Bezirk Halt machte. Tom hatte eine lächerliche Gestalt erwartet – mit Pappnase, riesigen Schuhen und einer Ansteckblume, die Wasser spritzte. Aber das hier war ein Clown, wie er ihn noch nie gesehen hatte. Ein schwarz-weiß geschminkter Pierrot mit blutroten Lippen. Seine Augen starrten aus schwarzen aufgemalten Karos. Dieser Clown wirkte nicht traurig, sondern mysteriös. Und er beherrschte die unglaublichsten Zaubertricks. Toms Freunde saßen mit offenen Mündern und Augen da, als der seltsame Clown verschwundene Spielkarten und Münzen aus deren Hosentaschen zog. Dann ließ er sich etwas Neues einfallen. Er nahm drei Becher, in denen eben noch Ribiselsaft* gewesen war, schüttelte die letzten Tropfen auf der Wiese aus und versteckte eine Fünfschillingmünze unter einem der Becher. Er schob die Becher in Windeseile hin und her, verschob sie einmal nach links, dann nach rechts, in die Mitte und wieder zurück. »Wo ist die Münze jetzt?«, fragte er dann. Obwohl ihm die Kinder ganz genau auf die Finger schauten, war das Geldstück nie unter dem Becher, unter dem sie es vermutet hatten.

* Ribisel = Rote Johannisbeeren

»Das ist wirklich Zauberei«, sagte Tom.

»Das ist ein ganz alter Ganoventrick«, sagte der Clown. »Wenn du willst, kann ich ihn dir beibringen. Dieses Wissen ist mein Geburtstagsgeschenk.«

Der Clown zeigte Tom, worauf es ankam. Dann übten sie. Den anderen Kindern wurde es bald zu langweilig, die beiden zu beobachten. Sie entfernten sich, spielten Fußball und fielen dann über das Buffet her, das aus belegten Brötchen, faschierten Laibchen, Becherkuchen, Schaumrollen und stark verdünntem Ribiselsirup bestand.

»Wenn du lang genug übst, schlägst du mich einmal«, sagte der Clown. Dann ließ er Tom allein und ging zurück ins Haus. Die Mutter hatte ihm ein Glas Cherry Brandy angeboten und wollte mit ihm das Geschäftliche besprechen.

Tom saß im Garten, aß das letzte Stück Becherkuchen und fand, dass das Leben eines Zehnjährigen eigentlich fast perfekt war. Aber nur fast, denn sein Vater fehlte ihm.

Und dann ging auch dieser Geburtstagswunsch in Erfüllung. Der Vater stand am Gartentor, mit einem bunt verpackten Geschenk für Tom in der einen Hand und einem Blumenstrauß in Zellophan verpackt in der anderen. »Der ist für deine Mutter«, sagte er. »Wo ist sie denn?«

Tom zeigte Richtung Haus.

Der Vater ging zur Tür. In dem Moment, als er eintreten wollte, kam die Mutter heraus. Sie hatte wohl sein Auto gehört.

»Hallo, ich dachte ...« Der Vater erstarrte mitten im Satz.

»Du hast da etwas ...«, sagte er dann verwirrt.

Tom blickte zu den beiden und sah es auch. Das Gesicht der Mutter war voller Clownsschminke. Hinter ihr stand mit verschmiertem Gesicht der Clown.

Der Vater starrte eine Sekunde zwischen den beiden hin und her. Dann begriff er und fing zu brüllen an.

Alle Kinder saßen mit aufgerissenen Augen da. Die Nachbarn kamen aus den Häusern und beobachteten eines der skurrilsten Ehedramen, die Rechnitz je erlebt hatte. Der Glasermeister jagte einen Clown durch den Garten, und seine Frau jagte den beiden hinterher. Tom wünschte, dass das alles nur ein schlechter Film wäre.

Was folgte, waren zwei halbherzige Versöhnungsversuche der Eltern und dann die Scheidung, die in einen Sorgerechtsstreit mündete. Tom lebte erst mit den Schwestern bei seiner Mutter in Tschechien. Doch er hasste es dort, weil er niemanden kannte und sich mit Tschechisch plagte. Außerdem konnte er seiner Mutter die Sache mit dem Clown nicht verzeihen. Als er 13 wurde und die Mutter einen neuen Freund hatte, zog er zurück zum Vater nach Rechnitz. Er hasste es auch dort, weil ihm die Mutter fehlte und sein Vater bald eine neue Frau hatte, die er nicht mochte. Er brach die Schule ab und fing an, in Lokalen zu kellnern. Er sah gut aus, und die Mädchen rissen sich um ihn, aber Tom wollte keine Beziehung. Beziehungen, das hatte er gelernt, enden nur mit Verletzungen und Chaos.

Als Erwachsener versuchte er, die Sache reflektierter und differenzierter zu sehen. Er erfuhr mehr über seinen Vater. Er erkannte, das Scheitern der Ehe war nicht nur die Schuld seiner Mutter gewesen. Oder doch? Als sie mit 53 an einem bösartigen Gebärmutterhalskrebs erkrankte und er vom Spital angerufen wurde, er möge bitte kommen, um sich von ihr zu verabschieden, stellte er ihr endlich die Frage, die ihn schon so lange quälte. »Warum, Mama?«

Sie lächelte ihn nur an. Vollgedröhnt mit Morphium. »Weil er mich zum Lachen gebracht hat.«

Tom fand das gar nicht lustig. Er übte das Becherspiel, bis er so gut war, dass er bei Wettspielen auf der Straße jeden schlug. Er reiste viel und verdiente sich seine Reisekosten mit dem Becherspiel. Er spielte es in Paris, in Neapel, in Barcelona. Den Ganoven, die diese Spiele initiierten, gefiel das natürlich gar nicht. Mehr als einmal wurde er mittels einer Messerspitze, die auf ihn gerichtet war, aufgefordert, damit aufzuhören und sich zu verpissen. Er verdiente trotzdem weiterhin sehr viel Geld damit. Aber es ging ihm nicht um Geld. Er hoffte, einmal wieder auf den Clown zu treffen und diesen zu besiegen.

KAPITEL 12 – CAROLINE KARNER-BEIGLBÖCK HAT EIN GEHEIMNIS

Eichhörnchen sind Ordnungsfanatiker: Beim Anlegen ihres Wintervorrats sortieren sie die Nüsse nach Arten und verstecken sie an jeweils unterschiedlichen Orten.

Caroline Karner-Beiglböck hob überrascht den Kopf, als Marlies und Franz im Gemeindeamt auftauchten. Eine Sekunde lang wirkte ihr hübsches Gesicht erschrocken, dann genervt, bevor sich ein strahlendes Lächeln breitmachte. Sie war wirklich eine außerordentlich attraktive Person, dachte Franz. Er musste bei ihrem Anblick an Erdbeer-Rahm-Schokolade denken. Was daran lag, dass Marlies Caros Haarfarbe als Erdbeerblond bezeichnet hatte. Eine Haarfarbe, von deren Existenz Franz bis dato nichts gewusst hatte. Für ihn hatte das bisher Gulaschblond geheißen. Aber Erdbeerblond passte tatsächlich viel besser zu dieser Frau. Sie sah zum Anbeißen aus.

Er räusperte sich: »Wir würden gerne noch mal mit Ihnen über die Vorkommnisse beim *Adventzauber* sprechen.«

»Aber ich habe Ihnen doch schon alles gesagt.« Caro krauste ihre Stirn und verzog ihre Stupsnase. An der Nasenwurzel bildeten sich dabei ein paar winzige Fältchen.

»Es geht nur um Details«, sagte Marlies. »Wir haben inzwischen die Zeugenaussagen anderer verglichen, und es scheint da doch einige Unstimmigkeiten zu geben.«

Elfriede Großschädl betrat den Raum mit einem Aktenordner in den Händen. Sie blickte neugierig zu ihrer Kollegin und dann zu den Beamten. »Jö, da schau her, die Polizei beehrt uns wieder. Ham S' endlich herausgefunden, woran unser lieber Herr Bürgermeister gestorben ist?«

»Wir bekommen heute das Ergebnis der Obduktion«, sagte Marlies. »Aber wir haben noch ein paar Fragen zu der Schlägerei, die an diesem Abend stattgefunden hat.«

»G'rauft ist bei uns am Land ja immer schon worden, aber dass jemand im Suff den Bürgermeister angreift ...« Elfriede Großschädl schüttelte missbilligend den Kopf.

»Wie kommen Sie darauf, dass er angegriffen wurde, vielleicht hat er ja den Streit begonnen?«, sagte Marlies.

»Unser Herr Bürgermeister, nie im Leben. Da ham S' ihn schlecht gekannt. Das war so ein freundlicher und amikaler Mensch ...« Elfriede schnaubte.

»Elfi, kannst bitte kurz mein Telefon übernehmen?

Ich geh mit den Herrschaften von der Polizei in die Kaffeeküche.«

»Ja, aber nur kurz«, sagte Elfriede. »Denn meine Arbeit macht sich nicht von alleine.«

»Auf Sie kommen wir möglicherweise auch noch zurück«, fügte Franz hinzu.

»Tun Sie das!«, erwiderte Elfriede Großschädl. Sie war eine mitteilsame Person, sie würde der Polizei schon sagen, was Sache war.

»Kommen Sie mit«, sagte Caroline und führte Marlies und Franz in den kleinen Raum, in dem die Beamten ihre Pause machen konnten. Es gab mehrere Sitzgelegenheiten hier. Einen Stehtisch, um den vier Barhocker aus Stahlrohr und schwarzem Kunstleder gruppiert waren, sowie einen Tisch mit Eckbank und Holzsesseln. Franz, der es immer entsetzlich unbequem fand, auf Barhockern zu balancieren, entschied sich für Letzteres. »Können wir uns hier hinsetzen?« »Natürlich«, erwiderte Caro. »Darf ich Ihnen einen Kaffee anbieten? Und vielleicht ein Glas Wasser dazu?« Die beiden Beamten nahmen das Angebot dankbar an.

Marlies blickte sich um. Hier gab es weder Stapel dreckiger Tassen noch Teller mit schimmligen Resten. Büroküchen waren oft richtig eklig, aber diese war sauber und makellos aufgeräumt.

Sie erhaschte einen Blick in den Kühlschrank, als Caro die Milch herausnahm. Der Inhalt war ordentlicher sortiert als bei ihr daheim. Eine nähere Inspektion des Milchpackerls, das Caro auf den Tisch stellte, zeigte, dass die

Milch am Gemeindeamt »bio« war und erst zu Weihnachten ablaufen würde. Die Gläser und Tassen, die Caro ihnen hinstellte, waren ebenfalls neu und geschmackvoll ausgewählt.

Die Polizistin hatte in anderen Büroküchen schon aus blinden Gläsern und abgeschlagenen Tassen getrunken. Das hier war eine willkommene Abwechslung.

Sie musste schmunzeln, als ihr Blick auf ein Post-it über der Abwasch fiel.

Um den Geschirrspüler zu befüllen,
braucht's Mut und starken Willen.
Wem beides fehlt, das kann man sehn,
der lässt das Geschirr halt draußen stehn.

»Wer dichtet denn hier so schön?«, fragte sie Caro und deutete auf den Zettel.

»Der Amtmann«, erwiderte diese. Sie lächelte, aber der Tonfall war ein bisschen geringschätzig. »Er ist sehr penibel.«

Wie in jedem Büro war die Kaffeeküche auch auf dem Gemeindeamt die geheime Kommandozentrale des Büros, und hier war der Amtmann offenbar der Kommandant.

Franz nahm einen Löffel und rührte in seinem Kaffee. Es war reine Gewohnheit, er trank ihn seit einem halben Jahr ohne Milch und Zucker.

»Frau Beiglböck«, eröffnete Franz das Gespräch.

»Karner-Beiglböck«, korrigierte ihn diese.

»Karner-Beiglböck, entschuldigen Sie.« Er hörte auf zu

rühren. »Erzählen Sie uns bitte noch mal, wie das genau war am Abend vor der Eröffnung. Wann sind Sie zum Markt gekommen?«

»Aber das wissen Sie doch schon alles. Das habe ich schon zigmal gesagt, Ihnen und Ihren Kollegen. Warum muss ich das wieder und wieder erzählen?«

Weil wir so herausfinden, ob du die Wahrheit sagst, dachte Marlies, denn nur jemand, der die Wahrheit sagt, bleibt auch dabei. Eine Lügnerin widerspricht sich irgendwann. Aber das sagte sie natürlich nicht laut.

»Also bitte«, sagte Frau Karner-Beiglböck und fing an, ein welkes Blatt vom roten Weihnachtsstern, der vor ihr auf dem Tisch stand, abzuzupfen und zwischen ihren Fingern zu rollen.

»Ich bin nach dem Büro mit dem Herrn Bürgermeister, dem Amtmann und der Frau Großschädl auf den Weihnachtsmarkt gegangen. Wir haben alles überprüft.«

»Was genau?«

»Nun, alles, was für die Eröffnung wichtig war, ob die Gemeindearbeiter den Christbaum gerade aufgestellt haben, ob die elektrische Beleuchtung passt, ob rund um die Bühne Schnee geräumt wurde … all das.«

»Und dann?«

»Dann hat der Herr Amtmann vorgeschlagen, dass wir noch etwas trinken gehen.«

»Moment.« Marlies unterbrach sie. »In Ihrer ersten Einvernahme haben Sie gesagt, Sie hätten das initiiert.«

Caroline Karner-Beiglböck blickte verwirrt auf. »Ja. Nein. Also beides stimmt. Das war so. Der Amtmann hat gesagt: ›Wir könnten doch noch etwas trinken gehen.‹ Er wollte zum *Kirchenwirt* fahren. Aber ich wollte nirgendwohin fahren. Also habe ich gesagt, wir können den Dunkel Tom fragen, ob er schon was ausschenkt. Der war nämlich auch da, an seinem Stand.«

»Kennen Sie den Herrn Dunkel näher?«

»Wer kennt den Herrn Dunkel nicht?«, erwiderte Caro diplomatisch.

»Und dann?«

»Dann haben wir hinter dem Stand etwas getrunken, Uhudlerglühwein, und ich bin danach recht schnell aufgebrochen. So kurz nach 19 Uhr. Mein Mann hat zu Hause auf mich gewartet. Ich arbeite ja im PR- und Eventbereich und da wird es ohnehin oft später. Da ist man schon froh, wenn das nicht die Regel wird.«

Marlies überlegte, ob das ihre Ansicht war oder die ihres Mannes.

»Warum haben Sie sich von Herrn Dunkel zu Ihrem Auto begleiten lassen?«, fragte sie.

»Was, wie? Das hab ich nicht.« Caro schien aus dem Konzept zu kommen.

»Wir haben einen Augenzeugen, der das beobachtet hat«, bluffte Franz.

Caro zerriss das Weihnachtssternblatt in lauter winzige Fuzerl.

»Ich hab mich nicht begleiten lassen.« Sie überlegte fieberhaft. »Ja, jetzt fällt es mir ein. Er ist nur zum Parkplatz, weil er etwas aus seinem Auto holen wollte.«

»Was denn?«

»Ich weiß es nicht.«

»Warum lügen Sie uns an, Frau Karner-Beiglböck?«

»Ich lüg doch gar nicht.« Sie zog sich tief in die Eckbank zurück und verschränkte die Arme vor dem Körper.

Als sie aufblickte, waren ihre Augen weit aufgerissen und glänzten unnatürlich. Marlies fragte sich, ob Caro irgendwelche Pillen nahm, die ihr halfen, besser durch den Tag zu kommen.

»Sie verschweigen uns etwas. Unser Augenzeuge hat angegeben, dass Sie zuerst mit dem Bürgermeister bei der Bühne gestanden sind, dass sie einander umarmt haben, und dass Sie dann der Herr Dunkel zum Parkplatz begleitet hat. Erklären Sie uns bitte, was da los war und warum Sie es uns bis jetzt verschwiegen haben.«

»Wir haben uns nicht umarmt.« Die Gemeindebeamtin warf die Blätterreste auf den Tisch. »Er wollte mich umarmen.«

»Wer?«

»Der Bürgermeister. Er war betrunken und ist mich angestiegen! Ich hab mich losgerissen und den Tom gebeten, mich zum Parkplatz zu begleiten. Nur für den Fall, dass mir der Bürgermeister nachrennt und es noch mal probiert.«

»Und warum haben Sie uns das verschwiegen?«

»Wegen meinem Mann. Er ist krankhaft eifersüchtig.«

»Auf den Bürgermeister?«

»Nein, natürlich nicht auf den Bürgermeister. Auf den Dunkel Tom.«

»Gibt es einen Grund dafür?«

Die Erdbeerblonde lief tiefrot an.

»Es gibt einen Grund«, sagte Marlies, der es plötzlich wie Schuppen von den Augen fiel. »Sie haben ein Verhältnis mit dem Dunkel Tom. Darum hat der so überreagiert.«

»Hab ich nicht!«

»Hören Sie auf zu lügen, Frau Karner-Beiglböck. Wir können Ihre Telefondaten überprüfen. Ihren *WhatsApp*-Verkehr, alles. Auch die gelöschten Nachrichten.«

Das stimmte zwar nicht, denn dazu brauchte es erst einmal die Zustimmung des Staatsanwaltes. Aber Caro fiel auch auf diesen Bluff herein.

Sie legte den Kopf in ihre Hände. Als sie wieder aufschaute, war pure Panik darin zu lesen. »Bitte sagen Sie es nicht meinem Mann«, hauchte sie. »Hören Sie! Er darf es nie erfahren. Bitte. Es würde ihm das Herz brechen. Ich … ich …«

Marlies seufzte. Sie dachte an jemand anderen, dem diese Tatsache ebenfalls das Herz brechen würde: Vera.

»Wir nehmen das alles jetzt einmal zu Protokoll«, brummelte Franz.

Marlies spürte, wie ihr Mobiltelefon in der Tasche vibrierte. Eine Festnetznummer. Die Gerichtsmedizin aus Graz. Das Ergebnis der Obduktion des Bürgermeisters war da.

»Ich geh kurz raus«, sagte Marlies zu Franz und verließ die Teeküche. Die zuständige Gerichtsmedizinerin war neu. Ihr Vorgänger war in Pension gegangen. Sie hieß Henri Liebherr – Henri von Henriette– und war unglaublich ambitioniert auf eine forsch-freundliche Art.

»Ich hatte ja schon einen Verdacht, als ich das zyanotische und aufgedunsene Gesicht gesehen habe«, sagte sie. »Dann diese Rötung und Schwellung der Rachenwand und des Zungengrunds. Die starke Lungenblähung. Eine Ejakulation hatte er auch.«

»Eine Ejakulation?«, fragte Marlies.

»Ja, Ejakulationen kommen bei dieser Todesart oft vor, auch Kot- und Urinabgang. Und natürlich petechiale Blutaustritte unter den serösen Häuten der Brustorgane. Ich spreche von der Pleura, den Tardieu-Flecken …«

Marlies wurde ungeduldig. Warum konnte sie nicht zum Punkt kommen?

»Was ist denn nun herausgekommen bei Ihrer Untersuchung?«, unterbrach sie.

»Er ist erstickt.« Die Stimme klang freudig, aber die Freude bezog sich wohl darauf, das Ergebnis der Obduktion präsentieren zu dürfen.

Marlies blickte sich nach links und rechts um. Sie stand in einem Gang. Es war möglich, dass es hier Mithörer gab, also wählte sie ihre Worte vorsichtig.

»Tatsächlich? Woran?«

»Nun, das ist das Faszinierende an diesem Fall. Das Opfer hatte neben den Schwellungen lackartige schwarze Flecken und Streifen an der rechten Hand und um die Mundpartie herum.«

Marlies schwieg. Vielleicht kamen sie schneller weiter, wenn sie die Gerichtsmedizinerin einfach reden ließ.

»Wenn Sie wollen, können Sie auf die Pathologie kommen und es sich anschauen. Und diese Flecken sind ganz typisch für einen Kontakt mit einem giftigen Öl namens Urushiol. Die toxikologische Untersuchung hat das bestätigt.«

»Öl? Haben Sie nicht gerade gesagt, er wurde erstickt?« Sie flüsterte die letzten Worte.

»Er *ist* erstickt. Die Lunge ist zugeschwollen. Er hat giftige Dämpfe eingeatmet.«

»Dämpfe eines Öls?«

»Dämpfe einer Pflanze, die dieses Öl enthält«, sagte die Gerichtsmedizinerin. »Haben Sie schon einmal von Giftsumach gehört?«

Marlies verneinte.

»Nun«, fuhr die Medizinerin fort. »Besser bekannt ist diese Pflanze unter ihrem englischen Namen. Da gibt es sogar einen Charakter bei *Batman*, der so heißt.« Sie machte eine Pause. »Wir reden von Poison Ivy.«

GEDANKEN

Immer war ich Fragen ausgesetzt, immer musste ich mich erklären. Wer möchte denn seine ganze Lebensgeschichte einem Fremden in den ersten fünf Minuten des Kennenlernens erzählen? Vermutlich niemand, aber genau damit wurde ich immer wieder konfrontiert. Tagtäglich.

KAPITEL 13 –
DER GARTENKLUB RÄUCHERT

Wer Ohrenkneifern beim Überwintern helfen will, füllt einen Topf mit Stroh oder Holzwolle, dichtet die untere Seite mit einem Zwiebelnetz ab und hängt den Topf im Garten auf. Ohrwürmer sind Nützlinge, sie ernähren sich von Blattläusen, Wicklerraupen und Spinnmilben und vernichten Mehltau. Ihr Name rührt daher, dass die Insekten früher getrocknet und als Pulver Schwerhörigen verabreicht wurden.

Johanna schätzte die Weihnachtszeit über alles. Sie mochte es, am 4. Dezember Barbarazweige zu schneiden. Zweige vom Kirschbaum vor dem Haus, die unbedingt einmal einen Frost erlebt haben mussten. Notfalls auch in der Gefriertruhe, damit sie, in einen Krug mit Wasser gestellt, pünktlich am Heiligen Abend aufblühten. Sie mochte es, das große Tor zu ihrem Hofladen mit einem großen weihnachtlichen Kranz zu schmücken. Den Kranz hatte sie selbst fabriziert. Er bestand aus Tannenreisig, in das sie getrocknete Hagebuttenzweige verschiedener Rosensorten und Kiefernzapfen gesteckt hatte. Auch Johannas Adventkranz war selbst gemacht. Aus grauer Wolle gestrickt, der innere Kern war ein mit Draht gebundener Reif aus Stroh. Dieser Adventkranz war nachhaltig. Sie konnte ihn jedes Jahr wiederverwenden. Nur die Bienenwachskerzen, die darauf steckten, wurden ein ums andere Jahr ersetzt.

Johanna liebte den Duft von Weihnachten. Den Geruch nach Zimt und Nelken und das Aroma von selbst gemachtem Rumtopf, der jetzt endlich richtig durchgezogen war. Sie machte sich nicht viel aus Alkohol, aber so eine warme Rumzwetschke, mit einem Schlagobershäubchen und einer Prise Zimt serviert, war schon etwas Feines.

Genauso wie die Kekserl, die sie buk. Ganze 24 verschiedene Sorten waren es, die sie jedes Jahr buk und dann in Blechdosen, die mit nostalgischen Motiven verziert waren, in der kühlen Speis aufbewahrte. Viele dieser Dosen verschenkte sie. Einen Teil davon würde sie am *Adventzauber* verkaufen, der am kommenden Wochenende erneut seine Tore öffnen würde. Und eine Dose, in der besonders viele Unwiderstehliche waren, war für einen ganz bestimmten Mann bestimmt, den sie zu Weihnachten in die Arme schließen würde.

Es gab noch einen anderen Duft, den Johanna mit dem Winter verband. Den Geruch von aromatischem Rauch. Johanna mochte das Räuchern mit Pflanzen aus Wald, Heide und Garten, weil sie fand, dass es ein wunderbares Ritual war, um sich mit der Natur zu verbinden, zur Ruhe zu kommen und das Raumklima zu klären.

Wer noch niemals Tannennadeln, Lavendelblüten oder Rosenblätter verbrannt oder ein Stückchen Fichtenharz angezündet hatte, wusste gar nicht, wie köstlich das duftete. Den ganzen Sommer über hatte Johanna Kräuterbündel aus Kräutern und Blumen gefertigt. Dazu wurden diese mit einem dicken Wollfaden zu einem dichten Bündel zusammengeschnürt und dann kopfüber an der Luft getrocknet. Einen Teil dieser Schätze präsentierte sie nun dem Gartenklub.

»Da, seht her«, sagte sie, »dieses Bündel habe ich zu Johanni gemacht. Es enthält Johanniskraut, Beifuß, Salbei und Wacholder. Jede einzelne Zutat riecht anders, wenn man es verbrennt.« Sie zupfte ein paar der Stängel aus dem Kräuterbuschen.

Dann sah sie sich strahlend in der Runde um: »Ihr müsst wissen, räuchern gehört zur Aromatherapie, es riecht nicht nur angenehm, sondern kann auch die Luft reinigen. Früher wurde auch geräuchert, wenn jemand krank war, da das Räuchern eine desinfizierende und reinigende Wirkung haben kann. Hier, ich habe gleich ein Beispiel für euch. Fangen wir mit Lavendel an.«

Ein graulila Stängel landete auf der weißglühenden Kohle des Räucherstövchens. Sofort stieg ein Duft auf, der überraschend frisch und blumig war.

»Mit Lavendel hat man früher im Haus geräuchert, um den häuslichen Frieden zu bewahren.«

»Na das muss ich probieren«, sagte Mathilde und

stemmte die Hände in ihre drallen Hüften. »Ich hab so oft a Theater daheim mit meinem Gerhard. Wenn das hilft, spar i ma viel Zores.« Alle lachten.

»Lavendel wirkt auch ausgleichend bei Nervosität und Depressionen«, fuhr Johanna fort. »So, jetzt leg ich ein anderes Kraut auf das Stövchen, und ihr müsst raten, was es ist.«

Sie entzündete ein weiteres Kraut und wedelte mit der Hand, um den Rauch im Raum zu verteilen. Ein aromatisch-würziger Duft erfüllte den Raum. »Das muss ein Küchenkraut sein«, sagte Mathilde. »Salbei. Meine erste Assoziation sind Gnocchi.«

»Wahrscheinlich denkst du an Gnocchi mit Salbeibutter«, bestätigte Johanna. »Ja, das ist Salbei. Er fördert die Konzentration, stärkt und wehrt negative Einflüsse ab. Wie ihr wisst, hilft Salbei bei Erkältungen, Zahnschmerzen, Nervenleiden und Hautausschlägen. Und er wirkt ebenfalls desinfizierend. Hier, ich habe euch eine Liste der einzelnen Kräuter und ihrer Wirkweise beim Räuchern ausgedruckt.«

Sie verteilte die Zettel unter den anwesenden Frauen, die um den Tisch saßen. Vera, Mathilde, Marlies, Betty, Mizzi und Grete steckten die Köpfe zusammen und lasen, was da stand.

Räucherwirkung

Salbei: Reinigung, Segnung, Schutz, antiseptisch

Fichtenharz: Reinigung, Stärkung der Konzentration

Wacholder: keimtötend, antiseptisch, vertreibt schlechte Energien, wirkt belebend und stärkt die Abwehrkräfte
Johanniskraut: vertreibt schlechte Energien und schlechte Laune, muntert auf
Thymian: keimtötend, antiseptisch
Engelwurz: Schutz, Reinigung
Holunder: Schutz, Segnung
Lavendel: ausgleichend, beruhigend, antiseptisch
Weihrauch/Myrrhe: Segnung, Reinigung

»Räuchern hat eine jahrtausendealte Tradition«, erklärte Johanna und strich sich eine Strähne ihres dichten roten Haares hinter das Ohr. »Fast alle Religionen und Kulturen der Erde kennen diese alten Bräuche des Verglimmens oder Verbrennens aromatischer Hölzer, Harze und Pflanzen. Der duftende Rauch, der dabei entsteht, diente der Entspannung, Meditation und Heilung, wurde aber ebenso zur Verbindung mit den Göttern eingesetzt. Schamanismus, das bedeutet ›mit Hitze und Feuer arbeiten‹. Für Schamanen waren Räucherungen Botschaften an den Himmel. Nicht selten versetzten sich die schamanischen Priester dabei durch Räucherungen mit bewusstseinsverändernden oder halluzinogen wirkenden Pflanzen wie Nachtschattengewächsen oder Mohn in eine Trance, um auf diese Weise Zugang zur mystischen Welt zu erlangen.«

Marlies wurde hellhörig. »Was würde passieren, wenn man Poison Ivy verräuchert?«, fragte sie.

»Wie kommst du denn da drauf?«, fragte Johanna.

»Was ist das überhaupt?«, wollte Vera wissen.

»Verwandt mit dem Eichenblättrigen Giftefeu«, sagte Johanna. »Das ist eine wirklich hochgiftige und stark allergene nordamerikanische Pflanze.«

»Ich hab schon davon gehört«, mischte sich Betty ein. Die blonde Bestatterin mit dem kunstvoll geflochtenen Haar hatte einige Zeit in Los Angeles gelebt. »Ich kenne Geschichten von amerikanischen Gärtnern, die im Herbst das Gartenlaub verbrannt haben, und in diesem getrockneten Grünschnitt war Giftsumach dabei. Die Folgen waren furchtbar. Schon wenn man Giftsumach berührt, bildet die Haut Blasen und schwillt stark an. Nun stellt euch vor, diese Reaktion tritt im Rachen und in der Lunge auf. Es sind sogar schon Menschen daran gestorben.«

»Wie gut, dass das Zeug bei uns nicht wächst«, sagte Mathilde.

»Oh, da irrst du«, erwiderte Johanna. »Giftsumach ist ein Neophyt. Das heißt, eine Pflanze, die eingeschleppt wurde und sich wild weiter vermehrt hat. Vor einiger Zeit gab es da einen Fall in Graz. Die Pflanze wurde in einem Park entdeckt. Die Stadtgärtner mussten sie ausgraben und in Plastik wickeln und zwei Meter tief vergraben.«

Marlies wurde hellhörig. Der Spur würde sie nachgehen. Die Kriminalbeamtin merkte, dass Vera sie interessiert musterte, und versuchte, so teilnahmslos wie möglich auszusehen. In alles wollte sie die Journalistin auch nicht einbeziehen.

»Zurück zu den heilsamen und spirituellen Räucherkräutern«, sagte Johanna und fuhr mit ihrem Vortrag fort. »Vieles vom Wissen der antiken Völker über die Spiritualität der Düfte hat sich bis heute im Christentum erhalten, das Räuchern zu feierlichen Anlässen wie Weihnachten, während der Andacht, im Sterbezimmer, bei Begräbnissen oder als Segnung. Denkt zum Beispiel an das Verglimmen von Harzen – insbesondere des echten Weihrauchs. Weihrauch zählte um Christi Geburt zu den größten Kostbarkeiten.«

»Irgendwie verbinde ich das Räuchern mit den Raunächten. Ich hab da mal was gelesen. Hat man sich so nicht vor der *Wilden Jagd* aus der Unterwelt schützen wollen?«, erinnerte sich Vera.

Johanna bestätigte das. »Das ist richtig. Unsere Vorfahren räucherten immer während der Raunächte. Also in den zwölf Tagen zwischen Weihnachten und Dreikönig. Man wollte die Räume energetisch reinigen und böse Geister fernhalten. Aber auch an den Sonnwendtagen, zu Lichtmess oder am Karfreitag räucherte man Haus und Hof. Und zu Weihnachten segneten viele Bauern durch ein Räucherritual ihre Tiere.«

»Mei Vodda is am Heiligen Abend imma mit der Brotpfann vuller Kuin in Stoi umigonga und hot duart greichart. Er hot gsogt, zu Weihnachten redn de Vicha und beschwern sie, wenn mir Kinda sie währendn Johr nit gscheit vasurgt hom*«, erzählte Altbäuerin Mizzi in breitem Dialekt.

* Mein Vater ist am Heiligen Abend immer mit der Bratpfanne voller Kohlen in den Stall hinübergegangen und hat dort geräuchert. Er hat immer gesagt, zu Weihnachten reden die Viecher und beschweren sich, wenn wir Kinder sie während des Jahres nicht gescheit versorgt haben.

Johanna lächelte. Sie freute sich immer, wenn Mizzi Geschichten von früher erzählte. »Ja, auch in Stallungen wurde oft geräuchert, um diese zu schützen und zu segnen, und die Idee, dass Tiere sprechen, kommt daher, dass bei Christi Geburt Ochs und Esel anwesend und Zeugen eines magischen Ereignisses waren.«

»Und wie räuchert man nun richtig?«, fragte Betty. »Ich will das unbedingt lernen. Ich hab so viel mit Toten zu tun, ich fürchte mich nicht vor Geistern, aber für positive Energie bin ich immer zu haben.«

»Auch da gibt es mehrere Möglichkeiten«, erklärte Johanna geduldig. »Diese Kräuterbündel oder Räucherbuschn werden draußen angezündet, am besten auf einer feuerfesten Unterlage. Indoor braucht ihr ein paar Dinge«, erklärte Johanna. »Eine feuerfeste Räucherschale, Sand für die Isolierung, geeignete Kohle, eine Feder oder einen Fächer, um den Rauch zu verteilen, und natürlich Räucherwerk.« Sie holte Luft und nahm einen Schluck Tee. Vom vielen Reden bekam sie oft einen trockenen Mund. Ah, das war besser. Sie fuhr mit dem Vortrag fort.

»Erst stellt man das Räuchergefäß vor sich, dann gibt man ein bisschen Sand hinein. Jetzt zündet ihr eine Kerze an und haltet mit einer langen Pinzette die Kohletablette in die Kerze hinein, um sie zu entzünden. Wenn die Kohle rundum entzündet ist, wird sie in das Sandbett gelegt. Dann fächelt man Luft auf die Kohle, um sie zum Durchglühen zu bringen. Die Kohle ist richtig durchgeglüht, wenn sich am Rand ein grauer Belag bildet. Jetzt kann man das Räucherwerk mit einem kleinen Räucherlöffel oder einem Teelöffel hinzugeben, damit nicht zu viel von der Räuchermischung auf die Kohle kommt. Wenn zu viel Räucherwerk aufgelegt wird, kann die Glut ersticken.«

Grete meldete sich zu Wort. »Ich hab einen Weihrauchbrenner daheim, aus Keramik, getöpfert von der Maria Binder aus Bernstein.«

»Das ist eine gute Alternative«, gab ihr Johanna recht. »So ein Weihrauchbrenner funktioniert nicht mit klassischer Räucherkohle, sondern mit einer Kerze, üblicherweise einem Teelicht. Er besteht aus einem Korpus, welcher die Kerze beinhaltet, auf dem ein Räuchersieb oder eine Räucherschale aus Messing befestigt ist.«

Johanna sah lächelnd in die Runde: »Man kann Räucherwerk kaufen, aber was mich persönlich sehr fasziniert, ist, dass man im Wald sehr viel zum Räuchern findet. Harze, Nadeln, Rinden, Wurzeln … es braucht eigentlich gar nichts Exotisches.« Johanna griff nach ein paar Gläsern mit Kräutermischungen und ließ diese in der Runde herumgehen. »Hier, ich räuchere gerne mit Mischungen, die traditionell sieben oder neun Bestandteile haben: ein oder zwei Harze, ein oder zwei Gehölze oder Wurzeln und ansonsten Kräuterblätter oder -blüten. Je nachdem, welche Pflanzen man verwendet, ändert sich auch die Wirkung der Räucherung. Ihr könnt zum Beispiel Mischungen machen, die entspannen, und andere, um neue Kraft und Energie zu sammeln oder auch welche für mehr Konzentration am Arbeitsplatz.«

»Ich hab mal etwas Räucherwerk mit Honig, Zimt, Kardamom, Nelke, Salbei und Beifuß zu kleinen Kugerln gerollt und diese verräuchert. Das riecht besonders zu Weihnachten sehr gut«, erzählte Mathilde.

»Muss man sonst noch was beachten?«, fragte Vera. Sie machte sich schon die ganze Zeit über Notizen für einen Artikel, den sie zu diesem Thema im *Burgenländischen Boten* schreiben wollte.

Johanna dachte nach: »Ja, wenn Asthmatiker, Kleinkinder oder Schwangere anwesend sind, sollte man mit dem Räuchern vorsichtig sein. Isabella ist deswegen heute auch nicht gekommen. Sie steht ja kurz vor der Geburt, und wir wollen nicht, dass die Kräuter vorzeitig Wehen auslösen.« Johanna griff nach ihrem grasgrünen Wollmantel, der an einem Haken bei der Tür hing, und zog diesen an. »So, jetzt gehen wir hinaus und entzünden diesen Kräuterbuschen hier.«

Die Chefin des *Klubs der Grünen Daumen* nahm mit einer Metallschaufel etwas Holzkohle aus dem Beistellherd in der Küche und gab diese in eine Feuerschale, die sie ins Freie trug. »Das ist die Oldschool-Methode des Räucherns, ideal für alle, die noch einen Brennofen daheim haben«, sagte sie vergnügt.

Sie legte den Kräuterbuschen auf die glühenden Kohlen. Sofort stieg ein balsamisch würziger Duft auf. Vera blickte sich um, es war eine kalte, klare Nacht. Man konnte den Sternenhimmel sehen. Sie sah in die Runde. Wie unterschiedlich all diese Frauen waren, und dennoch verband sie diese Liebe zur Natur und zu den Pflanzen. Sie ging zu Marlies und deutete dieser, mit ihr ein paar Schritte von den anderen wegzugehen. Die Polizistin folgte der Aufforderung.

»Der Bürgermeister ist also an Giftsumach gestorben, wurde er zu Tode geräuchert?«, fragte Vera.

»Das muss sich erst herausstellen«, sagte Marlies.

»Ich dachte, wir sind ein Team«, erwiderte Vera leicht gekränkt.

»Es ist noch nicht heraußen, ob er zu Tode geräuchert wurde, aber er hat mit ziemlicher Sicherheit den Rauch von Giftsumach oder einer verwandten Pflanzenart, die Urushiol enthält, eingeatmet und ist daran erstickt«, erklärte Marlies.

Veras Gesicht erhellte sich. »Hab ich es doch gewusst. Ich hab es mir gleich gedacht, als du Johanna Löcher in den Bauch gefragt hast.«

Marlies schmunzelte. »Aber diese Info ist vorerst vertraulich.«

»Natürlich«, sagte Vera.

»Du hast mir übrigens gestern gar nicht erzählt, wie das Interview mit der Frau Zapfel war«, stellte Marlies fest.

»Ja, ich wollte vor meiner Mutter nichts sagen. Nicht, dass die das gleich ihren Freundinnen weitertratscht.«

»Das verstehe ich.« Marlies nickte wissend. Hilda Horvath trug ihr Herz auf der Zunge und behielt nie ihre Meinung für sich.

Vera dachte an ihr Gespräch mit der Gattin des verstorbenen Bürgermeisters zurück. »Die Frau Zapfel hat gesagt, sie hat sich mit dem Amtmann nicht besonders gut verstanden. Er hätte ihr nahegelegt, mit dem Schreiben ihrer Bücher aufzuhören, der erotische Inhalt könne der Karriere ihres Mannes schaden.«

»Interessant«, sagte Marlies, »da müssen wir unbedingt nachhaken.«

»Mir schien es fast, als wäre sie erleichtert, dass sie nun endlich ihr Pseudonym lüften und offen Werbung für ihre Bücher machen kann«, sagte Vera.

»Aber ob sie für die Karriere über Leichen gehen würde?«, fragte Marlies.

»Das glaubst du doch nicht? Sie sagt, sie hätte ihn über alles geliebt.«

»Das kann, muss aber nicht stimmen.«

»Habt ihr Toms Angaben nachgeprüft? Also, dass er der Caro Karner-Beiglböck so aus der Bredouille geholfen hat?«, fragte Vera.

»Wir sind noch dabei«, sagte Marlies ausweichend.

Über Tom Dunkel und Caro Karner-Beiglböck wollte sie mit Vera jetzt wirklich nicht sprechen. Erst würde sie sich Tom persönlich vorknöpfen. Und auch den Amtmann. Sie wusste nur noch nicht, wen zuerst.

GEDANKEN

Ich hatte nie das Gefühl, dass meine Bedürfnisse wichtig sind und dass ich sie äußern darf. Aus Angst, wieder verlassen zu werden, habe ich die eigenen Bedürfnisse hintangestellt. Auf lange Zeit gesehen, führte das zu Frust und Ärger, der mich nach und nach krank macht.

KAPITEL 14 – DER TEUFEL SOLL DICH HOLEN

Die 24-Stunden-Ameise (Paraponera clavata) wird auf Englisch Bullet Ant (»Gewehrkugelameise«) genannt. Diesen Namen verdankt sie ihrem äußerst schmerzhaften Stich, nach dem sich das Opfer wie erschossen fühlt. Der Stich einer Kugelameise ist 30-mal schmerzhafter als der einer Wespe oder einer Honigbiene und wirkt bis zu 24 Stunden nach.

»Des is a Witz, was die mit uns aufführen. Dass wir uns so was g'fallen lassen.«

»Was ist denn, Mama?«

Hilda war bei Vera vorbeigekommen. Angeblich, um eines ihrer selbst gebackenen Kletzenbrote vorbeizubringen. Ein nahrhaftes Brot mit getrockneten Birnen, Zwetschken, Rosinen und Nüssen, das sie traditionell immer am 6. Dezember, dem Tag des Heiligen Nikolaus, buk.

Tatsächlich war sie aber gekommen, um sich Luft zu machen. »Na, die Großkopferten, was die sich mit uns erlauben. Es ist ein Witz. Ich frag mich echt, warum niemand auf die Straße geht. Wegen jedem Dreck gehen s' auf die Straße, aber wenn man echt einmal wegen was Wichtigem auf die Straße gehen sollt, geht keiner.«

Vera sah auf. Sie stand in der Küche und versuchte mit mäßigem Erfolg, Walnüsse zu knacken. Der Walnussbaum aus dem Garten der Urlioma war uralt, die Nüsse waren klein und der Inhalt bescheiden. Es war eine Schwerstarbeit, sie zu knacken. Außerdem löste sich die Nuss kaum von der Schale.

»Gib her, ich kann dir gar nicht zuschauen.« Hilda drängte Vera zur Seite. »Geh weg mit dem Nussknacker. Das sind Steinnüsse, keine Papiernüsse. Gib mir einen Hammer und ein Brett.«

Vera reichte das Gewünschte.

»Hier. Du musst wissen, wie du draufhaust, damit es kein Gatsch wird. Auf der breiten Seite auf den Schlitz. Aber die Nuss soll nicht entlang der Naht in zwei Hälften zerspringen. Sie soll unregelmäßig zerbrechen, damit du die harten Schalen gut wegbekommst. Schau, so geht das!«

Zack. Mit einem gekonnten Schlag zerteilte Hilda die Walnuss und löste dann die Papierhäute ab, die das noch weiche Fruchtfleisch umgaben. Viel war es nicht, was da übrig blieb.

»Das dauert ja Stunden, bis man ein paar Deka Nuss hat«, jammerte Vera.

»Natürlich, aber dafür hast dann gescheite Nussn und nicht das ranzige Zeug aus dem Plastiksackerl«, sagte

Hilda. »Außerdem … Haselnüsse knacken dauert noch länger.«

»Und warum sollen wir jetzt auf die Straße gehen?«, nahm Vera das Gespräch von vorhin wieder auf.

»Ja wegen der Grundsteuer. Die haben s' schon wieder angehoben. Das geht doch nicht. Überhaupt, warum müssen wir immer wieder für dasselbe Steuern zahlen. Erst zahlst a Steuer von deinem Gehalt weg. Wennst das Haus dann baust, zahlst Steuer auf den Kredit, dann zahlst Grundsteuer, und wenn du es danach vererbst, zahlen die Kinder wieder Steuer.« Hilda schüttelte ihren Kopf. »Wenn der Bürgermeister noch leben tät, dem tät ich was erzählen.«

Vera hatte keine Lust mehr, Nüsse zu knacken. Sie gab die restlichen Walnüsse zurück in einen Jutesack und trug diesen zurück in die Speis. Das war das Gute an Walnüssen. In der Schale waren diese, gut durchgetrocknet, jahrelang haltbar.

Sie stand auf und griff nach ihrem Schal. Ein riesiges pflaumenblaues, selbst gestricktes Teil, das sie mehrmals um ihren Hals wickelte. »Ich fahr auf den *Adventzauber*«, sagte sie. »Heute ist Krampuslauf. Ich muss darüber einen Artikel schreiben. Kommst du mit?«

Hilda schüttelte den Kopf. »Nein, ich bleib da.« Sie deutete zu Lettas Zimmer, aus dem Rapmusikklänge kamen. »Ich muss mit der Letta reden, ich hab da ein paar Fragen zu *TikTok*. Weißt du, was ein Bubatz ist?«

Vera schüttelte den Kopf.

»Na egal, die Letta wird es schon wissen.«

Als Vera auf dem Weihnachtsmarkt ankam, war der Bereich, in dem der Krampuslauf stattfinden sollte, bereits mit Eisengittern abgesichert. Eine Maßnahme zum Schutz der zahlreich erschienenen Zuseher, die hinter der Absperrung bleiben mussten. Denn in der Vergangenheit war es schon vorgekommen, dass die teuflisch aussehenden Ruten und Ketten schwingenden Gestalten Besucher bewusst oder unbewusst verletzt hatten.

»Wenn du nicht brav bist, holt dich der Krampus.« Jedes österreichische Kind kennt diesen Satz. Der Krampus ist der böse Gehilfe des Heiligen Nikolaus. Sein düsterer Untergebener. Eine himmlisch teuflische Existenz, die vor allem hinter denen her ist, die Böses getan haben.

Während der Heilige Nikolo die Geschenke brachte, kam der Krampus, um Kinder zu bestrafen. Als Kind hatte Vera panische Angst vor den Kramperln gehabt und sich einmal sogar in der Mülltonne vor ihnen versteckt. Dabei hatten diese damals mit ihren Gummilarven nicht halb so gruselig ausgesehen wie die heutigen Monster. Die Kunst des Maskenschnitzens war mittlerweile auch im Südburgenland angekommen. Mit dem Ergebnis, dass die Krampusse nun groteske Holzmasken trugen, die aussahen wie aus einem Horrorfilm.

Vera entdeckte Max in der Menge. »Da komm her«, rief er ihr zu und zog sie zu sich hinter die Absperrung. »Es geht gleich los.«

Tatsächlich hörte man schon das gefürchtete Kuhglockengeläute, das immer lauter wurde, je näher die teuflischen Kreaturen kamen. Und dann waren sie da. In einer Nebelwolke aus Trockeneis erschienen die Kramperl auf der Bühne. Der weiße Nebel ließ sie wie lebende Geisterbahnfiguren wirken. Vera machte einen Schritt zurück und versteckte sich hinter Max. Sie wusste, was als Nächstes kommen würde. Die maskierten Männer rannten von der Bühne zu den Absperrungen und begannen mit ihren Drohgebärden. Es war rund ein Dutzend wilde Gestalten. Sie alle trugen Kostüme aus verfilztem Ziegenfell. Lange hölzerne Zungen hingen aus den Mäulern ihrer Masken. Manche trugen riesige Hörner. Immer zwei, nie vier oder mehr wie bei den Perchten, den alpenländischen Dämonen. Perchten sind viel grober geschnitzt. Der Krampus ist feiner und rotgesichtig, halt so, wie man sich den Teufel vorstellt. Die Menge begann zu johlen, als die Krampusse versuchten, Menschen, die sich zu weit über die Absperrung beugten, zu packen. Pyrotechnische Effekte sorgten dafür, dass es kurz so wirkte, als würde der Bereich vor der Bühne in Flammen stehen.

Gleichzeitig ertönte Musik von *Rammstein*.

»Jetzt kommen die Tratzer«, sagte Vera halblaut zu Max, der ein Foto nach dem anderen schoss. Tatsächlich war es Teil der Show, dass nun ein paar mutige Burschen auf den Platz liefen, versuchten, die Krampusse zu provozieren, und dann von diesen gejagt wurden. Die Necker hatten den Vorteil, dass die Krampusse in ihren zehn Kilo schweren Kostümen unbeholfen und durch die Masken in ihrer Sicht beeinträchtigt waren.

Allerdings hatten die Krampusse Reisigruten bei sich, von denen sie kräftig Gebrauch machten. »Das muss grad echt wehgetan haben«, stellte Max fest, als ein Krampus einem Burschen fest auf die Waden geschlagen hatte.

»Es gibt da so einen Krampuskodex. Sie dürfen nur unterhalb der Knie hinschlagen. Die vom Krampus mitgeführte Rute darf nur aus Birke und keinesfalls aus Haselnuss sein, damit sie bei den neckischen Schlägen niemand verletzen. Und es gibt ein Alkoholverbot und genaue Anweisungen zur Verwendung von Pyrotechnik!«, wusste Vera zu berichten.

Sie wusste auch um die erotische Komponente des Krampus. Beim »Stampern« setzten die Krampusse Mädchen und Frauen nach, um sie mit ihren Ruten mehr oder weniger zärtlich zu schlagen. Es schien Frauen zu geben, bei denen der Mythos des Wilden Mannes, der sie jagte, wohlige Schauer hervorrief. Andere wurden davon so traumatisiert, dass es mittlerweile sogar Seminare für Menschen mit Krampusangst gab.

»So, jetzt kommt der Nikolo, gleich ist Schluss mit lustig«, stellte Max fest. Ein Mann mit weißem Bart und Bischofsmütze betrat gemeinsam mit vier weiß gekleideten Engeln die Bühne. Er schlug mit dem Stab, den er in der rechten Hand hielt, fest auf den Boden. Für die Krampusse ein Zeichen, sich zurückzuziehen. Dann ging der Heilige Nikolo mit seiner Gefolgschaft durch die Zuschauerreihen und verteilte Naschzeug, Nüsse und Mandarinen.

»Das Gute hat gesiegt. Lass uns was trinken gehen«, stellte Max fest und rieb sich die Hände. Er hatte beim Fotografieren die Handschuhe ausgezogen, und seine Finger waren ganz steif.

»Wo magst hin? Sollen wir zur Punschhütte?«

»Ich mag keinen Punsch, der ist mir zu süß. Ich hätt lieber einen Uhudlerglühwein«, sagte Vera.

»Also zum Dunkel«, stellte Max fest.

Auf dem Weg zum Stand Nummer 13 kamen Vera und Max bei Johanna vorbei. Vera wollte stehen bleiben und ein paar Worte wechseln, aber Johanna war am Telefon. »Ich rede gerade mit meinem Mann«, wisperte sie.

»Johanna hat einen Mann? Ich dachte, sie ist ledig«, fragte Max im Weitergehen verwundert.

Vera zuckte mit den Achseln. »Ich kenn den auch noch nicht. Er arbeitet wohl im Ausland. Mehr weiß ich auch nicht. Aber er kommt zu Weihnachten. Dann lerne ich ihn vielleicht kennen.«

Vor Toms Hütte standen ein paar Krampusse, die sich um einen hohen Stehtisch gruppiert hatten. Sie hatten ihre schweren Holzmasken abgenommen, und Vera blickte nun statt in teuflische Antlitze in die freundlichen Gesichter junger Männer. Sie beschloss, die Gelegenheit zu nutzen. »Hi, ich bin Vera Horvath vom *Burgenländischen Boten*, darf ich euch ein paar Fragen stellen …«

Ein paar Zitate der Beteiligten waren für den Bericht im *Burgenländischen Boten* sicher von Vorteil.

»Ich hol inzwischen unsere Getränke«, sagte Max.

Die Krampusse, die bereits Schnaps und Bier tranken, hatten kein Problem damit, interviewt zu werden, und beantworteten geduldig alle Fragen zu ihrem Krampusverein.

»Wer macht eure Masken?«, fragte Vera abschließend.

»Ein Maskenschnitzer aus Markt Allhau«, erzählte einer der Krampusse und zeigte ihr bereitwillig seine Larve aus der Nähe. »Hier, schau, das Innere wird mit der Flex ausgeschliffen und mit Schaumstoff gepolstert. Dann kommt noch ein Futter aus Leder rein. Das ist echt bequem. Hier, magst probieren?«

Vera zögerte. Ein bisschen grauste ihr schon. Unter so einer Maske schwitzte man sicher. Hygienisch war das nicht. Aber dann gab sie sich einen Ruck. Sie setzte die Maske auf. Das Trumm war tatsächlich unglaublich schwer. Außerdem hatte sie Mühe, die Sehschlitze so zu justieren, dass diese für sie passten.

Sie hatte eine Idee. »Borgst die mir kurz? Ich mag nur kurz den Wirt erschrecken.« Ihre Stimme tönte ganz dumpf und hohl aus der Maske. »Klar«, sagte der Eigentümer der Larve.

Vera ging zum Ausschank. Max stand noch immer in der Schlange, die sich um Getränke anstellte. Vera sah, dass nicht Tom die Getränke ausgab, sondern eine seiner Kellnerinnen.

Wo war er bloß? Sie drehte sich mehrmals im Kreis und versuchte, trotz der Behinderung durch die Maske die Lage zu sondieren. Ah, da war er ja. Hinter der Hütte. Etwas abseits stehend und mit Marlies Murlasits plaudernd. Er schien schwer in ein Gespräch vertieft. Perfekt, da hinten war es stockdunkel. Und Tom war abgelenkt. Sie schlich sich langsam an. Kam jetzt in Hörweite. Noch hatte er die nahende Gestalt nicht wahrgenommen. Gleich würde sie »Buuuuu« rufen und Tom überraschen. Da hörte sie Marlies reden.

»Tom, Caro Karner-Beiglböck hat zugegeben, dass sie eine Affäre mit dir hat.«

Vera erstarrte zur sprichwörtlichen Salzsäule. Es brauchte ein paar Sekunden, bis sie wirklich verstand, was sie da hörte. Die Erkenntnis traf sie mit voller Wucht. Es fühlte sich an, als würde sie eine eiserne Faust mit aller Wucht in den Magen schlagen. Sie riss sich die Maske vom Kopf, blickte in die Augen von Tom, in denen sich erst Erkennen, dann Panik breitmachte.

»Du bist so ein verficktes Arschloch«, brüllte Vera. »Der Teufel soll dich holen!«

Sie drehte sich um und stürmte davon. Ein verdatterter Tom und eine betretene Marlies blickten ihr nach.

»Scheiße«, sagte Tom leise. Einen Wimpernschlag lang spürte er ein flaues Gefühl in der Magengrube. War das Scham? Regte sich da ein schlechtes Gewissen? Doch dann spürte er ein anderes Gefühl in sich aufsteigen, das alle anderen überdeckte. Trotz! Was machte die Vera da für ein Theater? Er war nicht mit ihr zusammen. Sie waren kein Paar. Er war ihr nicht zu Treue verpflichtet. Und überhaupt – Frauen, die ihm Szenen machten, waren ihm zutiefst zuwider. Genau deshalb war er mit keiner fix zusammen, weil er sich das Theater sparen wollte. Und jetzt hatte er trotzdem genau dieses Drama. Womit hatte er das verdient?

»Ich glaub, wir sind hier fertig«, sagte Marlies.

Tom nickte nur geistesabwesend.

Ihn wurmte noch etwas ganz anderes. Die Sache mit der Caro. Was hatte die Marlies gesagt? Dass der Amtmann und die Großschädl erzählt hätten, Caro hätte auch mit dem Bürgermeister etwas am Laufen gehabt. Das konnte natürlich auch nur ein böses Gerücht sein. Gehässige Tratschereien der Kollegen. Aber andererseits … Er versuchte, sich an die Szene auf dem Weihnachtsmarkt zu erinnern. Caro, die sich vom Bürgermeister losgerissen hatte und ihm dann diese Du-musst-mich-retten-Gschicht erzählt hatte. »Der wollt was von mir, gut, dass du dazugekommen bist!« Hatte sie nicht zu ihm hingesehen und sich dann erst losgerissen? War es möglich, dass sie sich losgerissen hatte, weil er sie erwischt hatte?

Er musste sich eingestehen, dass es möglich war. Er dachte an den Streit mit dem Bürgermeister. Tom war betrunken gewesen, aber nicht so betrunken, dass er sich nicht erinnern konnte, was da abgelaufen war. Er hatte Caro zum Auto begleitet, dann war er zurück und bei der Bühne am Bürgermeister vorbei. Der war dort am Bühnenrand gesessen, hatte geraucht und blöd gegrinst und dann eine süffisante Meldung losgelassen. »Willst du jetzt der Caro ihr neuer Pächter sein? Da musst dich aber hinten anstellen.«

Da waren bei Tom die Sicherungen durchgebrannt. Der

Rest stand im Polizeiprotokoll. Wenn er den Bürgermeister nur fragen könnte, was da wirklich Sache gewesen war.

Die Vorstellung, dass er in dieser Scharade der Gelackmeierte war, ärgerte ihn immens. Er griff zum Hörer und wählte Caros Nummer. Auf das Freizeichen folgte ein hektisches »Piep, Piep, Piep«. Die drückt meinen Anruf weg, dachte er fassungslos. Kurz überlegte er, ob er Vera anrufen sollte, aber dann ließ er es bleiben. Die war sicher noch super zornig. Er ging zurück zur Vorderseite der Hütte. Die Krampusse, die ihn kannten, weil sie bei ihm oft ihre Vereinstreffen abhielten, winkten ihm zu. Tom winkte zurück. »Was wollts trinken, Burschen?«, fragte Tom. »Die Runde geht auf mich.« Manchmal war Alkohol doch eine Lösung.

GEDANKEN

Ich lebe in meiner eigenen Welt. Zeit meines Lebens kämpfe ich mit der Balance zwischen Bindung und Autonomie. Da die Balance zu finden, ist für mich eine unüberwindliche Herausforderung. Mein Selbstschutz ist so stark ausgeprägt, dass ich mich nie zu 100 Prozent einer Person hingeben kann. Um erneutem Verlassenwerden oder einer Enttäuschung vorzubeugen, stoße ich jedes Gegenüber immer wieder zurück.

KAPITEL 15 – VERA RECHERCHIERT

Wenn sich die Nüsse eines Walnussbaums schwarz färben, treibt die Walnussfruchtfliege ihr Unwesen. Der Schädling wurde aus den USA eingeschleppt und hat circa die Größe einer Stubenfliege. Die gute Nachricht: Die Larven der Walnussfliege schädigen nur das Fruchtfleisch und dringen nicht in die eigentliche Walnuss ein. Für eine Dezimierung der Puppen im Boden sorgen freilaufende Hühner im Garten.

Alkohol ist sicher keine Lösung, sagte sich Vera streng. Sie war zum Auto gegangen und schnurstracks nach Hause gefahren. Sie hatte keinen Bock, sich zu betrinken, sie hatte auch keine Lust, zum Handy zu greifen und Toms Verhalten mit einer Freundin zu besprechen. Es gab nichts mehr, was man noch hätte besprechen können. Alles zum Thema Tom war schon irgendwann einmal durchgekaut worden. Geändert hatten all diese Erkenntnisse auch nichts. Außerdem gab es viel zu wenige Wörter, um den Schmerz zu beschreiben, der in ihr tobte. Allein schon der Gedanke, dass er es auch mit Caro trieb. Ob er die in der Nacht genauso hielt wie sie? Vera wischte sich die Tränen, die in ihren Wimpern hingen, mit dem Wollhandschuh aus dem Gesicht. Ein paar fielen dennoch in den nassen, kalten Schnee vor ihrer Haustür, als sie endlich daheim war.

In dieser Nacht machte Vera kaum ein Auge zu. Gegen 5 Uhr schlief sie endlich vor Erschöpfung ein. Aber schon 45 Minuten später läutete der Wecker. Es war ein Kreuz, dass die Schulen im Burgenland schon um 7.25 Uhr begannen, und ein noch größeres, dass Lettas Schulbus eine Stunde früher fuhr. Jetzt, im Winter, wenn es draußen stockdunkel und eiskalt war, war das frühe Aufstehen besonders schlimm. Letta schlief wie alle Teenager am liebsten bis in die Puppen. Sie hasste das frühe Aufstehen. In der Früh war sie prinzipiell schlecht gelaunt.

Heute kam zu ihrer schlechten Laune auch noch das Gefühl, dass mit ihrer Mutter etwas nicht stimmte. Warum war die um diese Uhrzeit schon geschminkt? Vera hatte ihre geröteten, geschwollenen Augenlider mit gelblichbeigem Concealer zugekleistert.

Letta betrachtete die gelbbeige Make-up-Schicht skeptisch.

»Alles okay, Mama?«

»Ja«, log Vera.

Letta, die prinzipiell auf das Frühstück verzichtete, weil O-Ton Letta: »Um diese Zeit hat kein normaler Mensch Hunger«, nippte an ihrem Milchkaffee.

»Du siehst aus wie ein Pandabär, nur verkehrt rum. Also wie die Negativaufnahme eines Pandabären.« Es ging doch nichts über die Ehrlichkeit einer fast 16-Jährigen.

»Wahrscheinlich bin ich gegen meine neue Augencreme allergisch«, erwiderte Vera ausweichend. »Ich kann dich in die Schule bringen, wenn du magst. Ich fahr heute früher in die Redaktion, aber spätestens um 18 Uhr bin ich wieder daheim. Was magst du essen? Wir könnten auch Weihnachtskekse backen …«, sie lächelte Letta auffordernd an, »… und uns danach eine Serie anschauen.«

»Hab schon was vor. Der Justin und ich gehen ins Dieselkino und essen dann gleich dort was.«

Obwohl Vera wusste, dass die Absage nichts mit ihr zu tun hatte, schmerzte es sie. Früher hatte Letta es geliebt, mit ihr Kekse zu backen und danach gemeinsam vor dem Fernseher zu versumpern.

»Aha, was schaut ihr euch an?«, fragte sie lahm und versuchte, ihre Stimme nicht zu enttäuscht klingen zu lassen.

»Den neuen Marvel-Film«, erklärte Letta. »Du, Mama, hättest du was dagegen, wenn ich mir die Haare so rot färbe wie Poison Ivy? Man braucht eine Erlaubnis von den Eltern, wenn man sich die Haare bei der Friseurin färben lassen will und noch nicht 16 ist. Die Oma sagt, das Gesetz ist voll vertrottelt. Es will den Mittelstand ruinieren und begünstigt die Konzerne. Denn wenn man sich die Haarfarbe im Supermarkt kauft, überprüft ja auch keiner, wie alt man ist.«

»Wie wer?«, unterbrach Vera.

»Poison Ivy. Das ist die Gegenspielerin von Batman. Eine Öko-Terroristin. Da schau, so sieht die aus.«

Letta zog ihr Mobiltelefon hervor und zeigte Vera eine vollbusige, langbeinige Schönheit in einem tief dekolletierten grünen Catsuit. Die Figur sah aus wie ein Pin-up-Girl und hatte tizianrote Haare.

Vera blickte skeptisch auf das Bild.

»Wenn du diese Haarfarbe willst, musst du die Haare vorher ganz hell blondieren und dann rot einfärben. Du hast fast schwarze Haare und auch noch Locken. Ich schätze, danach sind sie hin, und du kannst sie abschneiden.«

»Mama, du bist so eine Spielverderberin. Immer musst du mir alles kaputt machen.«

»Ich hab doch nur ...«, verteidigte sich Vera. Aber es war zu spät. Letta war schon in den Beleidigter-Teenager-Modus umgeschwenkt. »Ich nehm den Bus«, sagte sie. »Muss mich beeilen.« Sie schnappte ihren Rucksack und stürmte aus der Küche. Die Haustür fiel krachend ins Schloss. Herr Schröder bellte erschrocken. Vera ging zu ihm und kraulte ihm beruhigend den Kopf. »Sie meint es nicht so«, flüsterte sie, »sie mag uns eh noch.« Aber ganz sicher war sie sich nicht.

»Bist du krank?«, keuchte der Chefredakteur, als Vera eine halbe Stunde später in der Redaktion auftauchte. Sie wunderte sich, dass er auch da war. Aber möglicherweise hatte er auch in der Redaktion geschlafen. Das tat er manchmal, wenn ihn seine Freundin nach einem Streit hinauswarf.

»Nein, ich bin nicht krank!«, sagte sie.

»Du siehst aber aus, als ob du krank wärst. Nicht, dass du mich ansteckst«, sagte der Chefredakteur misstrauisch, griff zu den Echinacea-Tropfen auf seinem Schreibtisch und tröpfelte eine Pipette voll in seinen geöffneten Mund. Vera wusste, dass er trotz oder vielleicht auch wegen seines hektischen, ungesunden Lebenswandels ein schrecklicher Hypochonder war.

»Ich bin nicht krank. Okay?« Vera ging zu ihrem Schreibtisch und setzte die Kopfhörer auf, um die Welt auszusperren.

Zu arbeiten hatte sie genug. Bis Mittag schrieb sie zwei Beiträge für die nächste Printausgabe. Einen über das neue Buch der Anneliese Zapfel. Headline: »*Erlesen – Höhepunkte, wie sie im Buche stehen*«.

Einen zweiten über den gestrigen Krampuslauf, Titel: »*Höllenstimmung – Wart ihr auch alle brav?*«.

Danach hätte sie eigentlich Mittagspause machen können. Aber dazu hatte Vera weder Lust noch den nötigen Appetit. Also aß sie nur den Zwetschkenkrampus, den ihr ein Transportunternehmen als Werbegeschenk in die Redaktion geschickt hatte. Eine Teufelsfigur aus Blumendraht und Trockenfrüchten, auf deren Drahtarmen und -beinen gedörrte Zwetschken steckten. Der Torso bestand aus getrockneten Feigen und Marillen. Vera steckte sich eine Trockenfrucht nach der anderen in den Mund. Am Schluss war nur mehr der Dickschädel über. Eine Walnuss, auf die zwei Augen gemalt waren. Drei aufgeklebte rote Filzdreiecke stellten Ohren und Zunge dar. Vera dachte kurz an Tom, dann griff sie zu ihrem Stapler, spaltete damit den Krampuskopf und aß die Nuss. Was hatte Johanna einmal gesagt? Das Innere einer Walnuss sah aus wie ein Hirn. Nun gut, dann war der Krampus jetzt endgültig hirntot.

Als sie die Nussschalen und die leuchtend roten Filzstücke entsorgte, fiel ihr wieder der Streit mit Letta ein. Genauso leuchtend rote Haare wollte die haben. Hätte sie anders reagieren sollen? Solche krassen Typveränderungen gehörten doch zur Identitätsfindung dazu. Poison Ivy. Da war doch noch was … Darüber hatten sie unlängst erst gesprochen. Bei Johannas Gartenrunde. Das war nicht nur eine Comicfigur, sondern auch eine Giftpflanze. Was hatte Marlies von Johanna wissen wollen – ob man die verräuchern konnte? Vera gab Poison Ivy und Pflanze in die Suchmaschine ein und erhielt sofort nähere Informationen.

Der Eichenblättrige Giftsumach, auch Giftefeu genannt, ist eine Pflanzenart aus der Gattung Rhus in der Familie der Sumachgewächse. Sie stammt aus Nordamerika. Ein Pflanzeninhaltsstoff ist Urushiol, das bei Berührung der Pflanze in den allermeisten Fällen einen juckenden Ausschlag verursacht. Auch beim Verbrennen entstehen gefährliche Gifte …

Sieh an, dachte Vera. Daher wohl die Frage nach dem Räuchern. Ob jemand mit einer Pfanne voll glühenden

Kohlen und Giftsumach vor dem Bürgermeister auf und ab gegangen war? Aber dann hätte dieser Jemand wohl selbst eine Atemschutzmaske tragen müssen. Und das Zeug wuchs in Nordamerika. Wie kam man überhaupt dazu? Sie gab die Schlagworte »Giftsumach« und »Burgenland« in die Suchmaske ein. Kein Erfolg. Giftsumach und Österreich. Ein Artikel der österreichischen Nachrichtenagentur *APA* poppte auf.

»Es hat sich ausgegiftet«, so die Schlagzeile. *Der Giftsumach im Garten eines Wohnhauses im Westen der Stadt wurde in der Früh von Spezialisten ausgegraben und entsorgt. Die Pflanze aus der Familie der Sumachgewächse (Anacardiaceae) besitzt eines der stärksten bekannten Kontakttoxine. Zwei Kinder kamen damit in Berührung und bekamen die Folgen zu spüren.*

Ein Bild zeigte von Ausschlägen übersäte stark gerötete Kinderhaut. Ein zweites Einsatzkräfte in Ganzkörperschutzanzügen. Sie sahen aus wie *Teletubbies*. Die Männer trugen Masken, Kapuzen, hohe Stiefel und Handschuhe, die mit silbernem Gaffer Tape an die Ärmel ihrer Overalls geklebt waren, damit kein Stückchen Haut mit der gefährlichen Pflanze in Berührung kommen konnte. *»Das kontaminierte Material wurde schließlich in einem Behälter hermetisch versiegelt und fachgerecht entsorgt«, beschrieb der zuständige Sicherheitsmanager. Das Gewächs wurde in Graz erstmals in Österreichs Natur entdeckt.*

Vera fand im Netz noch ein paar Zeitungsartikel, die das Thema aufgegriffen hatten. Einen der Verfasser kannte sie sogar. Robert war ein ganz lieber Kollege, den sie bei einer Fortbildung kennengelernt hatte, als Vera noch bei der Zeitschrift »Lust aufs Land« gearbeitet hatte.

Bei der Fortbildung war es um SEO-Optimierung gegangen. Also darum, wie man es schaffte, dass Online-Beiträge im Netz besser gefunden werden. Robert hatte das dort Gelernte augenscheinlich gut umgesetzt. Sein Artikel über Giftsumach war im Suchmaschinenranking auch Jahre nach dem Erscheinen noch ganz vorne dabei. Vera griff zu ihrem Telefon. Sie hatte Roberts Nummer noch eingespeichert. Sie drückte auf »Anrufen«. Robert hob nach dem dritten Läuten ab. Obwohl der gemeinsame Kurs schon ein paar Jahre zurücklag, konnte er sich noch gut an Vera erinnern. »Oh, hallo, verehrte Kollegin. Was verschafft mir die Ehre?«

»Hallo, Robert. Geht's dir gut?« Ohne die Antwort abzuwarten, kam Vera gleich zur Sache: »Du, ich glaub, ich brauch deine Hilfe. Ich recherchiere zum Thema Giftsumach. Da gab es mal einen Fall bei euch in Graz. Du hast darüber berichtet. Kannst du dich noch erinnern, wo das war?«

Robert überlegte kurz. »Giftsumach sagst du? Wart, ich schau im Archiv nach.«

Vera hörte, wie das Telefon zur Seite gelegt wurde. Undeutliche Geräusche im Hintergrund. Stimmengemurmel. Das Klacken einer Tastatur.

Es dauerte ein paar Sekunden, dann war Robert wieder da. »Ich hab's gefunden. Ich erinnere mich jetzt auch. Das war damals eine Riesenaufregung. Zwei Kinder wurden verletzt. Die hatten schlimme Blasen. Wie Verbrennungen sah das aus.«

»Weißt du noch, wo das war?«

»Im Westen von Graz. An einem Zaun. Das ist so eine Schlingpflanze. Die hat sich da ganz unbemerkt ausgebreitet. Als sie entdeckt wurde, war sie schon meterlang. Auf den ersten Blick wirkte das wie Hopfen oder Wilder Wein.«

»Gab es eine Theorie, wie das Zeug dorthin gekommen ist?«

»Nicht eine, sondern gleich mehrere.« Robert schien parallel seinen Computer zu durchforsten. »Ja, hier hab ich's gefunden. Da steht, französische Seefahrer brachten ihn Mitte des 16. Jahrhunderts erstmals nach Europa. Wegen der schönen Herbstfärbung der Blätter. Bei den Reichen und Adeligen waren Exoten aus der sogenannten Neuen Welt damals ein Trend. Aber als man bemerkt hat, wie gefährlich das Zeug war, hat man es wieder ausgerissen. Aber einzelne Exemplare sind übrig geblieben.

Samuel Hahnemann, der Begründer der Homöopathie, hat Anfang des 19. Jahrhunderts damit herumexperimentiert. Es gibt sogar ein homöopathisches Heilmittel: Rhus toxicodendron.«

Vera dachte nach. »Okay, also wenn wir davon ausgehen, dass es in irgendeinem botanischen Garten oder einer vergessenen Parkanlage noch so ein Exemplar gibt oder gab, wie kommt es dann von dort an besagten Zaun nach Graz?«

»Vögel«, sagte Robert. »Giftsumach hat Beeren, die für Vögel ungefährlich sind. Die Vögel fressen die, setzen sich auf einen Baum oder eine Hochspannungsleitung und scheißen dann die Samen raus. So könnte das passiert sein.«

»Und was ist die andere Theorie?«

»Schuhe.«

»Schuhe?«

»Ja, Wanderschuhe. Hiking wird immer internationaler. Passionierte Wanderer. Die klettern in einem Monat auf den Kilimandscharo und im nächsten in den Rocky Mountains herum oder auf den Dachstein. Und sie tragen dabei immer dieselben Bergschuhe. Die haben in der Regel ein ordentliches Profil. Da kann man schon viel Dreck von A nach B transportieren, unter anderem auch Samen. Weißt du, Vera, dieses Grundstück, wo damals der Giftsumach gefunden wurde, lag an einem Wanderweg. Mir erscheint diese Theorie am wahrscheinlichsten.«

Vera musste Robert recht geben. Die Theorie klang plausibel.

»Noch was, Robert, war der Fundort abgesperrt?«

»Wie meinst du das?«

»Nun, im Zeitraum zwischen Fund und Entsorgung, konnte da wer hin?«

Robert überlegte.

»Ich denke schon. Es dauerte ja ein paar Tage, bis man einen Plan hatte, wie man das Zeug am besten entsorgt.

Es gab Warntafeln, dass man das Gewächs nicht angreifen soll, aber gesperrt war nichts.«

»Aha.«

Vera bedankte sich für die Informationen. Kurz überlegte sie, nach Graz zu fahren und sich den ehemaligen Fundort anzusehen. Aber was sollte das bringen? Es war tiefster Winter, und die Sache war bereits ein paar Jahre her.

Ihr Hirn ratterte. Was, wenn jemand durch den Medienbericht auf Giftsumach aufmerksam geworden und dorthin gepilgert war und sich ein paar Blätter oder Beeren genommen hatte, bevor das Zeug entsorgt worden war? Die Blätter hätte dieser Jemand trocknen können oder die Samen weiter vermehren. Ja, so hätte es passiert sein können.

Aber wer konnte dieser Jemand sein? Ein Gartenliebhaber? Ein Pflanzensammler? Jemand, der Gefallen an Giftpflanzen hatte? Jemand, der sich vorsätzlich eine potenziell gefährliche Pflanze in den Garten holte, in der Absicht, jemandem zu schaden? Jemand, der damit den Bürgermeister getötet hatte?

Sie griff noch einmal zum Telefon und rief Marlies an.

»Wie?«, fragte Vera statt einer Begrüßung.

»Wie bitte?«

»Wie ist er an Giftsumach gestorben? Sag's mir, oder ich schreibe einen Artikel mit meinen Theorien, die vermutlich gar nicht so weit entfernt von euren sind.«

Marlies schnappte nach Luft. »Spinnst du, willst du mich etwa erpressen?«

Aber dann sprach sie doch.

»Es deutet alles darauf hin, dass er es geraucht hat.«

»Geraucht?«

»Ja, geraucht. Und wenn ich nur ein einziges Wort darüber im *Burgenländischen Boten* lese, bist du tot«, drohte Marlies grimmig. »Ich leg jetzt auf.«

»Nein, bitte warte. Ich muss dich noch was fragen.«

»Nicht jetzt«, sagte Marlies und beendete das Gespräch.

Sie ging wieder zurück in das Büro, das sie sich mit Franz teilte.

Der stand über einen Plan gebeugt. Den Stadtplan eines Grazer Außenbezirks. Ein Wanderweg war rot markiert. Daneben Grundbuchauszüge.

»Marlies, komm her, schau dir das an.«

»Was ist los? Hast du was entdeckt?«

Franz nickte. Er deutete mit dem Finger auf einen Eintrag. »Sagt dir der Name was?« Marlies blickte über seine Schulter. Klar sagte ihr der Name was. Allein schon, weil er so passend war für diesen Ungustl, der mit seinen ständigen Klagen und Beschwerden die Kollegen seit Monaten in den Wahnsinn trieb.

»Der hat ein Grundstück 500 Meter entfernt von der Stelle, wo damals der Giftsumach gefunden wurde. Die Parzelle daneben mit dem Haus hat ihm auch gehört, aber das hat er letztes Jahr verkauft, bevor er hierhergezogen ist. Er muss ein Vermögen dafür bekommen haben. Die Immobilienblase war da gerade am Höhepunkt.«

»Es könnte auch ein Zufall sein«, sagte Marlies.

»Es gibt keine Zufälle«, sagte Franz, bevor er sich den

nächsten Satz auf der Zunge zergehen ließ. »Magister Wolfram Mösenpichler, ich glaube, du hast uns einiges zu erklären.«

GEDANKEN

Mir fehlt ein Teil meiner Identität. Ich bin bei Menschen aufgewachsen, die komplett unterschiedliche Charakterzüge haben als ich, die anders aussehen, sich anders bewegen. Ständig wurde mir vor Augen gehalten, dass ich anders bin. Vielleicht rührt daher mein Perfektionismus. Wenn ich perfekt bin, bin ich doch liebenswert, oder?

KAPITEL 16 – MAG. WOLFRAM MÖSENPICHLER SAGT NUR DIE HALBE WAHRHEIT

Forscher gehen davon aus, dass es bei uns um die 50.000 Insektenarten gibt, von denen etwa zehn Prozent noch unentdeckt sind.

Magister Wolfram Mösenpichler hatte erwartet, dass die Polizei sich wieder bei ihm melden würde. Diese Sache mit der hölzernen Madonna. Er hätte nicht so ausrasten sollen. Er wusste, dass er noch nicht vollständig gesund war. Dass seine Stimmung, seine psychische Befindlichkeit, unberechenbar war.

Magister Wolfram Mösenpichler war nicht dumm. Für ihn war es nur dumm gelaufen. Sein Leben lang. Aber vor allem in seinem Berufsleben.

Er hatte angeboten, auf die Dienststelle der Kriminalpolizei zu kommen, als Marlies ihm am Telefon erklärte, es gäbe da noch weitere Fragen. Er mochte es nicht, wenn Fremde in seinem Haus waren. Wenn ihm andere zu nahe kamen, in seinen Privatbereich eindrangen, fühlte sich das für ihn immer wie eine Grenzüberschreitung, eine Provokation an. Die neutrale Atmosphäre im Büro der Oberwarter Kriminalpolizei war ihm angenehmer.

Marlies führte ihn in ihr Büro. Es gab noch ein anderes Zimmer, in dem sie normalerweise Gespräche mit Zeugen oder Verdächtigen führte. Aber das war aktuell mit Akten und Computern vollgestopft. Die Ausbeute der letzten Hausdurchsuchung bei einer Baufirma. Es ging um Steuerhinterziehung und Wirtschaftskriminalität. Es würde Jahre dauern, um die Verflechtungen der Dutzenden Scheinfirmen zu entwirren.

Ein gescheiter Mord ist mir tausendmal lieber als das da, dachte Marlies, aber laut sagte sie das nur zum Franz. Der verstand, wie sie das meinte. Ein Außenstehender hätte sie für zynisch gehalten.

Sie blickte wieder zu Magister Wolfram Mösenpichler. Der tote Bürgermeister. Sie hoffte fast, dass das nicht nur ein ungewöhnlicher Todesfall war, sondern ein gescheiter Mord. Hier saß er nun, der Verdächtige, der nur 500 Meter von besagtem Wanderweg gelebt hatte, an dem damals im Sommer Giftsumach entdeckt worden war.

»Wandern Sie?« Marlies lächelte den Mann, der steif vor ihr saß, an.

Magister Wolfram Mösenpichler blickte auf. »Ja, ich bin im Alpenverein.«

Marlies blickte in die Akte. »Sie sind ja auch Sportlehrer. Deutsch, Sport und Geografie sind Ihre Fächer, nicht wahr?«

»Aktuell unterrichten Sie aber nicht«, stellte Franz fest. »Beim letzten Mal haben Sie von einem Sabbatical gesprochen.« Magister Mösenpichler blickte in die Leere. Ein Turnograph, dachte Franz. »Aktuell unterrichten Sie aber nicht«, hakte er nach.

»Es ist eher eine Umorientierung«, erwiderte der Lehrer. Er presste die Lippen zusammen, seufzte.

»Und für diese Umorientierung sind Sie ins Südburgenland gezogen? Dürfen wir erfahren, warum ausgerechnet hierher?« Marlies sah ihn durchdringend an. Sie blickte noch mal in die Akte.

Der Angesprochene zögerte. Er wusste, er kam nicht darum herum, ihnen zu erzählen, was passiert war. Obwohl er die Geschichte am liebsten für immer verdrängt hätte.

Magister Wolfram Mösenpichler war Lehrer geworden in einer Zeit, als dieser Beruf noch beliebt und gefragt war. Sicherer Job, angenehme Arbeitszeiten, ständig Ferien. Ha! Die hatten ja keine Ahnung. Es war ein Knochenjob. Einer, der jedes Jahr schlimmer wurde. Er war nie beliebt gewesen. Vielleicht hätte er sich mit jüngeren Schülern leichter getan. Solche, die seine Witze noch lustig gefunden hätten, und seine Versuche, sich bei den Schülern beliebt zu machen, nicht gnadenlos als Schleimerei verurteilt hätten. Er wäre besser bei den Taferlklasslern aufgehoben gewesen. Bei solchen, die noch voller Wissbegierde waren. Aber die, die er unterrichtete, hatte das System bereits kaputtgemacht. Er unterrichtete 14- und

15-Jährige, die mit leeren Augen lethargisch dasaßen. Solche, die nur darauf warteten, ein Opfer zu finden, an dem sie ihren Frust auslassen konnten. Magister Wolfram Mösenpichler mit seinen schlechten Witzen und seiner eckigen, unbeholfenen, leicht zu provozierenden Art war das ideale Opfer.

Er konnte sich nicht erinnern, dass es in seiner Klasse jemals ruhig gewesen war. Es gab ständig Geschwätz. Ein Grundrauschen, das an seinen Nerven zerrte. Magister Wolfram Mösenpichler rächte sich an seinen Peinigern mit strengen Beurteilungen und schlechten Noten.

»Der ist so ätzend!«, schimpften die Schüler.

Man hätte annehmen können, dass ihm mit zunehmender Erfahrung der Umgang mit den Schülern leichtergefallen wäre. Aber gerade das Gegenteil war der Fall.

Von Jahr zu Jahr wurden die Schüler frecher und aufsässiger, respektloser. Und der Mösenpichler, oder »die Möse«, wie sie ihn respektlos nannten, rächte sich mit schlechten Noten.

»Sie können nicht der halben Klasse eine Frühwarnung geben, das wirft kein gutes Licht auf Ihre Leistung als Lehrer und auf uns als Schule«, tobte der Direktor.

Der Direktor hatte ihn noch nie gemocht. Wolfram wechselte die Schule. Damit war sein Schicksal besiegelt.

Denn als Neuer bekam er die Klasse, die keiner der Kollegen mochte. Die, in der Pascal Huber saß. 14 Jahre, aus bestem Hause, aber wohlstandsverwahrlost. Ein richtiges Früchtchen. Und der Löwe wartete schon auf seine Beute.

Das Martyrium begann recht traditionell. Drehte Magister Wolfram Mösenpichler der Klasse den Rücken zu, flogen kleine Papierkügelchen. Schüler standen einfach auf und verließen den Klassenraum.

»So geht das nicht!«, japste der Lehrer. Aber es ging eben doch. Und weil man schauen wollte, was noch alles ging, trieben sie es unter Pascal als Anführer immer schlimmer.

Als Magister Wolfram Mösenpichler das nächste Mal in die Klasse kam, lagen Reißzwecken auf seinem Sessel. Er setzte sich darauf, und als er schmerzgepeinigt wieder hochfuhr, drückte ihn Pascal, der Anführer der Bagage, nieder. Und ein anderer, der von Pascal zu dieser Mutprobe genötigt worden war, setzte ihm den Mistkübel auf den Kopf.

Als er diesen wieder abnahm und fassungslos in die grausamen Gesichter der johlenden Meute starrte, hatte er einen Kaugummi im Haar kleben und zu seinem eigenen Entsetzen verspürte er Angst.

Da wusste die ganze Klasse, dass sie ab jetzt alles mit ihm machen konnte.

Im Sportunterricht schlugen sie ihm den Basketball frontal ins Gesicht. »'tschuldigung, Herr Fessor.« Ging er in der Pause an ihnen vorbei, machten sie obszöne Handbewegungen.

Franz unterbrach ihn. »Haben Sie die Schulleitung nicht informiert?« Magister Wolfram Mösenpichler zuckte resigniert mit den Schultern. Die Schulleiterin tat anfangs sehr schockiert. »Sie hat das Gespräch mit den betroffenen Eltern gesucht. Der, der mir den Mistkübel aufgesetzt hat, wurde rausgeworfen. Aber die Kinder haben aus Angst vor dem Pascal alles abgestritten und abgeschwächt und ihn gedeckt. Der Vater vom Pascal hatte sogar die Frechheit zu behaupten, sein Sohn würde aus Notwehr so handeln, mit seinen Mobbingattacken um Aufmerksamkeit flehen.«

»Notwehr?«, fragte Marlies überrascht.

Für einen kurzen Moment blitzte Triumph in den Augen des gemobbten Ex-Lehrers auf. »Ich hatte mich geweigert, seinen Sohn, der in allen meinen Fächern auf ›Nicht genügend‹ stand, zu versetzen. Und wissen Sie, womit er mir dann gekommen ist?«

Marlies schüttelte den Kopf.

»Die Tatsache, dass sich der Bub im Unterricht nicht konzentrieren könne, wäre Auswirkung einer Hochbegabung. Sein Kind würde in meinem Unterricht nicht gefördert werden. Der Junge würde sich in meinem Unterricht langweilen. Er hätte mich gemobbt in der Hoffnung, dann einen kompetenteren Lehrer zu erhalten.«

»Und dann?«

Der Herr Magister blickte zu Boden.

Er konnte ihnen nicht sagen, was dann passiert war. Dann würden sie ihn für gewalttätig halten. Aber er war nicht gewalttätig. Er war nur verzweifelt gewesen.

Er hatte den größten Fehler seines Lebens gemacht. Pascal hatte ihn wieder einmal bis aufs Blut provoziert. Er hatte im Unterricht eine Energydrinkdose nach vorne Richtung Mistkübel geworfen, aber diesen verfehlt. Die

Dose war dem Lehrer vor die Füße gerollt. Magister Wolfram Mösenpichler hatte ihm befohlen, diese aufzuheben. Pascal hatte nur gelacht.

Dann hatte er eine neue Dose genommen und aufgerissen. Der Lehrer ging zu ihm und wollte ihm diese wegnehmen. Er sah noch die Überraschung im Gesicht des Burschen, als er sein Handgelenk umfasste. Damit hatte er nicht gerechnet. Doch dann kam der Gegenangriff. Pascal spuckte seinem Lehrer mitten ins Gesicht. Nasser, schleimiger, widerwärtiger Speichel rann über seine Nase und seinen Mund. Noch nie in seinem ganzen Leben war er so gedemütigt worden. Er wusste nicht, wer oder was ihn da steuerte. Noch bevor er rational denken konnte, reagierte sein Körper. Sein Arm fuhr in die Höhe, seine Hand traf klatschend die Wange und das Ohr des Schülers. Seine Handfläche brannte.

In der Klasse war es jetzt zum ersten und einzigen Mal in seinem Unterricht totenstill.

Pascal lächelte nur. Ein grausames, psychopathisches Lächeln. »Danke«, sagte er dann. »Jetzt habe ich dich in der Hand, du Loser.«

Magister Wolfram Mösenpichler rechnete damit, dass Pascal seinen Eltern erzählen würde, was passiert war. Dass es einen Riesenskandal geben, er ein Disziplinarverfahren bekommen würde. Aber Pascal erzählte nichts und befahl auch seinen Klassenkameraden Stillschweigen. Er wusste, er hatte jetzt eine Waffe in der Hand. Und er benutzte die Waffe gnadenlos.

Pascals Noten verbesserten sich in allen Fächern, die

Wolfram Mösenpichler unterrichtete, auf überraschende Weise von »Nicht genügend« auf »Gut«. Auch die Noten seiner Freunde verbesserten sich im zweiten Halbjahr dramatisch.

»Geht doch!«, sagte er hinterfotzig, in der letzten Reihe sitzend, Papierkügelchen werfend und Energydrinks schlürfend. Er hatte den Deal nie verbal eingefordert. Es war wie ein unausgesprochener Pakt zwischen der 4c und Magister Wolfram Mösenpichler. Alle hielten sich daran. Und alle hielten die Goschen.

Und er würde vor der Polizei jetzt auch die Goschen halten und diesen Teil der Geschichte auslassen.

»Ich hatte ein Burn-out«, sagte er knapp. »Ich konnte einfach nicht mehr. Sobald ich von der Schule nach Hause kam, lag ich auf meiner Couch. Stundenlang lag ich dort und starrte die Decke an. Wenn mein Wecker morgens klingelte, stand ich auf, verfluchte mich und mein Leben und zwang mich in die Schule. Ich hatte keine Kraft mehr und keine Lebensfreude.« Er stützte die Ellenbogen auf die Tischplatte. Ließ den Kopf auf die Handflächen fallen. Massierte seine Schläfen mit den Daumen. »Tief in mir wusste ich, weshalb ich seelisch erschöpft war. Ich habe es nicht mehr ertragen. Ich habe gekündigt, mein Haus in Graz verkauft und bin ins Südburgenland gezogen.«

»Warum ausgerechnet ins Südburgenland?«

»Nun, das habe ich Ihnen doch schon das letzte Mal gesagt. Die Grundstückspreise sind billig, und das Wetter ist schön. 300 Sonnentage im Jahr. Und Ruhe wollte ich haben. Aber das mit der Ruhe war eine Illusion.«

»Nun«, Franz räusperte sich. Er wusste, dass man Verdächtige reden lassen sollte, aber diese ewig lange Schulgeschichte hatte doch ganz schön vom Thema weggeführt.

»Sie haben sich aber auch als eine Art Ruhestörer einen Namen gemacht. Die Sache mit der Madonna. Die ständigen Beschwerden, der Nachbarschaftsstreit. Sie hatten ein Problem mit dem Bürgermeister und Sie haben in der Nähe des Tatorts gelebt.«

Marlies legte den ausgedruckten Zeitungsartikel auf den Tisch. »Giftsumach-Fund Juli 2022, Graz.«

»Wo waren Sie am 14. Juli 2022?«

Magister Wolfram Mösenpichler sah auf. Ein Lächeln machte sich in seinem Gesicht breit. »Juli 2022? Da war ich gar nicht im Lande. Das war nach meiner Kündigung. Ich habe eine Trekkingtour gemacht, in São Tomé ... Das liegt in Afrika«, fügte er schulmeisterlich hinzu. Er lehnte sich zurück. »Und am 1. August bin ich dann hierhergezogen. Sie können das alles überprüfen.«

Franz schnaufte. Warum hatten sie diese Frage nicht gleich am Anfang gestellt? Jetzt hatten sie sich die halbe Lebensgeschichte von diesem Menschen anhören müssen, für nichts und wieder nichts.

»Sind wir hier fertig?«

Marlies nickte. Sie begleitete den Lehrer zur Tür. »Halten Sie sich bitte trotzdem zu unserer Verfügung.«

Sie ging zurück zu ihrem Kollegen. »Was hältst du von dem?«

»Ich glaube nicht, dass der den Bürgermeister getötet

hat. Das ist einfach ein Komplexler«, sagte Franz. »Es ist zwar schlimm, dass es bei ihm so weit gekommen ist, aber solche Leute sollten nicht Lehrer werden. Meine Tochter hatte auch einmal so einen. Die sind unfähig zu unterrichten, und dann lassen sie ihren Frust an den Schülern aus.«

Wolfram Mösenpichler verließ das Gebäude und trat auf den Gehsteig hinaus. Die Kälte, die ihm entgegenschlug, als er durch den Park zu seinem Auto ging, fühlte sich heute nicht bedrohlich, sondern erfrischend an. Er fühlte sich nach dem Gespräch aus irgendeinem Grund erleichtert. Obwohl er ihnen nicht einmal die halbe Wahrheit erzählt hatte. Er hatte kein Wort über die Frau gesagt, wegen der er nach Oberwart gezogen war.

GEDANKEN

Manchmal flüchte ich in Tagträume, um der Realität zu entkommen.

Dabei habe ich nur einen sicheren Platz gesucht, um dem Stress zu entfliehen. Gerne male ich mir aus, was alles passieren könnte, nur um auf alles vorbereitet zu sein. Ich wollte einfach nicht darüber nachdenken und »normal« sein wie alle anderen. Heute weiß ich, dass es kein »Normalsein« gibt. Ich werde jetzt aufhören zu grübeln. Ich werde sie suchen und sie finden.

KAPITEL 17 – DER LUCIENTAG

Als Hexenspucke bezeichnet man die Schaumnester der Schaumzikaden, in denen deren Larven leben. Die an Spucke erinnernden Gebilde finden sich im Frühling an Stängeln und Blättern krautiger Pflanzen oder von Gehölzen.

Im Julianischen Kalender fand die Wintersonnwende eine gute Woche früher statt als heute. Der kürzeste Tag des Jahres fiel auf den 13. Dezember. Man fürchtete diese ewig lange Nacht. Hatten doch böse Geister in dieser besonders viel Zeit, ihr Unwesen zu treiben. Als das Christentum die heidnischen Brauche übernahm, schickte es zur Erleuchtung die Heilige Lucia los. Der 13. Dezember wurde der Lucia von Syrakus gewidmet. Der Legende nach war Lucia eine Märtyrerin gewesen. Sie brachte den Christen, die sich in den römischen Katakomben versteckt hatten, Essen. Um den Weg zu beleuchten, aber dennoch die Hände frei zu haben, soll sie sich dabei einen Kranz mit Kerzen auf den Kopf gesetzt haben.

In Schweden feiert man den Luciatag deshalb mit Lichterprozessionen, und Lucia ist weiß und strahlend und gut.

In Ungarn und auch im Südburgenland, das bis 1921 zum Ungarischen Königreich gehörte, war Lucia auch bekannt. Allerdings nicht als Lichtgestalt, sondern als dunkle Perchtenfigur, die alle bestrafte, die ihre Regeln nicht befolgten.

So war es zu »Luca Napja«, wie der Tag auf Ungarisch heißt, verboten zu nähen. Wenn man zu Nadel und Faden griff, so hieß es, würde Luca zur Strafe die »Eierstöcke« der Hühner zunähen, auf dass diese keine Eier mehr legen würden. Auch das Weben war streng untersagt. Denn sonst, so hieß es, würde Luca den Faden durcheinanderbringen und verheddern. Und auch die Gedankenfäden der Weberin würde sie verwirren. In der Lucianacht ging es närrisch zu. Man spielte einander Streiche, verkleidete sich, bettelte oder stahl. Am Morgen danach fehlten bei vielen Höfen die Tore. Oft fand man sie beim Nachbarn im Keller.

Der Lucientag war aber auch der Tag der Prophezeiungen. Mädchen schrieben die Namen von 13 Jungen auf 13 Zettel. Jeden Tag wurde einer dieser Zettel ungelesen weggeworfen. Am Weihnachtstag war schließlich nur noch ein Zettel übrig, der den Namen des Zukünftigen verraten sollte. Eine andere Art Orakel war es, zu Lucia Weizen in einen Topf zu säen. Diese trieben dann bis zum Heiligen Abend aus. Der Topf mit den frischen Keimlingen wurde als Symbol des Lebens unter den Weihnachtsbaum gestellt. Ging jedes Samenkorn auf, glaubte man, dass das folgende Jahr eine reiche Ernte bringen würde.

Manche im Dorf begannen am 13. Dezember einen Lucienstuhl zu zimmern. Dafür sollten sieben oder neun verschiedene Holzarten verwendet werden. Denn die magischen Zahlen sieben und neun galten seit dem Altertum als mystisch. Man nahm also Fichte für das Grundgerüst des Schemels und fügte nach und nach noch andere Holzarten hinzu. Stechpalme, Wacholder, Eibe, Birne, Apfel, Geißblatt, Akazie und Rose. Nägel aus Metall waren nicht erlaubt. Bis zum 24. Dezember musste der Stuhl fertig sein, wobei bis dahin an jedem Tag ein neues Stück Holz angefügt wurde. Noch heute erinnert eine ungarische Redewendung an den Brauch. »Das dauert ja so lange wie der Lucienstuhl«, sagt man, wenn etwas gar lange dauert.

War der Stuhl dann am Weihnachtsabend vollendet, nahm man ihn in die Mette mit. Wer sich darauf setzte, der konnte der Sage nach erkennen, wer in der Kirchengemeinde eine Hexe war. Er würde ihre Hörner sehen. Danach müsse man den Stuhl aber sofort verbrennen, da die Hexen ihn sonst in Stücke reißen würden.

Einmal vor langer Zeit, so erzählt die Legende, soll sich folgende Geschichte zugetragen haben: Tante Rosa ging am Heiligen Abend mit ihrem Lucienstuhl zur Mitternachtsmesse, um herauszufinden, wer die Dorfhexe war. Sie suchte sich einen Platz in der Mitte der Menge, betete in heiliger Demut und setzte sich dann vorsichtig auf den Stuhl, den sie mitgebracht hatte. Doch da dieser keine Nägel hatte und schlecht zusammengesteckt war, brach er unter ihrem Gewicht krachend zusammen. Tante Rosa geriet in Panik, sprang auf, rempelte versehentlich die Leute vor ihr an. Die Kirche war übervoll. Das Geschubse und Gerempel setzte sich wie bei einem Dominospiel fort. Einige Kirchgeher kamen sogar zu Fall. Es herrschte große Aufregung und jemand rief »Da ist die Hexe!« und zeigte auf Tante Rosa. Diese floh entsetzt aus der Kirche, die Dorfbewohner liefen ihr schreiend hinterher. Tante Rosa stürzte in Panik ins Haus und verriegelte die Tür, aber die Menge schrie und hämmerte bereits unter ihrem Fenster. Der Ehemann, der in der Küche neben dem Beistellherd schlief, wachte durch den Lärm auf, bekam mit, was Sache war, und murmelte nur verschlafen: »Ich wusste eh schon immer, dass du eine Hexe bist!«

Hilda Horvath liebte diese Geschichte. Sie erzählte sie jedes Jahr am 13. Dezember. Da in diesem Jahr die Chorprobe des Kirchenchors auf den 13. fiel, kamen ihre Mitsänger in den Genuss der Erzählung.

»Was ist dann weiter passiert?«, wollte der Holper Gerli, der nicht nur Amtmann, sondern auch Chorleiter war, wissen.

»Wie weiter?«, fragte Hilda.

»Nun, wurde Rosa von ihrem Mann beschützt? Oder hat das Dorf sie gefangen genommen und verbrannt?«

Hilda hatte auch keine Antwort auf diese Frage.

Sie wusste aber, wer ganz sicher eine Hex war. Die neue junge Sopranistin, die den Gerli wohl verhext und deswegen jetzt die Solopartien beim Weihnachtskonzert bekommen hatte. Obwohl sie weitaus weniger oft zu den Proben gekommen war als die alte Sopranistin. Nicht zu den Proben kommen und dann in der ersten Reihe stehen wollen. So ein Benehmen war eines der größten Ärgernisse im Kirchenchor.

Im Kirchenchor gab Hilda den Takt an. Sie hatte eine sichere Altstimme und hatte dem Amtmann schon beigebracht, immer so zu dirigieren, wie sie sang, und nicht umgekehrt. »Macht hoch die Tür«, »Tauet, Himmel, den Gerechten«, »Maria durch ein Dornwald ging«, »O du fröhliche«. Die Weihnachtslieder kannte Hilda nach jahrzehntelanger Chormitgliedschaft bereits im Schlaf.

Ab und zu gab es natürlich trotzdem Unstimmigkeiten. Zum Beispiel, wenn die Frau Fuith zu laut sang. »Piano …«, rief dann der Amtmann, der den Chor am Klavier begleitete, und machte ein Gesicht, als hätte er Zahnweh. »Piano. Tuats a bissl beten beim Singen.«

So weit kam es freilich nie. Statt andächtig zu beten, dachten die Anwesenden lieber schon an die dritte Halbzeit. So nannte man das gemütliche Zusammensitzen nach der Probe, bei dem gegessen und getrunken wurde. Die Brustkaramellen, die der Holper Gerli während der Chorprobe verteilte, um die Stimme zu ölen, machten ja schließlich nicht satt.

Heute beschloss der Kirchenchor, nach der Chorprobe

nach Pinkafeld zu fahren und im *Café Träger* einzukehren.

Das *Café Träger* war einer der ältesten Betriebe im Bezirk und immer schon ein Familienbetrieb gewesen. Es war im Jahr 1780, dem Todesjahr von Kaiserin Maria Theresia, gegründet worden. Das eine hatte mit dem anderen nichts zu tun gehabt, obwohl die Ischler Schnitten im *Café Träger* wirklich zum Sterben gut waren. Zwischen zwei knusprigen Blätterteigschichten befanden sich je eine Schicht knallgelbe Puddingcreme und eine cremeweiße Schicht steif geschlagenes Obers. Glasiert war die obere Blätterteigschicht mit zitroniger Glasur. Die große Herausforderung war es, die Blätterteigschicht mit der Dessertgabel zu durchtrennen, ohne dass die darunterliegenden Cremeschichten durch den Druck seitlich herausgequetscht wurden.

Hilda umging dieses Risiko, indem sie den Deckel mit den Fingern abhob und einfach abbiss.

Sie war heute ungewohnt schweigsam. »Woran denkst du?«, fragte ihre Freundin, die Frau Fuith. Die Frau Fuith arbeitete im Bauernladen und hatte natürlich auch einen Vornamen, aber niemand kannte oder verwendete ihn. Sie war für alle die Frau Fuith. Auch für die, mit denen sie per Du war.

»An das Buch von der Frau Bürgermeister denk ich«, sagte Hilda und nahm einen Schluck von ihrer Melange. »Die Vera hat es mir zu lesen gegeben. Die Frau Bürgermeister hat es ihr geschenkt, als sie sie interviewt hat.« Hilda war es wichtig, gleich einmal klarzustellen, dass sie das Buch nicht gekauft, sondern geschenkt bekommen hatte.

»Und wie ist es, das Buch?«, fragte die Frau Fuith, während sie sich ein Stück von dem rosa glasierten Punschkrapferl, das vor ihr stand, in den Mund schob. Die Frau Fuith war eine große, matronenhafte Frau mit dickem, schwarz gefärbtem Haar und noch dickeren Brillengläsern, die ihre großen runden Augen noch größer und runder wirken ließen. Obwohl sie dank der Brille perfekt sah, las sie nicht gerne. Wenn die Leute im Kirchenchor von Büchern erzählten, die sie begeistert hätten, sagte die Frau Fuith immer: »Ich wart lieber, bis sie das dann im Fernsehen zeigen.« »Naja«, sagte Hilda und leckte sich die Finger ab. »Es ist sehr, sehr ordinär. Du würdest vermutlich rote Ohren kriegen, wenn du das liest.«

»Wirklich? Ordinär, sagst du?«, murmelte die Frau Fuith in gespielter Empörung und beschloss in derselben Sekunde, dem Buch von der Frau Bürgermeister doch eine Chance zu geben. Dass man die Autorin persönlich kannte, machte die Sache doppelt interessant.

»Und«, Hilda machte eine bedeutungsvolle Pause, bevor sie etwas Puddingcreme auf ihrer Gabel balancierte und zum Mund führte, »ich glaube, es ist wahr, was da drin steht.«

»Nein wirklich! Ja gibt's denn das«, sagte ihre Gesprächspartnerin. »Warum glaubst du das denn?«

»Also schau«, erklärte Hilda. »Die Hauptfigur, diese Konstanze, sieht genauso aus wie die Frau Bürgermeister, nur zehn Jahre jünger und zehn Kilo leichter, und sie und dieser Tschäson sind natürlich füreinander bestimmt. Aber es gibt welche, die dazwischenfunken. Also zum Beispiel die Korinne. Das ist so eine Ausg'schamte, die hat schon im ersten Kapitel nix mehr an außer so halterlose Spitzenstrümpf und a Perlenkette. Und die verführt den Tschäson. Was mir aufgefallen ist: Die Korinne ist zwar eine Kokotte, die dafür sorgt, dass bei den Männern der Verstand in die Unterhose rutscht. Aber sie ist nicht hübsch und dumm ist sie auch. Da sieht man schon, dass die Frau Bürgermeister die nicht leiden kann.«

»Und hat der Tschäson was mit ihr?«, fragte die Frau Fuith. »Also mit der dummen, schiachen Kokotte.«

»Ja freilich hat er was mit ihr. Die schmeißt sich ja voll an ihn ran. Aber dann kommt der Romeo.«

»Und die Konstanze zahlt es dem Tschäson mit dem Romeo heim«, frohlockte die Frau Fuith.

»Nein, ärger!«, sagte Hilda und spießte das letzte Stück Blätterteig auf. »Geh Fräulein, bringen S' mir bitte noch ein Glas Leitungswasser«, rief sie Richtung Schank.

»Ja, wie ärger?«

»Na, der Tschäson hat was mit dem Romeo.«

»Geh, hör ma auf! Das gibt's ja nicht. Und des steht olles in dem Biachl von der Frau Bürgermeister?« Die Frau Fuith war jetzt wirklich schockiert.

»Und ob's das gibt, das hat es schon bei den alten Griechen gegeben«, sagte Hilda. »Und bei den Kurgästen gibt's das auch oft. Ich hab letztes Jahr zwei Männer kennengelernt. Ein Paarl waren die. Solche, die vom anderen Ufer sind. Im Wellnesshotel war das. Herbert und Herbert haben die geheißen. A liabs Paarl waren die.«

Aber die Frau Fuith wollte nicht über die homosexuellen Herberts reden. Sie wollte lieber noch mehr über das Buch von der Frau Bürgermeister wissen.

»Ja und wen, glaubst du, hat sie gemeint?«, fragte sie atemlos.

»Na, das weiß ich natürlich nicht«, sagte Hilda. »Ich kenn ja ihren Freundeskreis nicht.«

»Aber das ist ihr sicher passiert, weil wer kann sich denn so was ausdenken. Wer bittschön denkt sich ein ganzes Biachl aus«, fragte sie und griff nach dem Glas Wasser, das die Bedienung ihr reichte.

Frau Fuith war von der Theorie nicht ganz überzeugt. Aber sie beschloss, sofort in die Buchhandlung zu gehen und auch »Lenden der Leidenschaft« zu kaufen. Aber besser fuhr sie dafür nach Hartberg oder Fürstenfeld. Wenn man ein ordinäres Buch kauft, will man ja nicht erkannt werden.

Die Tür zur Konditorei ging auf. Ein Mann in grauen Bundfaltenhosen und einem fusseligen Rollkragenpullover trat ein. Den Mantel musste er wohl im Auto gelassen haben. Er ging zur Theke mit den Torten und Schnitten und ließ sich Mandelbögen, Maroniherzen und Florentiner einpacken.

»Do schau her. Kenn ma den nicht?«, zischte Hilda.

Sie zischte so laut, dass der ganze Kirchenchor aufschaute.

»Ja freilich«, sagte die Frau Fuith. »Das ist der Zuagroaste aus Graz, der die Madonnenstatue z'sammg'hackt hat.« 16 Augenpaare starrten Magister Wolfram Mösenpichler an.

»Gottesfrevler«, sagte die Frau Fuith. »Eine Madonna z'sammschlagen. Wer ist zu so was imstand.«

Wolfram Mösenpichler spürte die Blicke der beiden Frauen in seinem Rücken und drehte sich nach ihnen um. Die beiden älteren Damen vom Kirchenchor starrten ihn unverhohlen an. Er sah rasch weg. Aber als er wieder hinblickte, starrten sie immer noch. Die Augenbrauen der einen zogen sich plötzlich zu einem Stirnrunzeln zusammen, und sie wandte sich an die Frau neben ihr. Der Lehrer konnte zwar nicht Lippenlesen. Aber er konnte sich ausmalen, dass sie über ihn sprachen. Über ihn und über die zerstörte Madonna. Der Blick der zweiten Frau wanderte zu seinem Gesicht und sofort wieder weg. Mit einem winzigen Nicken bestätigte sie den Verdacht ihrer Freundin. Wolfram Mösenpichler fühlte sich nun so unwohl, dass er rasch zahlte und die Konditorei fast fluchtartig verließ.

»Komischer Vogel«, sagte die junge Sopranistin.

»Das kannst laut sagen«, sinnierte die Frau Fuith. »Letztens ist er in der Kirche überhaupt komisch aufgefallen.«

»Was ist denn passiert«, fragte der Gerli. Er war auf dem Klo gewesen, während der Herr Mösenpichler seine Einkäufe getätigt hatte, wurde aber von der Sopranistin schnell auf den letzten Stand gebracht.

»Der komische Zuagroaste, der die Madonnenstatue umgehackt hat, war grad hier was kaufen, und jetzt will uns die Frau Fuith was über den erzählen. Also hör auch zu.«

»Also das war so«, sagte die Angesprochene umständlich, während sie ihre Brille abnahm und zu putzen begann. Sie hauchte gegen die Gläser und fing dann mit der Serviette zu reiben an.

»Nimm nicht die Serviette, da machst Kratzer rein«, sagte die junge Sopranistin.

»Jetzt lass sie doch reden«, schalt Hilda. »Was war jetzt in der Kirche?«

»Also es war nach der Abendmesse beim Heiligen Antonius, ich habe dort eine Kerze angezündet.«

»Hast was verloren gehabt und der Heilige Antonius hat es gefunden?«, fragte die Sopranistin.

»Ja, meine Brille, aber die war dann eh auf meinem Kopf.«

»Ich kauf nie die Kerzen für den Antonius in der Kirche«, fuhr die Frau Fuith fort. »Die sind dort viel zu teuer. Ich kauf sie im Möbelhaus im 50-Stück-Sackerl und nehm sie mit in die Kirche. Weil dem Heiligen Antonius ist es ja sicher wurscht, wo sie herkommen, und die Kirche ist eh schon reich genug.«

»Die Geschichte, erzähl die Geschichte«, sagte Hilda streng.

Die Frau Fuith setzte ihre Brille wieder auf. »Besser«, befand sie. »Also.« Sie nahm den Faden wieder auf. »Ich zünde also eine Kerze an und dann dreh ich mich um und sehe, wie der Zuagroaste mit den drei alten Neubauer-Schwestern zu reden anfangt. Ihr wisst schon, die, wo man nie weiß, welche die älteste ist. Die sind ja alle schon über 90. Ich denk mir also, was will der wohl von denen, und gehe näher hin, und da hör ich, dass er sie was fragt. Eine komische Frage war das.«

»Herrgott im Himmel, jetzt spuck's schon aus. Das dauert ja länger als ein Lucienstuhl. Was hat er gesagt?«, fuhr Hilda sie an.

Die Frau Fuith zuckte zusammen. »Er hat sie gefragt: ›Wem schau ich ähnlich?‹«

Das, dachte Hilda, das muss ich gleich der Vera erzählen.

KAPITEL 18 – IM FAST-FOOD-LOKAL

Krähen sind Allesfresser und ernähren sich in Städten oft von menschlichen Nahrungsabfällen wie etwa Cheeseburgern und Pommes. Ornithologen, die Blutproben von 140 Jungvögeln der Amerikanerkrähe (Corvus brachyrhynchos) in Kalifornien nahmen, stellten bei Vögeln, die regelmäßig Fast Food fressen, erhöhte Cholesterinwerte fest.

Der zweispurige Kreisverkehr von Oberwart verwirrte viele Autolenker. Der ältere Herr, der von Unterwart kommend in den Kreisverkehr hineingefahren war und, ohne zu blinken, die Spur wechselte, hätte Tom fast abgeschossen. Tom wich nach innen aus und drückte entnervt auf die Hupe. Ja merkte dieser Idiot denn nichts? Der Mann fuhr erschreckt zusammen und verriss den Wagen. Das wiederum brachte einen anderen Fahrzeuglenker in Bedrängnis. Chaos pur.

Noch dazu war das Wetter scheußlich. Ein heftiger Schneeregen hatte eingesetzt, und die Sicht war bescheiden. Es war ein Dezembertag, wie ihn sich niemand wünschte. Der Schnee war zu einer braunen, dreckigen Masse zusammengeschmolzen, es war feuchtkalt und ungemütlich. Obwohl es erst 16 Uhr war, dämmerte es bereits. Tom war gerade mal seit zwei Stunden wach. Er war erst um 14 Uhr aufgestanden. Er hatte in Oberwart einen Termin mit seiner Steuerberaterin gehabt. Der Termin war nicht gut gelaufen. Die Steuerberaterin hatte ihm eine größere Steuernachzahlung in Aussicht gestellt. Die würde die ganzen Einnahmen in diesem Monat auffressen. Tom seufzte. Selbst wenn ein Lokal gut lief so wie das seine, blieb nichts übrig. Diese verdammte Finanz war wie ein Rasenmäher, der alle auf derselben Höhe abmähte.

Toms Laune war auf dem Tiefpunkt. Außerdem war ihm immer noch schlecht von gestern. In der Weihnachtszeit erreichten die Sauferei und die Fresserei im Burgenland ihren Höhepunkt. Eine Weihnachtsfeier jagte die andere. Die gestern hatte überhaupt den Vogel abgeschossen. Tom war mitsamt seiner mobilen Gin-Bar gebucht worden. Die Belegschaft hatte dem Weihnachtsgin gut zugesprochen. Allerdings war das Ganze ausgeufert, als dann einer die Idee zu einem Klassiker hatte. Kopierer einschalten und draufsetzen. Und zwar die Männer. Mit nacktem Hintern. Es ging darum festzustellen, wer den Längsten hatte … Tom schüttelte sich beim Gedanken an die Kopien, die das Gerät ausgespuckt hatte.

Man sollte glauben, dass Tom als Wirt über die Jahre ausreichend geeicht war, um nächtelang Alkohol in sich hineinzuschütten. Aber gerade das Gegenteil war der

Fall. Je älter er wurde, desto schlimmer war der Kater, der auf solche Nächte folgte. Tom blinkte und nahm die Ausfahrt zum Fast-Food-Lokal, dessen große Leuchtreklame von Weitem zu sehen war. Seine Zunge fühlte sich pelzig an. Ein großes Cola und ein doppelter Cheeseburger mit salzigen Pommes und süßem Ketchup. Das war genau das, was er jetzt brauchte.

Kurz überlegte er, durch den Drive-in zu fahren, aber dann entschied er sich doch dafür, sein »Frühstück« im Restaurant einzunehmen. Hinter dem Lenkrad zu essen, hatte so etwas Armseliges. Und armselig fühlte er sich heute auch so.

Er parkte ein, betrat das Lokal und gab am digitalen Terminal seine Bestellung auf, die ihm von einer kaugummikauenden Mitarbeiterin der Fast-Food-Kette nach wenigen Minuten auf einem Tablett überreicht wurde.

Tom steuerte einen Tisch im Café-Bereich an. Vielleicht würde er sich nach dem Burger noch einen Schokoladenmuffin gönnen, überlegte er. Er war fast nie hier. Er war kein Freund der Fast-Food-Kette. Schon allein wegen des nervigen Clowns, den die sich als Maskottchen hielten. Außerdem hatte er normalerweise höhere kulinarische Ansprüche. Aber heut war eh schon alles wurscht.

Tom hatte nicht nur einen Kater vom Saufen, sein ganzes Leben war aktuell ein Katzenjammer. Die Steuernachzahlung lag ihm im Magen und auch die Sache mit Vera. Er hatte in den letzten Tagen versucht, sich die Vera schiachzureden. Dass er froh sein konnte, dass er sie los war, weil damit auch der Druck weg war, den sie auf ihn ausübte. Dieser Druck, dass aus ihnen ein richtiges Paar würde. Die Vera redete zwar nicht mehr über diesen Wunsch. Aber Tom spürte, dass sie mehr wollte. Allein schon, wenn sie ihn so verträumt ansah oder eine romantische Bemerkung machte, reichte das aus, um Widerwillen und Fluchtgedanken in ihm auszulösen. Er meinte es ja nicht böse. Er war einfach so. Und er hatte ihr auch nie etwas vorgespielt.

Er hatte ihr gesagt, dass für ihn maximal Freundschaft plus infrage kam. Die letzten Monate hatte er sie bis auf das eine Mal letztens auch bewusst auf Abstand gehalten. Auch wegen der Sache mit der Caro. Die war ihm irgendwie passiert. Die hübsche Rothaarige war mit ihrer Freundin zu ihm in die Bar Gin Tonic trinken gekommen, und die Freundin hatte früher wegmüssen. Die Caro war noch länger geblieben, weil ihr Mann heute Kinderdienst hatte, und sie hatte auf Teufel komm raus mit ihm geflirtet. Und dann hatte eben eines das andere ergeben.

Anfangs fand er es super praktisch, dass die Caro verheiratet war. Die stellte zumindest keine Ansprüche an ihn. Eine gebundene Frau. Das war eigentlich der Jackpot, da nicht die Gefahr bestand, dass sie ihm zu anhänglich wurde. Und dazu kam auch noch der Kick des Verbotenen. Außerdem musste Tom sich viel weniger anstrengen als bei einer Singlefrau, die eine richtige Beziehung anstrebte. Er musste viel weniger werben, viel weniger Aufwand betreiben, sie nicht ständig ausführen und überlegen, was man am Wochenende machen sollte. Tom war schon allein dadurch, dass er »der andere« war, eine Attraktion.

Aber nach ein paar Wochen hatte er die Rolle des heimlichen Liebhabers dann doch nicht gepackt. Er wollte nicht nach Caros Pfeife tanzen. Auf Abruf bereit sein. Die Heimlichtuerei wurde ihm zu anstrengend. Und was, wenn die Sache aufgeflogen wäre? Dann hätte sich ihr Mann vielleicht scheiden lassen. Und im schlimmsten Fall wäre die Caro mitsamt ihren zwei kleinen Kindern dann bei ihm vor der Tür gestanden, und aus wäre es gewesen mit der Freiheit. Nein danke! Ein Albtraum. Er hatte vorgehabt, mit ihr Schluss zu machen. Noch vor Weihnachten. Aber dann war die Eröffnung des *Adventzaubers* gewesen, und alles hatte sich anders entwickelt. Ob sie wirklich auch was mit dem Bürgermeister laufen gehabt hatte? Er konnte es sich nicht vorstellen, aber warum ghostete sie ihn dann? Auch wenn er nichts mehr von ihr wollte und froh war, dass er so glimpflich aus der Sache herausgekommen war, spürte er dennoch den Stachel der gekränkten Eitelkeit. Ein Tom Dunkel wurde nicht abserviert.

Tom spülte die Erinnerung mit einem Schluck Cola hinunter. Dann griff er nach der Zeitung, die auf dem Tisch lag. Am Cover war das Foto eines flugfaulen Storchs, der sich geweigert hatte, in den Süden zu fliegen. Hansi überwinterte jetzt in Unterwart und wurde von einer Tierfreundin zweimal täglich mit faschiertem Rindfleisch gefüttert, weil er in der gefrorenen Erde keine Nahrung mehr fand. Du bist ein pritschter* Vogel, dachte Tom. Ich würde sofort in den Süden fliegen, wenn ich könnte. Er tauchte die letzten, bereits kalten und labbrigen Pommes ins Ketchup. Dann fuhr er sich mit der Serviette über den Mund. Sein Kinn war stoppelig. Er brauchte dringend eine Rasur.

Das Lokal war bis auf den letzten Platz gefüllt. Viele Familien, aber auch zahlreiche Teenager. Der Lärmpegel wurde von Minute zu Minute schlimmer. Den Schokomuffin würde er sich ein anderes Mal holen. Es war Zeit zu gehen. Tom wollte gerade aufstehen, da sah er aus dem Augenwinkel eine bekannte Gestalt hereinkommen. Dunkle Locken, die unter einer Kapuzenjacke hervorquollen. Das war doch die Letta? Ob sie mit der Vera da war? Aber nein, sie war in Begleitung eines Burschen, der eine glänzende hüftkurze Daunenjacke trug. Die beiden zogen ihre Jacken aus und nahmen an einem Tisch am anderen Ende des Lokals Platz, der gerade frei geworden war. Sehen konnten sie ihn nicht. Letta und ihr Begleiter saßen mit den Rücken zu Tom.

Tom setzte sich wieder hin. Warum saßen die beiden nebeneinander, und warum hatten sie weder ein Tablett noch einen Bon, den man bekam, wenn man auf sein Essen wartete?

Ein weiterer Bursch kam herein und setzte sich den beiden gegenüber. Eine hagere Gestalt, flackernde Augen in einem blassen Gesicht. Das war der Django. Tom kannte ihn. Jetzt schrillten bei ihm innerlich die Alarmglocken. Der Django war Mitte 20, also um einiges älter

* Burgenländisch für »eingebildet, zickig, kapriziös«

als Letta und ihr Freund, und er hatte bei Tom Lokalverbot. Aus gutem Grund. Tom scannte das Lokal, sein Blick blieb bei einem gemütlich aussehenden Familienvater drei Tische weiter hängen. Der kannte den Django auch und blickte aufmerksam zur Dreiergruppe hinüber, während seine Frau die Kinder mit dem Spielzeug, das mit dem Kindermenü geliefert wurde, bespaßte. Scheiße, dachte Tom. Scheiße, scheiße, scheiße. Bitte lass mich mit meiner Vermutung nicht recht haben. Aber er vermutete richtig. Er sah, wie Django mit seiner rechten Hand erst in seine Jackentasche fuhr und diese dann unter der Tischplatte dem Pärchen entgegenstreckte. Die Hand von Lettas Freund tauchte ebenfalls unter der Tischplatte ab. Als er sie wieder hervorzog, hatte er etwas in der Hand. Man konnte nicht sehen, was es war, weil er die Faust fest darum geschlossen hatte. Er griff mit der Linken nach Lettas Handtasche und ließ das soeben Erhaltene darin verschwinden.

Er lugte kurz in die Handtasche und grinste. Dann griff er in die Innenseite seiner Daunenjacke und zog einen Geldschein hervor. Den steckte er dem Django nun ebenfalls unter dem Tisch zu. Er stellte sich dabei so ungeschickt und deppert an, dass Tom sofort wusste, dass der so etwas noch nicht oft gemacht hatte. Und Letta, die daneben saß, war auch nicht geschickter. Kurz steckte sie sogar den Kopf unter den Tisch, um zu schauen, was da abging. Kinder, dachte Tom verzweifelt, wos tuats es do?

Er sah noch einmal zu dem Familienvater, der die drei

ebenfalls beobachtete. Es war ihm klar, dass der ebenfalls alles gesehen hatte.

Letta und ihr Freund standen auf. Der Familienvater erhob sich ebenfalls und ging zum Hinterausgang. Tom wusste, was das zu bedeuten hatte. Er wollte wohl ums Lokal herumgehen und die drei beim Ausgang abpassen. Das konnte er nicht zulassen. Er hechtete den dreien nach.

»Letta, bleib stehen!« Die Angesprochene fuhr erschrocken zusammen. »Du kommst sofort mit!«, zischte er. »Und du«, wandte er sich an ihren Begleiter, »schau, dass du weiterkommst, aber blitzartig!«

»He, spinnst du, lass meine Freundin los.«

»Das ist die Tochter meiner Freundin, und ich bring sie jetzt heim.«

»Stimmt das? Kennst du den?«, wollte Justin wissen.

Letta nickte. Sie hatte schon die ganze Zeit so ein komisches Gefühl gehabt. Irgendwie war ihr das alles eine Nummer zu groß gewesen. Erst hatte sie sich wie in »Bonnie und Clyde« gefühlt, als Justin die Idee gehabt hatte, diesen Typen anzurufen und zu treffen. Aber dann war ihr das Ganze zu heiß geworden. Was tat sie überhaupt da? Es war saupeinlich, dass Tom sie erwischt hatte. Aber irgendwie war sie auch erleichtert, dass er da war.

»Ich hau ab«, sagte Django und strebte dem Ausgang zu. »Wird besser sein«, sagte Tom und dann, an Justin gewandt, »und du verschwind auch.«

Justin blieb unschlüssig stehen. Tom führte sich auf wie Lettas Vater. Und mit Vätern von Mädels, die er datete, das hatte ihn die Erfahrung gelehrt, legte man sich lieber nicht an. »Okay, ich ruf dich morgen an«, sagte er zu Letta und verschwand mit Django in der Dunkelheit.

»Du bleibst bei mir«, zischte Tom. »Da draußen wartet einer von der Suchtgiftgruppe auf euch.«

Letta fuhr erschreckt zusammen. »Wo? Was? Ich muss den Justin warnen.«

»Einen Dreck musst du.« Tom nahm Letta am Ellenbogen und dirigierte sie Richtung Toiletten. Er hatte Glück. Ausnahmsweise war da keine Schlange vor der WC-Tür. »Gib mir deine Handtasche.« Er nahm sie an sich, öffnete diese, fischte ein winziges Zellophansäckchen mit Gras heraus.

»Ist das alles?«

Letta sah beschämt zu Boden. »Ich geh jetzt rein und lass es verschwinden. Du wartest hier.«

Letta nickte. Ihre Knie begannen zu schlottern. Was als Abenteuer geplant war, war ganz schnell zu einem Albtraum geworden.

Tom verschwand mit dem Tütchen aufs Klo, wickelte es in Klopapier und spülte den Klumpen hinunter.

»Und jetzt gehen wir zum Auto.« Er ging mit dem Mädchen über den Parkplatz zu seinem Range Rover.

»Nicht so schnell!« Eine tiefe Stimme ließ ihn herumfahren. »Kriminalpolizei, Suchtgiftgruppe. Ich hätte da noch ein paar Fragen an die junge Dame.«

Der Familienvater von vorhin war jetzt ganz dienstlich.

»Grüß dich, Leitgebinger«, sagte Tom. »Um was geht es?«

»Sieh an, der Dunkel. Was hast du mit dem Mädel zu tun?«, antwortete der mit einer Gegenfrage.

»Das ist die Tochter meiner Freundin. Sie hat mich geschickt, um sie abzuholen.«

»Stimmt das?«, fragte der Beamte.

Letta nickte.

»Kannst du dich ausweisen?«

Letta kramte in ihrer Handtasche nach ihrem Schülerausweis.

»Violetta Horvath«, las er laut vor. »Etwas dagegen, wenn ich einen Blick in deine Handtasche werfe?«

Das Mädchen schüttelte nervös den Kopf und streckte ihm die Handtasche entgegen. Im Licht der Parkplatzbeleuchtung untersuchte er den Inhalt. Außer dem Handy, einer kleinen Börse mit einem Zehneuroschein und Schlüsseln war nichts darinnen.

»Sie ist erst 15 und unbescholten. Und sie kennt die beiden kaum«, sagte Tom plötzlich leise.

Der Leitgebinger war nicht dumm. Er musste darauf auch nicht antworten. Er konnte zwei und zwei zusammenzählen. Er kannte den Tom und wusste, dass dieser in seiner Gin-Bar eine strikte Keine-Drogen-Regelung hatte. Nichtsdestotrotz hatte er der Tochter seiner Freundin soeben den Arsch gerettet. Sie hatten beide beobachtet, dass da unter dem Tisch mit Gras gehandelt wurde, und so blöd, wie sich das Pärchen dabei angestellt hatte, waren das keine Profis. Den Django, um den sich gerade ein Kollege kümmerte, hatte er allerdings schon länger im Visier gehabt.

Eigentlich hätte er das Mädel und den Tom jetzt auch mitnehmen und eine Niederschrift aufnehmen müssen. Drogen hatte sie freilich keine mehr bei sich. Dessen war er sich auch ohne Leibesvisitation sicher. Die hatte Tom wohl verschwinden lassen. Auch das war eine Art Beihilfe. Aber ihn deswegen jetzt anzeigen, was würde das bringen? Das Drogenproblem im Bezirk war dadurch nicht gelöst. Kleine Fische wie diesen Django fing man ohnehin leicht, und an die großen Haie kam man kaum ran. Und einer 15-Jährigen wegen so was die Zukunft verbauen, das wollte er auch nicht.

»Du hast heute großes Glück gehabt«, sagte er. »Ich hoffe, das Ganze ist dir eine Lehre.«

Er gab Letta den Ausweis zurück. »Ich wünschte mir, dass wir nie wieder etwas miteinander zu tun haben. Und such dir andere Freunde.«

Und dann mit einem Blick zu Tom: »Und wenn du noch einmal versuchst, unsere Arbeit zu behindern, sind *wir* die längste Zeit Freunde gewesen.«

»Verstanden, Leitgebinger, danke und frohe Weihnachten«, sagte Tom freundlich.

»Frohe Weihnachten, Dunkel«, knurrte der Beamte.

»Steig ein«, sagte Tom zu Letta und deutete zum Wagen.

Diese nahm auf dem Beifahrersitz Platz, gurtete sich an und sank dann in sich zusammen. Jetzt erst wurde ihr die ganze Tragweite des Erlebten bewusst.

Tom stieg auf der Fahrerseite ein und startete den Wagen.

»Wie lange kiffst du schon?«

»Ich kiff nicht.«

»Lüg mich nicht an.«

»Ich kiff wirklich nicht. Ich habe einmal was geraucht mit der Delphina im Sommer, davon ist mir aber voll schwindlig geworden und ich bin eingeschlafen.«

»Und dann bist du so blöd und gehst mit Drogen kaufen? In ein Fast-Food-Lokal? Wie naiv kann man sein? Was ist das überhaupt für ein Typ, mit dem du da unterwegs bist?«

»Der Justin aus Schölbing, sein Papa ist Autohändler.«

»Dein Freund?«

»Ja, nein, also schon. Aber ...«

»Was aber?« Tom sah Letta von der Seite an, während er den Wagen auf die B50 lenkte.

»Es ist kompliziert.«

Er lachte. »Das ist es meistens.«

Letta kannte Tom seit Jahren. Sie wusste, dass ihre Mama und er seit ewig befreundet waren, und sie ahnte, dass die beiden mehr waren als nur Freunde, oder irgendwann einmal mehr als Freunde gewesen waren, obwohl Vera das immer herunterspielte. Sie dachte an die Gartenparty vor zwei Jahren. Wie Tom mit ihrer Mutter getanzt hatte. Und daran, wie Tom ihre Mutter ins Spital begleitet hatte, als Letta auf einer Party zu viel getrunken hatte und umgekippt war.

»Sagst du es meiner Mama?«, fragte sie.

»Ich glaube nicht«, sagte Tom und seufzte.

»Es würde sie schrecklich aufregen«, sagte Letta.

»Das würde es«, bestätigte Tom.

»Versprich mir, dass du nie wieder so was Deppertes machst«, sagte er. »Und wenn du was Deppertes machst, dann lass dich nicht erwischen«, fügte er hinzu. Letta sah beschämt zu Boden.

»Wenn ich noch einmal so was mitkriege, liefere ich dich eigenhändig beim Leitgebinger ab«, drohte Tom. »Kapiert?«

»Kapiert«, sagte Letta, lehnte sich im Sitz zurück und schloss die Augen. »Wenn du echt der Freund meiner Mama wärst, das wäre irgendwie schon schön.«

KAPITEL 19 – DER DRITTE ADVENTZAUBER

Für einen Versuch sperrten Forscher männliche Pechlibellen zwei Tage lang zusammen mit Geschlechtsgenossen in einen Käfig. Als die Männchen nach der Gefangenschaft wieder frei zwischen den Geschlechtern entscheiden durften, stürzten sie sich meist auf die Männchen. Nur jedes vierte stellte den Weibchen nach. Vor der Gefangenschaft hatten die männlichen Insekten noch eindeutig Weibchen bevorzugt.

»Du machst *was*?« Vera glaubte, sich verhört zu haben.

»Ich helfe dem Tom beim Weihnachtsmarkt.« Letta schob entschlossen die Unterlippe vor und straffte die Schultern. Sie war genauso groß wie ihre Mama, wenn sie aufrecht stand.

»Wie kommst du denn auf die Idee, um Himmels willen?« Vera bemerkte es ebenfalls. Sie war gerade dabei, das Häuschen des Wanderhuhns, das sich unter den Gredn befand, auszumisten. Der eigentliche Hühnerstall befand sich weiter weg, aber Queen Latifah hatte beschlossen, immer so nahe wie möglich bei ihren Menschen zu verweilen. Tagsüber saß sie oft in der Küche in einem der Weidenkörbe neben dem Ofen auf einem Stapel alter Ausgaben des *Burgenländischen Boten*. Nachts schlief sie in der ehemaligen Hundehütte von Herrn Schröder, die dieser als Welpe bewohnt hatte und die ihm längst zu klein geworden war. Vera hatte die Hütte mit Stroh gefüllt und außen mit Dämmwolle und Styropor isoliert, damit Queen Latifah so ganz alleine nicht fror. Sie füllte frisches Hühnerfutter und die Tränke nach. Bei den aktuellen Plusgraden bestand keine Gefahr, dass das Wasser über Nacht vereiste.

»Der Tom hat gesagt, dass eine seiner Schankkräfte krank ist und er deswegen dringend Hilfe am *Adventzauber* braucht.«

»Wo hast du denn den Tom getroffen?«, forschte Vera nach.

»Zufällig, beim *Mäcci*.«

»Aha!« Vera wusste noch immer nicht, was sie davon halten sollte.

»Stört dich das leicht, ich hab gedacht, du magst den Tom?«, fragte Letta und runzelte die Stirn.

»Nein, es stört mich nicht, ich bin froh, dass du selbstständig wirst und eigenes Geld verdienst«, seufzte Vera. »Solang die Schule nicht darunter leidet.«

»Fährst du mich hin, oder soll ich die Oma fragen?«

»Ich fahr dich schon. Ich wollte da heute eh hin. Heute werden die besten Weihnachtskekse des Südburgenlandes gekürt. Wir müssen Johanna die Daumen halten.«

»Johanna gewinnt sowieso. Niemand macht bessere Kekse als Johanna«, lachte Letta. Sie war zwar dieser Tage meist einsilbig und muffelig, aber niemand konnte an Johannas Kekse denken und schlechte Laune haben.

*

»Na, super«, sagte Johanna leise. »Die Kekse sind beim Teufel. Von wegen Unwiderstehliche. Ungenießbare würde es besser treffen.« Sie betrachtete die Plätzchen, die flach wie Flundern und an den Rändern zusammengelaufen waren.

Sie war ja selber schuld an der Misere. Sie war unachtsam gewesen. Abgelenkt, weil sie noch den Brief an ihren Mann fertig schreiben wollte. Johanna liebte es, Briefe mit der Hand zu schreiben. Weil die Post jetzt in der Vorweihnachtszeit aber nie und nimmer rechtzeitig bei ihrem Mann angekommen wäre, hatte sie ihn nun doch auf ihrem Computer getippt und dafür dreimal so lange gebraucht wie mit ihrer Kalligrafiefeder. Sie fand es richtig schwierig, ihre Emotionen auf eine Tastatur zu übertragen.

Letztendlich hatte sie die Zeit übersehen. Ein leicht verbrannter Geruch hatte sie hochfahren lassen. Als sie das Backrohr aufgerissen hatte, war das Malheur schon passiert. Sie brach ein Stück von den missratenen Keksen ab und schob es sich in den Mund. Heiß! Sie hatte sich die Zunge verbrannt. Sie wachelte kühle Luft in Richtung ihrer geöffneten Lippen. Okay, essbar sind sie noch, dachte sie, als die schokoladig-nussige Masse ihre

Geschmacksrezeptoren erreichte. Aber für einen Kekswettbewerb unbrauchbar. Die Unwiderstehlichen taugten höchstens noch als Fülle für Punschkrapferl.

Johanna sah auf die Uhr. Sie hatte nur mehr knappe zwei Stunden Zeit, bevor der *Adventzauber* begann. Jetzt musste sie sich aber wirklich ranhalten. Sie begann noch einmal ganz von vorne. Erst die Schokolade in einem Wasserbad zergehen lassen. Danach die Haselnüsse, Butter und Zucker zufügen. Alles gut verrühren.

Jetzt kam der zeitaufwendigste Schritt, die Masse musste eine Stunde im Kühlschrank rasten.

Sie überlegte kurz, ob sie den Teig in den Tiefkühler geben sollte, um die Ruhezeit zu verkürzen, entschied sich dann aber dagegen. Zu riskant, wer weiß, welche Auswirkungen das auf die Textur hatte.

Sie stellte den Küchenwecker und ging dann, um nach ihren Blumen zu schauen.

Johanna hatte jede Menge Topfpflanzen, die im kühlen verglasten Vorhaus ihres Wohnhauses standen. Grünlilien, Drehfrucht und Hyazinthen, Flammende Käthchen und Usambaraveilchen. Neben den eigentlichen Töpfen standen mit Wasser gefüllte alte Marmeladengläser. Halb blind und hässlich waren die. Man sah genau, wo das Wasser beim Verdunsten Kalkränder hinterlassen hatte. Im schmutzig-trüben Wasser trieben braune, halb verwelkte Ableger, die hier Wurzeln schlagen sollten. Ich werde beim nächsten Klubtreffen Topfpflanzen behandeln, überlegte Johanna. Allein die Hyazinthentreiberei war eine Wissenschaft für sich.

Ein blechernes Läuten ertönte. War das schon der Küchenwecker? Nein, der läutete anders. Es musste die Glocke zur Hofladentür sein. Sie war neu, und Johanna hatte sich noch nicht an das Geräusch gewöhnt. Jahrelang waren bei ihr alle Türen Tag und Nacht offen gestanden, wie es am Land halt üblich war. Aber ihr Versicherungsvertreter hatte ihr das letzte Mal erklärt, dass das leichtsinnig sei und sie bei einem Einbruch nichts ersetzt bekommen würde, wenn bei ihr immer alles sperrangelweit offen war.

Johanna ging durch die Küche in den Ladenbereich und sperrte die Tür auf. »Ja bitte?« Sie lächelte den Mann, der vor ihr stand, entschuldigend an. »Wir haben eigentlich schon geschlossen. Samstags ist der Hofladen nur bis 14 Uhr geöffnet.«

»Sie sind nicht die Richtige«, sagte der Mann statt einer Begrüßung schroff.

»Wer bin ich nicht?«, sagte Johanna verwirrt.

»Sie sind zu jung«, beharrte er.

»Ich bin zu jung?« Das hatte zu Johanna schon lange niemand mehr gesagt.

»Ich suche die Besitzerin dieses Schmuckstücks.«

Er hielt Johanna ein durchsichtiges Kreuz hin, in dessen Mitte ein geschnitztes hellbeiges Madonnenporträt zu sehen war.

»Ist das in der Mitte Elfenbein?«, fragte Johanna.

Der Mann schüttelte den Kopf. »Vintage aus den 1950ern. Zelluloid und Bakelit.«

»Darf ich?«, fragte Johanna und griff nach dem Kreuz,

um es näher zu betrachten. Das Kreuz selbst sah aus wie aus Glas, aber es war leichter und fühlte sich warm in ihrer Hand an.

»Tut mir leid, dass ich Ihnen nicht helfen kann, aber ich kenne das Schmuckstück nicht. Woher haben Sie es?«

Der Mann räusperte sich. »Es wurde mir in die Wiege gelegt.«

»Und wie kommen Sie darauf, dass ich Ihnen helfen kann?«

»Als Greißlerin kennt man ja jeden und hört alles«, sagte der Mann. »Ich habe gehofft, dass Sie älter sind und mehr Menschen von früher kennen. Greißlerinnen sind ja meistens älter.«

Vorurteil, dachte Johanna.

Ein weiteres schrilles Läuten ertönte.

»Es tut mir leid«, sagte Johanna bedauernd. »Meine Kekse. Ich muss die Kekse in den Ofen tun. Ich bin ein bisschen in Zeitnot. Der Backwettbewerb beim Adventmarkt heute. Vielleicht möchten Sie am Montag wiederkommen. Wir haben ab 10 Uhr geöffnet. Ich habe auch ältere Kundschaft.«

Statt einer Antwort zuckte der Mann nur mit den Schultern, drehte sich um und marschierte davon.

Kurz überlegte Johanna, ihn aufzuhalten und nach seinem Namen zu fragen, aber dann ließ sie es sein. So sympathisch war er ihr auch nicht gewesen. Er würde schon wiederkommen, wenn er noch etwas von ihr bräuchte. Oder es war ein Gauner gewesen, der bei ihr einbrechen wollte und vorab das Objekt auskundschaften wollte. Ihr

Versicherungsvertreter hatte sie genau vor solchen Menschen und Machenschaften gewarnt. Johanna hatte noch nie ein Problem damit gehabt, alleine zu leben. Aber dennoch musste sie zugeben, sie würde sich doch ein bisschen sicherer fühlen, wenn in einer Woche endlich ihr Mann käme.

*

»Vera, cara mia, bellissima!« Der elegant gekleidete Herr breitete die Arme aus. »Herbert!«, rief Vera erfreut und dann mit einem Blick auf seine Begleitung noch einmal: »Herbert! Das ist ja eine Überraschung. Was macht ihr auf dem *Adventzauber*?«

»Na, was werden wir schon machen, das herrliche südburgenländische Wetter genießen«, sagte der größere der beiden Herberts mit ironischem Unterton und schaute sich um. Ein eisiger Schneeregen prasselte auf die Stände des *Adventzaubers* herab. Er zog den Kragen seines Trenchcoats hoch. Die Schulterpartie war bereits dunkel vom Regen.

»Du bist auch komplett falsch angezogen, mein Lieber, du wirst dir nasse Füße holen und dich erkälten, und dann muss ich dich wieder pflegen«, tadelte der kleinere, untersetzte Herbert, der eine bodenlange Regenpelerine mit Kapuze trug, die nur sein rundes Gesicht frei ließ. Der Angesprochene warf einen bedauernden Blick auf seine Raulederstiefeletten, die bereits von Salzrändern verunstaltet waren. »Schönheit muss halt leiden, bevor ich hässliche Schuhe anziehe, bleib ich lieber daheim«, schmollte er.

Vera musste innerlich schmunzeln.

Die beiden Herberts waren aus Wien. Sie hatten sich bei einem Kuraufenthalt im Südburgenland kennen und lieben gelernt. Der lange Herbert, der so italienisch tat, war Eisverkäufer in Wien-Meidling. Er hatte sich beim Eiskugelausfassen Probleme in der Schulter und im Ellenbogen zugezogen. Bei Vera trug er deshalb den Spitznamen Tennisarm. Sein kleinerer, untersetzter Freund mit dem Tom-Selleck-Bart war Taxifahrer. Er hatte es mit der Bandscheibe und wurde deshalb von Vera auch ebenso genannt. Die beiden wussten das, trugen es ihr aber nicht nach. Immerhin hatten ihre Leiden sie zusammengeführt. Ohne Schmerzen keine Kur. Ohne Kur kein Kurschatten.

»Lasst uns rüber in die Veranstaltungshalle gehen«, schlug Vera vor. »Die ist geheizt, und außerdem findet da gleich die Keksprämierung statt.«

»Ui, das ist schlecht«, sagte Tennisarm. »Ich bin gerade auf Low Carb. Weißmehl ist Gift.«

»Er ist auf einer Fitness-Mission«, sagte Bandscheibe. »Sein Vorbild ist der Alfons Haider. Seit er den in Mörbisch in ›The King and I‹ gesehen hat, redet er nur mehr von gesunder Ernährung. Dabei muss der Herbert doch wirklich nicht abnehmen.«

»Darum geht es nicht. Es geht um die Anti-Aging-Wirkung.«

»Es geht um die Anti-Aging-Wirkung«, äffte ihn der Kleinere nach.

»Johannas Unwiderstehliche enthalten kein Mehl«, sagte Vera beschwichtigend. Dass sie deswegen ausschließlich aus den hochkalorischen Zutaten Zucker, Schokolade, Butter und Nüssen bestanden, verschwieg sie.

Sie führte die beiden Männer zum Gebäude hinter der Bühne, in dem sich bereits zahlreiche Menschen drängelten. Die Luft war warm und stickig. Vera zog Haube und Handschuhe aus, stopfte diese in die Taschen ihres Daunenmantels, zog diesen ebenfalls aus und band ihn sich mit den Ärmeln um den Bauch.

Sie bahnte sich den Weg durch die erste Halle, in der die Krippen ausgestellt waren.

Die beiden Männer folgten ihr.

»Was erblicken meine entzückten Augen«, rief Bandscheibe plötzlich hocherfreut. Er war vor der Muschelkrippe stehen geblieben. Auch sein Begleiter hatte sich eingebremst. »Na so eine Überraschung«, rief er.

Vera drehte sich um. Was finden die beiden nur an diesem kitschigen Klumpert, dachte sie.

Aber dann checkte sie, dass die Begeisterung nicht der Krippe galt, sondern dem Mann, der daneben stand: dem Erbauer der Krippe, Amtmann Gerli Holper. Der – so verriet sein Gesichtsausdruck – schien die Freude aber nicht im gleichen Maße zu erwidern.

»Kennt ihr euch?«, fragte Vera. Sie war mit dem Amtmann per Sie und mit den beiden Herberts per Du. Sie wusste in diesem Fall nie, ob sie im Plural dann das höflichere »Sie« oder das amikale »Du« nehmen sollte und entschied sich in diesem Fall für Letzteres. Die beiden Herberts waren so vertraut mit dem Amtmann.

»Ja freilich kennen wir uns«, sagte Bandscheibe eifrig.

»Ich glaube, Sie verwechseln mich«, sagte der Amtmann steif.

»Ganz sicher nicht, Gerry«, beharrte Bandscheibe. »Wir haben uns doch im *Café Savoy* so blendend unterhalten. Du hast uns so eine lustige Geschichte erzählt, von der Schaumparty …«

»Ich heiße nicht Gerry und war ganz sicher auf keiner Schaumparty«, zischte der Amtmann. Bandscheibe schaute verwirrt drein. »Aaabbber …«

»Es tut uns leid. Dann ist es sicher eine Verwechslung. Es soll ja jeder von uns einen Doppelgänger haben, nicht wahr, entschuldigen Sie bitte«, sagte Tennisarm und zog seinen Freund weiter.

»Aber warum, ich wollt doch nur mit dem Gerry …«, protestierte Bandscheibe.

»Sch. Lass ihn. Er ist nicht geoutet.«

»Was heißt, er ist nicht geoutet? Wenn man in Wien in aller Öffentlichkeit mit Männern flirtet und auf *die* Schaumparty geht, ist man sehr wohl geoutet.«

»In Wien vielleicht, aber nicht hier. Denk an deinen Vater.«

Bandscheibe verstummte. Sein Vater war sein wunder Punkt. »Mir ist lieber, du bist im Gefängnis als vom anderen Ufer«, hatte er seinem Sohn an den Kopf geworfen, bevor er Herbert aus seinem Testament und seinem Leben gestrichen hatte.

»Worum geht's da eigentlich?«, wollte Vera jetzt wissen.

»Wir kennen den aus Wien«, erklärte Bandscheibe. »Aber er will sich nicht mehr an uns erinnern. Also nicht offiziell.«

»Wien ist anders«, fügte Tennisarm hinzu. »Und der Gerry ist in Wien ein anderer.«

»Ihr meint, er steht auf Männer?«, fragte Vera. »Der Gerli, unser Amtmann? Aber das kann nicht sein. Er war sogar einmal verheiratet. Die Leute reden, dass er auf die junge Sopranistin im Kirchenchor steht.«

»Das eine schließt das andere nicht aus«, sagte Bandscheibe. »Ich war auch verheiratet. Früher.«

»Lasst uns zu den Keksen gehen«, wechselte Tennisarm das Thema, ging weiter und entdeckte bei dem Tisch mit den Backwaren Johannas roten Haarschopf. »Johanna, bellissima! Wir haben gehört, deine Kekse sind un-wi-der-steh-lich.«

»Hoffentlich«, sagte Johanna mit einem Seitenblick auf Vera. »Der erste Versuch ist gründlich in die Hosen gegangen, aber jetzt sollte alles passen.« Sie deutete auf einen blassgelben Retroteller mit Rosenmuster, auf dem runde Schokoladenplätzchen lagen. »Hier, nehmt euch eines. Die Jury hat schon verkostet, wir warten gerade auf die Ergebnisse.«

»Wer ist in der Jury?«, fragte Vera.

»Der Tourismusdirektor, ein Haubenkoch aus Litzelsdorf, eine Chocolatière aus Bad Tatzmannsdorf – sagt man bei einer Frau Chocolatière? Und dein Chefredakteur ist auch dabei.«

»Ach wirklich«, sagte Vera. »Er hat gar nichts erzählt.« Der Chefredakteur hielt nichts davon, Dinge von oben nach unten zu »reporten«, wie er es nannte. Und sie hasste es, wenn sie solche Sachen später aus der eigenen Zeitung erfahren musste.

»Du, ich geh noch mal zurück und rede mit dem Gerry«, sagte Bandscheibe. »Ich möchte mich bei ihm entschuldigen.«

Sein Freund nickte. »Mach das und bitte beruhig ihn, wir werden ihn nicht outen, wenn er das nicht will, und die Vera auch nicht. Gell, Vera?«

Vera schüttelte den Kopf. »Ich hab gar nichts mitbekommen, und außerdem ist es mir egal.«

Bandscheibe entfernte sich.

Vera und Tennisarm widmeten sich wieder den Keksen, die jetzt zur Verkostung für das Publikum freigegeben waren.

»Also diese Unwiderstehlichen sind wirklich unwiderstehlich«, sagte Tennisarm. »So nussig.« Er schob sich den dritten Schokoladenkeks in den Mund. »Die anderen Kekse sind viel trockener. Ich bin sicher, dass deine Kekse gewinnen.«

Johanna lächelte geschmeichelt.

Vera sah auf die Uhr. »In fünf Minuten erfahren wir das Ergebnis.«

Drei Minuten später kehrte Bandscheibe zurück. »Ich find den einfach nicht mehr.« Er versuchte, den nassen Schirm so weit wie möglich von sich wegzuhalten, damit sein Hosenbein nicht nass wurde. Er verzog das

Gesicht: »Ich fühl mich jetzt wirklich schlecht. Gerade ich hätte es besser wissen müssen. Das war wirklich unsensibel von mir. Er war so selbstbewusst in Wien. Hat seine Homosexualität so offen gelebt. Nie hätte ich gedacht …«

»Geh bitte, jetzt mach dir keinen Kopf. Der liegt sicher daheim im kuscheligen warmen Bett und sieht sich eine Serie an«, versuchte ihn Tennisarm zu trösten. »Oder er flirtet mit jemandem im Internet …«

Tennisarm irrte. Aber das wusste er zu diesem Zeitpunkt noch nicht.

Der Amtmann hatte den *Adventzauber* verlassen. Er hatte keine Lust gehabt, den beiden Wienern noch mal über den Weg zu laufen. Er war in sein Auto gestiegen, heimgefahren und hatte sich als Allererstes eine Flasche Wein aufgemacht. Seine Hand zitterte dabei. Ihm wurde immer noch siedend heiß, als er an das Zusammentreffen mit den beiden Wiener Tunten dachte. Hatte er gerade Tunte gedacht? Er war ja selber eine. Als Tunte durfte man Tunte sagen, das war doch okay! Aber eine Stimme sagte ihm, dass es eben *nicht* okay war. Da hatte gerade sein südburgenländisches »Ich« gesprochen. Das so dachte, wie alle hier dachten. Oder die meisten. Hier wollte er nicht so gesehen werden.

Die Türglocke läutete, noch bevor er den ersten Schluck nehmen konnte. Er ging zur Tür und öffnete diese. Ein Mann stand da und hielt ihm ein Medaillon unter die Nase. Das rechte Auge des Mannes zuckte nervös. »Kann ich Ihnen helfen?«, fragte der Amtmann irritiert. »Ich kaufe nichts.« Irgendwie kam ihm der Mann bekannt vor. Aber er konnte ihn nicht zuordnen.

»Ich will nichts verkaufen. Sie sind doch auch der Chorleiter? Ich muss etwas über dieses Schmuckstück erfahren.«

KAPITEL 20 – GERLI HOLPER IST ANDERS

Laut Schätzungen paart sich ein Viertel aller Trauerschwäne mit anderen Männchen. Sie stehlen Nester oder bilden zeitlich begrenzte Dreiergemeinschaften mit einem Weibchen.

Gerli Holper hatte schon als Fünfjähriger gespürt, dass er irgendwie anders war. Wenn ihm seine Mutter ein Märchen vorlas, wollte er immer nur wissen, wie der Prinz aussah. Die Prinzessin in der Geschichte war ihm komplett egal. Er wusste aber nicht, warum das so war. Und wie er dieses Anderssein benennen sollte.

Das taten dann andere. Gerli war elf Jahre alt, als sich die folgende Geschichte zutrug: Sein bester Freund, der Krainz Andi, hatte Geburtstag. Genau zu Frühlingsbeginn wie jedes Jahr. Aber diesmal hatte der Gerli keine Einladung zu einer Geburtstagsfeier bekommen. »Machst du heuer kein Fest?«, hatte er gefragt.

Der Krainz Andi war rot angelaufen und hatte gestammelt: »Nein, meine Mama will das nicht. Es ist ihr zu viel Arbeit.«

Der Holper Gerli war immer schon sehr feinfühlig gewesen und hatte sofort gespürt, dass irgendwas im Busch war. Also schlich er am Nachmittag zu Andis Elternhaus. Und als er all die hingeschmissenen Kinderfahrräder vor der Tür sah, brach eine Welt für ihn zusammen. Noch schlimmer als die Lüge war das Gefühl der Ausgrenzung.

»Warum hast du mich angelogen?«, fragte er den Andi am nächsten Tag mit belegter Stimme und einem Klumpen im Bauch. »Ich dachte, wir wären Freunde.«

»Ich kann nicht mehr dein Freund sein«, stammelte der Krainz Andi.

»Warum?«, fragte der Gerli verwirrt. Der Andi lief noch röter an als am Vortag. »Ja, weil du ein Homo bist«, platzte es aus ihm raus. »Alle sagen, du bist eine blöde Schwuchtel.« Dann drehte er sich um und ließ den Gerli zurück, der sich verblüfft fragte, wie der Andi etwas wissen konnte, das er selbst nicht wusste. Und in die Verblüffung mischten sich Scham und Selbsthass, die fortan seine ständigen Begleiter wurden.

Der Holper Gerli wurde zum einsamsten Kind der Welt. Er ging in die Schule und danach sofort nach Hause. Er traf sich mit niemandem. Er sprach mit niemandem. Er hätte auch nicht gewusst, wie und mit wem er über dieses angebliche Schwulsein sprechen hätte können. Aber das Thema ließ ihn einfach nicht los. So sehr er das auch wollte. Gerli war streng katholisch erzogen und zutiefst gläubig. Er betete jeden Abend darum, dass er nicht schwul war. Er ging zum Ministrieren, weil er dachte, Gott würde dann den Kelch des Schwulseins an ihm vorbeigehen lassen. Doch stattdessen predigte der alte Herr Pfarrer von der Sünde unkeuscher Männer, die sich gemeinsam der Fleischeslust hingaben, und sah dabei den Holper Gerli durchdringend an. Scham und Schande wallten in ihm wie das Fegefeuer. Von da an ging er auch nie wieder in die Kirche.

Im Dorf galt Homosexualität als etwas Abstraktes, Krankes – und vor allem völlig Weltfremdes. Also gab es auch im Kopf des Holper Gerli keinen Raum für die Vorstellung, dass man schwul sein und trotzdem ein normales Leben führen könnte. Schwul sein war nicht normal, das war abartig, abnorm, ein Schimpfwort.

»Homo No-Go!« hieß es am Fußballplatz. Der 14-jährige Gerli hörte täglich, wie andere als Schwuchtel oder schwule Sau beschimpft wurden. Mehrmals fiel er in den Chor ein. Er schämte sich dafür, aber er konnte nicht anders, weil er nicht anders sein wollte. Und wenn er ein flaues Gefühl im Magen und in der Hose hatte, wenn er den neuen jungen Fußballtrainer sah, hasste er sich dafür. Die Tatsache, dass er sich zu Männern hingezogen fühlte, tat er als pubertäre Verwirrung ab. Er redete sich ein, er konnte nicht schwul sein, da er ja *normal* war. Er spielte gerne Fußball, er redete nicht mit komischer Stimme oder spreizte den kleinen Finger ab, wenn er eine Tasse in die Hand nahm. Gerlis Vorstellungen vom Schwulsein bezogen sich auf Filme und waren total klischeehaft. Er war innerlich zerrissen zwischen dem gleichgeschlechtlichen Begehren und den anerzogenen negativen Normvorstellungen.

Dann begann die Discozeit. Gerli hatte inzwischen die Schule gewechselt und tat alles, um noch ein Outing durch andere zu vermeiden. Er tat das, was man in der Disco so tat. Er betrank sich und baggerte Mädchen an. Wenn er im Bett keinen hochbekam, schob er es auf den Alkoholkonsum. Klappte es doch, fühlte es sich jedes Mal wie eine Befreiung an. Er dachte, es sich endlich bewiesen zu haben, dass er nicht schwul war.

Gerli begann, auf der Gemeinde zu arbeiten. Bei den Gemeinderatssitzungen ging es nicht zimperlich zu. Wenn jemand einen homophoben Witz machte, erwartete sich dieser, dass alle darüber lachten. Gerli überlegte dann jedes Mal fieberhaft, wie er sich verhalten sollte. Würde er sich verdächtig machen, wenn er nicht mitlachte? Wahrscheinlich. Also lachte er. Aber er lachte nicht überzeugend genug.

Irgendwann steckte jemand seinen Eltern, dass der Gerli wohl ein Warmer war. Der Vater reagierte aggressiv. »Wenn das stimmt, bist du nicht mehr mein Sohn.« Die Mutter war schockiert. »Das stimmt doch nicht, Gerli? Es gibt so viele nette Frauen. Und ich wünsch mir doch Enkelkinder«, sagte sie anklagend.

Gerli hatte keine Bezugsperson, der er sich hätte anvertrauen können. Also beschloss er, dass es wohl einfacher wäre, eine Frau zu heiraten, als seine Homosexualität offen auszuleben. Die Ehe dauerte 18 Monate und war freundschaftlich und harmonisch, nur nicht im Bett.

Gerli konnte nur performen, wenn er dabei an einen Mann dachte. An den Stoppelbart des Vereinsfreundes, der ihn bei der Weihnachtsfeier in der Fettn auf den Mund geküsst hatte. Wie gut dessen Parfum gerochen hatte.

Weil er sich diese Gedanken verbat, war der Sex ein Desaster. Seine Frau schaffte eine Vakuumpumpe an, um die vermeintliche Erektionsschwäche ihres Angetrauten zu beheben. Dabei wurde Gerlis schlaffer Penis in eine Plastikröhre eingeführt, die einen Unterdruck erzeugte. Ein durch und durch erniedrigendes und uneffektives Prozedere.

Gerlis Frau schlug eine Paartherapie vor. Als sie ihm nach ein paar Monaten gestand, das zwischen ihnen würde nicht funktionieren und sie hätte sich in den Therapeuten verliebt, war er fast erleichtert. Die Scheidung war so schnell und schmerzlos wie das Ziehen eines Weisheitszahnes mit viel Lachgas.

Danach saß Gerli wieder allein und einsam zu Hause. Aber er fand Trost. Im Internet. Das erste Mal outete er sich in einem anonymen Chatforum. Anonym waren auch seine ersten Klubbesuche. Darkrooms, Masken. Eine andere Identität. Die Großstadt. In Wien traf er endlich Gleichgesinnte. Flüchtige Begegnungen, zum ersten Mal eine kurze Beziehung. Aber immer überfielen ihn danach Scham und die Schuldgefühle für seine Abartigkeit, seine Perversionen. Er versank in eine Depression.

Und dann wurde Herbert Zapfel zum Bürgermeister gewählt. Und das Leben vom Holper Gerli wurde noch komplizierter. Er war diesem charismatischen Menschen vom ersten Moment an verfallen. Er hatte diese Wirkung auf ihn, so ein Gefühl von Wärme. Das hatte er bis jetzt bei keinem Menschen auf der Welt verspürt. Okay, er war jahrelang in diesen Fußballtrainer vernarrt. Aber was war das im Vergleich zum Charisma des Bürgermeisters? Wohl nur eine pubertäre Spinnerei, ein Hirngespinst? Der Bürgermeister hatte auf ihn dieselbe Wirkung wie der Ring auf Gollum in »Der Herr der Ringe«. Und dass der Bürgermeister so jovial und herzlich und nahbar war, ließ jede Menge Raum für Interpretation zu.

Es war neu für den Gerli, von einem Mann zur Begrüßung herzlich umarmt zu werden. Es war neu für ihn, Komplimente für seinen Style zu bekommen. Und wie aufmerksam der Bürgermeister war! Im Auto spielte er immer *Radio Superfly*. Exakt den Musiksender, den der Gerli mochte. Gerli, dessen Sensoren für Annäherung noch nicht sehr ausgeprägt waren, mutierte zum Profiler. Er verhielt sich wie ein verliebter Teenager. Jede Mikrobewegung des Bürgermeisters wurde interpretiert, jeder Satz zerpflückt, jedes Timbre in der Stimme bewertet. Bis die Ergebnisse seine These unterstützten. Er musste ebenfalls etwas für ihn empfinden. Die Zeichen sprachen doch ganz deutlich dafür. Es konnte gar nicht anders sein.

Und dann kam dieser Abend, den er nie vergessen würde. Der Bürgermeister fragte ihn, ob er ihm daheim zur Hand gehen könnte. Er müsste für seine Frau, die mehr Zeugs besaß als Imelda Marcos Schuhe, ein Regal zusammenbauen und könnte dabei Hilfe gebrauchen.

Als Gerli beim Bürgermeister ankam, war die Frau Bürgermeister nicht da. Die beiden Männer bauten das Regal zusammen, und danach fragte der Bürgermeister den Gerli, ob er ein Bier wollte und Lust hätte, bei ihm das Fußballmatch zu schauen, das an diesem Abend übertragen wurde. Gerli hatte Lust.

Der Bürgermeister schaltete den Fernseher ein und zog die Schuhe aus. Er trug außerordentlich bunte Socken, und seine Füße, die den ganzen Tag in den Schuhen gesteckt hatten, rochen ziemlich intensiv nach Leder und Schweiß. Gerli fand diesen Geruch unglaublich anziehend.

»Wo ist denn die werte Gattin«, fragte der Gerli.

»Die ist in Ungarn bei der Massage«, sagte der Bürgermeister und fügte dann hinzu, wie gut es der nicht ginge und dass er selbst auch eine Massage vertragen könnte.

Da nahm der Gerli seinen ganzen Mut zusammen und fragte den Bürgermeister mit belegter Stimme, ob er ihm die Füße massieren solle. Er hätte den Ruf, sehr gut darin zu sein.

Zu seiner großen Überraschung sagte der Bürgermeister: »Ja.«

Gerli kniete sich vor dem Bürgermeister hin und zog ihm die bunten Socken aus. Dann begann er die Füße, die ungewöhnlich groß und breit waren, durchzukneten. Immer wenn seine Finger eine Verspannung ertasteten und er diese Knötchen gekonnt bearbeitete, stöhnte der Bürgermeister. Gerli wusste nicht, ob aus Schmerz oder Genuss. Er wusste nur, dass er selbst vor Geilheit fast platzte. Sein Schwanz war so hart wie noch nie in seinem Leben. Seine Erregung lag wie Elektrizität in der Luft und erfasste auch den Bürgermeister. Denn dieser begann plötzlich sein eigenes Glied durch die Hose zu streicheln. Gerli massierte weiter und hauchte dann sogar einen zaghaften Kuss auf den Spann des Bürgermeisterfußes, und gerade als er überlegte, was er als Nächstes tun sollte, platzte die Frau des Bürgermeisters bei der Tür herein.

Gerli ließ die Füße des Bürgermeisters los, als wären sie glühende Kohlen. Der Bürgermeister lachte nur, prostete seiner Frau zu und sagte: »Du bist aber heute früh zurück, Schatz. Ich hoff, du bist entspannt und locker.«

Anneliese Zapfel musterte ihren Mann eisig, aber unglaublich gefasst. »Was wird das hier?«

»Nichts, der Herr Amtmann wollte mir nur was Gutes tun«, sagte der Bürgermeister provokant. In seinen Augen glitzerten Geilheit, Überheblichkeit und Grausamkeit.

»Du widerst mich an!«, sagte Anneliese und verließ das Wohnzimmer.

Gerli Holper empfahl sich mit einem gestammelten »Ich will nicht länger stören«, eingehüllt in eine Wolke aus Schuldgefühlen und Scham.

Am nächsten Tag auf dem Gemeindeamt konnte er dem Bürgermeister kaum in die Augen schauen. Später machte der Bürgermeister einen Schwulenwitz, und Gerli lachte gehorsam. Eine Woche später bekam er mit, dass der Mann, dem er eben noch die schwitzigen Füße geküsst hatte, sein Interesse eindeutig auf Caro Karner-Beiglböck verlagert hatte.

Seinen Vorschlag, doch einmal wieder gemeinsam Fußball zu schauen, verlachte er nur.

»Geh, Gerli, das war doch nur eine b'soffene G'schicht, wir sind doch keine Warmen, oder?«

Für Gerli brach eine Welt zusammen. Dabei hätte doch alles so schön sein können. Der Bürgermeister hätte seine Gefühle erwidern können, und er hätte endlich die letzten 30 Jahre aus Hass, Angst, Scham und Mobbing hinter sich lassen können. Aber er hatte sich getäuscht. Er hatte sich der Hoffnung hingegeben, dass dieser normale Heteromann aufgrund seiner Fußmassage entdecken würde, dass er ebenfalls Männer mochte. Dass er war wie Gerli. Der Bürgermeister und er wären dann quasi gar nicht richtig schwul, sondern einfach nur zwei Männer, die zufällig eine gleichgeschlechtliche Beziehung hatten, aber ansonsten »ganz normal« waren. Keine Schwulenszene, keine Darkrooms, kein Hach und Huch, kein Höllenfeuer. Leider hatte er dabei einen wichtigen Umstand verabsäumt. Nämlich dass man Liebe nur mit jemandem erfahren kann, der einen auch liebt.

KAPITEL 21 – DER GARTENKLUB ZIEHT HYAZINTHEN

Unter dem Begriff »Heerwurm« (auch Ascarides militares, Haselwurm, Hungerwurm, Schlangenwurm, Wurmschlange, Kriegswurm, Kriegsschlange, Heerschlange, Wurmdrache oder Drachenwurm) werden im Volksmund Ansammlungen von Trauermücken-Larven bezeichnet. So ein Zug kann bis zu 14 Meter Länge erreichen und mehrere Hunderttausend Larven umfassen. Bei feuchter Witterung legt diese Truppe etwa einen Meter pro Stunde zurück.

»Ich verrate euch jetzt etwas«, sagte Johanna. »Ich mag keine Weihnachtssterne.«

Die Mitglieder des Gartenklubs sahen sie nach diesem Geständnis erschrocken an. Jede überlegte fieberhaft, ob sie Johanna schon einmal einen Weihnachtsstern geschenkt hatte.

»Ich finde diese bunten Blätter einfach zu künstlich, zu übertrieben. Und diese mit Glitzerspray angesprühten Exemplare sind überhaupt das Allerschlimmste. Kitsch pur!« Johanna schüttelte sich leicht.

»Aber die Geschichte der Weihnachtssterne ist spannend. Darum erzähle ich sie euch jetzt trotzdem. Euphorbia pulcherrima, so der botanische Name, kommt ursprünglich aus Mittel- und Südamerika. Meterhohe Büsche sind das dort. In Nordamerika wurden blühende Zweige als Schnittblumen verkauft. Dass daraus eine Topfpflanze namens Weihnachtsstern wurde, daran ist eine deutsche Auswandererfamilie namens Eckel schuld. Sie hatte die Idee, die Pflanze in der Vorweihnachtszeit in kleinen Töpfen anzubieten. Und so entstand, der Saison geschuldet, der Name ›Weihnachtsstern‹.«

»Auch wenn du Weihnachtssterne nicht magst, Johanna, man muss schon erwähnen, dass sie wie jede Pflanze auch innere Werte hat«, mischte sich die Kräuterpädagogin Isabella ein. Sie war mittlerweile so hochschwanger, dass sie aussah, als würde sie jeden Moment platzen. Vera hatte Angst, sie würde ihr Kind gleich hier und jetzt bekommen.

Isabella schob sich ein Kissen hinter den Rücken und redete weiter: »Die Azteken verwendeten den Milchsaft, um Fieber zu bekämpfen. Nachmachen würde ich das aber nicht. Wir kennen das genaue Rezept der Azteken nicht, und besonders bei Kindern und Haustieren kann es nach Einnahme des Saftes oder der Blätter zu schlimmen Folgen kommen. Dazu gehören Übelkeit, Erbrechen sowie Durchfall …«

»Eben, von wegen innere Werte, das ist eine durch und durch unsympathische Pflanze«, beharrte die Gründerin des Klubs. Johanna konnte manchmal richtig stur sein. Schnell wechselte sie das Thema.

»Ich möchte euch heute meine Lieblingszimmerpflanze vorstellen, die Drehfrucht. Sie heißt so, weil ihre Früchte zylindrisch gedreht sind. Hier, schaut her.« Sie deutete auf den Blumentopf, der vor ihr auf dem Tisch stand. »Seht ihr die spiraligen Kapseln? Diese enthalten die zahlreichen, sehr feinen Samen. Leichter als aus Samen geht aber die Weiterzucht über Blattstecklinge.«

»Jessas, i woaß, wos deis is. Mia hom friacha imma d' Bladln tauscht, in Strafn gschniedn und eigrobn, um neiche zan kriagn*«, freute sich Mizzi.

»Richtig«, bekräftigte Johanna. »Die Drehfrucht war in den 1970er-Jahren im Südburgenland extrem beliebt, weil man sie mittels Blattstecklingen ganz einfach weitervermehren kann. Man schneidet einfach ein Blatt längs in mehrere Streifen und steckt diese in die Erde. Mit etwas Glück schlägt es Wurzeln.«

»Hot jo net so vüle G'schäfta geim, wos dei Bliaml hätts kafn kinna«, bekräftigte Mizzi. »Mia hom teischelt, bist olle Foarm beinanda ghobt host.**«

»Durch die Tauscherei hatten die Frauen bald eine Sammlung an unterschiedlichen Arten und Farben«, bestätigte Johanna. »Die Drehfrucht, botanisch Strep-

* Jesus, ich weiß, was das ist. Wir haben früher immer Blätter getauscht, in Streifen geschnitten und eingegraben, um neue (Pflanzen) zu bekommen.

** Hat ja nicht so viele Geschäfte gegeben, wo man die Blumen hätte kaufen können. Wir haben getauscht, bis man alle Farben beieinander gehabt hat.

tocarpus, auch als Samtglöckchen oder wegen ihrer Herkunft als Afrikanisches Veilchen bekannt, gibt es nämlich in sehr vielen Varianten. Hier sind Bilder, die ich im Sommer aufgenommen habe.«

Sie reichte Ausdrucke auf Fotopapier herum. Vera nahm einen davon in die Hand. Die kleinen Blüten erinnerten sie an Orchideen.

»Die Blüten können einfarbig bis mehrfarbig sein – die Farbpalette ist insbesondere bei den hybriden Formen sehr umfangreich und reicht von Weiß über ein verwaschenes Rot und Rosa bis hin zu Blau und Violett«, fuhr Johanna fort. »Allerdings, und auch das muss gesagt werden, ist die Drehfrucht eine Diva. So leicht man sie vermehren kann, so schwierig ist es, den richtigen Standort für sie zu finden. Ihr Lieblingsplatz soll hell sein, aber nicht vollsonnig, luftig, aber nicht zugig. So ein klassisches Stiegenhaus oder ein verglaster Arkadengang ist dafür ideal.«

Vera notierte fleißig mit. Sie hatte sich nie viel aus Zimmerpflanzen gemacht, aber nach Johannas Ausführungen bekam sie Lust auf Drehfrucht-Zuchtexperimente. Die Leser und Leserinnen des *Burgenländischen Boten* würden das wohl genauso sehen. Die Serie über Garteln und Pflanzen, die Vera regelmäßig publizierte, kam gut an. Viele aus der Leserschaft schickten danach E-Mails, weil sie mehr wissen wollten, oder berichteten von ihren persönlichen Pflanzenerlebnissen. Auch jetzt im Winter trudelten regelmäßig Anfragen ein. »Ich habe von meiner Oma eine Grünlilie bekommen. Was muss ich beachten?«

»Sind Fleißige Lieschen giftig für meine Katze?« »Womit soll ich meinen Gummibaum abwaschen, damit die Blätter schön glänzen?« Vera versuchte, diese Zuschriften mit Johannas Hilfe zu beantworten. Vielleicht sollte Johanna eine Fragerubrik in der Zeitung bekommen, überlegte Vera. Wie früher der Doktor Sommer in den »Bravo«-Heftln. Nur dass Johanna einen hochbotanischen Zugang zu Blümchen und Bienchen hatte.

Johannas Stimme riss sie aus ihren Gedanken. »Die Drehfrucht blüht nur bis Oktober, aber wir haben andere Pflanzen, die jetzt im Winter blühen. Wir müssen sie nur zum Treiben bringen. Lasst uns über Hyazinthen reden.«

Johanna zeigte auf drei sanduhrförmige Gläser, die auf dem Tisch standen. Das eine war moosgrün, das zweite azurblau, das dritte fuchsiafarben. Wie Pokale sahen die aus. In jedem der Pokale lag eine Zwiebel, die mit einem Hütchen verdunkelt war. Wasser befand sich nur im unteren Bereich der Gläser. »Die Zwiebel sucht das Wasser«, erklärte Johanna. »Sie darf aber nicht direkt mit Wasser in Berührung kommen, sonst fault sie. Innerhalb von drei Monaten entwickeln die Hyazinthenzwiebeln lange Wurzeln. Sobald sich oben Triebe und Blütenansätze zeigen, wird das Hütchen entfernt und die Pflanze wärmer und hell gestellt.«

»Für Kinder ist es sehr spannend zu beobachten, wie die Wurzeln der Hyazinthe jeden Tag ein bisserl länger werden, und wenn dann oben das Grün kommt und dann endlich die Blüte, das alles ist wirklich aufregend zu beobachten«, bestätigte Kräuterpädagogin Isabella versonnen. »Ein richtiges botanisches Experiment ist das. Perfekt ist das Timing natürlich, wenn die Hyazinthen am Heiligen Abend zu blühen und zu duften beginnen.«

»Und wer hat diese Methode mit den Gläsern erfunden?«, fragte Vera.

»Wer genau, weiß ich leider auch nicht. Aber das Ganze begann im 19. Jahrhundert«, erzählte Johanna. »Da war die Hyazinthe *die* Modeblume schlechthin. Die Zwiebeln waren sehr kostbar und teuer. Aus dieser Zeit stammt diese besonders dekorative Form der Pflanzenzucht.«

»Wo bekomme ich solche Gläser?«, fragte Marlies.

»Meine sind schon seit Generationen in der Familie, aber man bekommt sie im Blumenhandel und auch auf dem Flohmarkt. Natürlich könnt ihr auch eine normale Wasserkaraffe nehmen. Die Zwiebeln treiben aber nur, wenn sie vorher einen Kälteschlaf gemacht haben. Solche aus dem Blumenhandel sind schon vorbehandelt. Wenn ihr Hyazinthenzwiebeln aus euren Gärten zum Treiben im Glas verwenden möchtet, so nehmt nur die großen, festen Exemplare. Da sind die meisten Nährstoffe drin.«

»Kälteschlaf – was meinst du mit Kälteschlaf?«, fragte Marlies nach. Die Polizistin hätte sich vor ihrem Beitritt im *Klub der Grünen Daumen* nie gedacht, dass es so viel über Pflanzen zu erzählen und zu wissen gab. Und je länger sie dabei war, desto mehr Fragen poppten auf.

»Hyazinthenzwiebeln aus dem Garten müssen Sie vor dem Treiben mindestens acht Wochen bei null bis acht Grad lagern, um die Keimhemmung zu überwinden. Ohne Kältepause besteht die Gefahr, dass die Zwiebel keine Blüten treibt.« Johanna strich über die dicke Zwiebel in dem fuchsiafarbenen Glas, aus deren Spitze bereits zwei spitze fleischig-grüne Blätter drängten.

»Selbst gezogene Hyazinthen sind ein tolles Weihnachtsgeschenk, das nicht viel kostet«, stellte Isabella fest. Sie stand auf und massierte ihre Lendenwirbel.

»Es wäre so super, wenn du dein Kind zu Weihnachten bekämst«, sagte Vera.

»Ein richtiges Christkindl wäre das.«

»Das kann man sich nicht aussuchen«, sagte Isabella. »Von mir aus könnte es aber auch jetzt schon kommen. Der letzte Monat ist echt mühsam. Ich würde gerne meine Zehenspitzen wieder sehen.«

»Hast du noch immer keinen Namen?«, fragte Vera.

»Ich will meinem Kind erst einen Namen geben, wenn es da ist und ich es sehe. Sonst weiß ich ja nicht, ob der Name passt«, sagte Isabella.

»Es? Du weißt also auch nicht, was es wird?«, fragte Betty überrascht. Die Bestatterin war nicht so gut mit Isabella befreundet wie Vera, Mathilde und Johanna. Die drei hatten dieselbe Diskussion mit Isabella schon vor Monaten geführt.

»Ein Mensch wird's«, lachte Isabella. »Es wird auf jeden Fall ein Mensch.«

»Keine Hyazinthe«, blödelte Mathilde.

»Diese Hyazinthen sollen zu Weihnachten blühen«, nahm Johanna den Faden wieder auf. »Was ihr auch wissen solltet: Hyazinthen riechen nach exotischem Parfum. Jede Farbe riecht anders. Und wenn sie abgeblüht sind, vergrabt ihr die Zwiebeln am besten in euren Gärten, damit sie wieder zu Kräften kommen.«

Ein Mobiltelefon läutete. Es war das von Marlies. Die Polizistin nahm den Anruf an und verließ den Raum. Vera blickte ihr neugierig nach. Dass Marlies eine Geheimniskrämerin war, wusste sie mittlerweile. Umso mehr überraschte es sie, dass sie plötzlich wieder im Türrahmen stand und ihr ein Zeichen machte, mit hinaus zu kommen.

»Was ist los?«, fragte sie überrascht.

»Wir haben noch eine Leiche«, sagte Marlies.

»Was? Wo? Wer? Was für eine Leiche?«, platzte Vera heraus.

»Pscht.« Marlies legte den Finger auf den Mund. »Es muss ja nicht gleich der ganze Gartenklub erfahren.«

»Beziehst du mich echt in deine Ermittlungen ein? Das bin ich ja gar nicht gewohnt.« Vera flüsterte jetzt, strahlte aber gleichzeitig ob des Vertrauensbeweises.

»Das hat einen Grund«, sagte Marlies trocken.

»Was für einen Grund?«

»Es geht um deine Mutter.«

*

Hilda hatte am Nachmittag ihre Buchhaltung gemacht. Sie war zwar nicht berufstätig, aber sie fand, dass Buchhaltung machen besser klang als Kassazettel und Rechnungen aussortieren. Sie hatte ein Haushaltsbuch, ein kariertes blaues Heft, in das sie alle Einnahmen und Ausgaben eintrug. Und die Gemeindeausgaben gingen langsam auf keine Kuhhaut mehr. Da war eine Forderung über 167 Euro, die für Hilda einfach keinen Sinn ergab. Forderung wofür? Kommunalabgabe? Gab es da wieder eine neue Steuer? Obwohl Hilda ihr iPad liebte, hatte sie sich bisher vehement gegen Einziehungsaufträge und Telebanking gewehrt. Da hatte man ja keine Kontrolle, und wenn man sich einmal vertippte, kam das Geld ganz woanders an und man sah es nie wieder. Nein, das war ihr alles viel zu unsicher. Da trug sie ihre Erlagscheine lieber eigenhändig zur Bank und ließ sich von der Bankangestellten einen Stempel draufdrücken. Auch wenn die das immer unwilliger tat und auf die Maschine im Foyer der Bank verwies. Diesen einen Erlagschein würde Hilda ganz sicher nicht einfach so einzahlen. Zuerst wollte sie herausfinden, worum es bei dieser Kommunalabgabe überhaupt ging.

Sie schaute auf ihre Armbanduhr. Kurz vor 15 Uhr war es. Spät für einen Beamten. Sie war sich ziemlich sicher, dass die auf der Gemeinde schon ans Heimgehen dachten. Der Gedanke verstärkte ihren Ärger. Dubiose Rechnungen verschicken, aber nicht für die Bürger da sein, dachte sie grimmig. Hilda nahm ihre Jacke, hängte sich ihre Handtasche um wie ein Soldat seine Waffe und marschierte auf die Gemeinde. Vielleicht hatte sie Glück und der Gerli war doch noch da. Der war noch der Fähigste von der Bagasch, und außerdem war er ihr Chorleiter. Der würde sie anhören, auch wenn die Zeit für den Parteienverkehr schon um war. Aber als Hilda kurze Zeit später am Gemeindeamt auftauchte, musste sie zu ihrer

Enttäuschung feststellen, dass der Gerli nicht da war. Nur die Elfriede Großschädl war zugegen, und diese schien nicht sonderlich erfreut, dass die Horvath Hilda sie bei ihrer Rauchpause vor dem Rathaus störte.

»Rauchen ist schädlich«, stellte Hilda statt einer Begrüßung fest und rümpfte die Nase.

Elfi Großschädl steckte die Zigarette, die sie noch gar nicht angezündet hatte, schnell weg. »Ich rauche nur, wenn ich einen Stress habe. Und im Moment habe ich großen Stress. Erst verstirbt der Herr Bürgermeister, und jetzt ist der Amtmann krank. Alles bleibt an mir hängen. Aber das bin ich ja gewohnt.« Die beiden tiefen Falten, die sich von der Nase bis zu den Mundwinkeln zogen, wurden noch tiefer, als sie sprach.

»Der Gerli ist krank?«, fragte Hilda enttäuscht. »Ja, was hat er denn?«

»Er hat am Montag nach dem Weihnachtsmarkt angerufen, dass er sich nicht wohlfühlt. Seither hat er sich nicht gemeldet.«

»Heute ist Donnerstag«, stellte Hilda fest. Sie hätte zwar lieber mit dem sanften Gerli geredet, der in der Regel alles tat, was sie ihm anschaffte, als mit der Bissgurn von Großschädl. Aber wenn der nicht da war … »Na gut, dann müssen Sie mir helfen«, seufzte sie. »Was hat es mit dieser Rechnung auf sich?«

Sie wachelte mit dem Erlagschein vor der Nase der Großschädl herum. Diese zog umständlich eine Lesebrille hervor, hängte sich erst die daran befestigte Kordel um den Hals und setzte sich dann das Gestell auf ihre markante Nase. Wie ein Raubvogel sah sie aus, als sie den Erlagschein inspizierte.

Sie brummelte etwas Undeutliches und nahm die Lesebrille wieder ab, die nun, fixiert durch die Kordel, auf Höhe ihres mächtigen Busens baumelte.

»Beitrag zur Kommunalabgabe, steht ja drauf«, sagte sie dann gschnappig.

»No, lesen kann ich auch, aber was für ein Beitrag zur Kommunalabgabe ist das?«, beharrte Hilda. »Und warum muss ich das zahlen?«

»Der Betrag ist wohl das Resultat Ihrer Bemessungsgrundlage.«

»Bemessungsgrundlage? Bei mir gibt es nichts zu bemessen, ich bin in Pension. Schalten Sie einmal Ihr Hirn ein«, schimpfte Hilda.

Elfriede Großschädl riss der Geduldsfaden. »Hören Sie, Sie können gerne morgen in der Früh während der Amtsstunden vorbeikommen, dann such ich mir den Akt raus. Aber nicht hier und jetzt. Und nicht in diesem Ton!« Und fügte dann noch scharf hinzu: »Überhaupt, warum gehen Sie mich an? Die Steuergesetze werden nicht von uns Beamten gemacht, sondern von den Politikern.«

»Die Politiker. Ha!« Hilda wurde jetzt richtig laut. »Die Politiker sind also schuld. Ja klar sind die schuld. Da denken S' ausnahmsweise richtig. Rot, schwarz, blau, grün, türkis, rosa. Wurscht, welche Farbe. Wenn man die alle zusammen in einen Sack steckt und mit dem Knüppel draufhaut, erwischt's nie an Falschen.« Sie lachte grimmig und fuchtelte mit ihrem rechten Zeigefinger in der Luft herum.

Täuschte sie sich, oder ging da ein Schmunzeln über den verkniffenen Mund der Großschädl?

Hilda drehte sich um und marschierte mit ihrem Erlagschein in der Hand von dannen. Mit der Großschädl zu reden, hatte wirklich keinen Sinn. Man sollte immer zum Schmied gehen und nicht zum Schmiedl. Der Bürgermeister wäre die beste Option gewesen. Aber der war ja tot.

Es war zum Mäusemelken. Sie würde also doch bis morgen warten müssen. Ob da der Gerli wieder gesund war? Der Gerli lebte alleine. Einsam und krank war keine gute Kombi. Hilda beschloss, etwas Nettes zu tun und dem Gerli ein paar Schaumrollen vorbeizubringen. Der Bauernladen lag eh auf dem Weg dorthin. Und vielleicht, wenn es ihm nicht allzu schlecht ging, könnte er ihr ja das mit der Rechnung erklären. Oder noch besser, den Erlagschein aus dem System streichen, dachte sie listig. Weil das mit der Bemessungsgrundlage für eine Pensionistin, das konnte ja nur ein Fehler sein.

Sie machte sich mit einem Karton Schaumrollen und roten Wangen auf den Weg zum Haus des Holper Gerli. Es war ein hübsches Haus. Es hatte einen gepflegten Vorgarten, in dem ein kleiner Tannenbaum mit einer Lichterkette geschmückt war, und ein schneebedecktes Satteldach, das aussah wie eine Pagenkopffrisur.

Dennoch hatte Hilda plötzlich ein seltsames Gefühl. Sie war schon fast beim Gartentor, als sie ihr Tempo verlangsamte und dann plötzlich ganz anhielt. Sie war sich nicht sicher, was sie zögern ließ. Ihr Blick schweifte zur Grundstücksgrenze. Drei überdimensionale Koniferen standen schattenhaft still. Nichts bewegte sich. Ein ungutes Gefühl kroch Hildas Schultern und Nacken hinauf. Sie fühlte sich ein wenig albern, blickte über ihre Schulter hinter sich. Es war niemand da. Sie öffnete das Gartentor, ein beklommenes Gefühl der Vorahnung flatterte in ihrer Brust. Sie läutete. Nichts passierte. Dann hörte sie das durchdringende Miauen einer Katze. Seltsam. Sie wusste, dass der Gerli eine Katze hatte. So eine taubenblaue wie aus der Werbung für das teure Katzenfutter, das nur Zuagroaste und Verrückte kauften. Das war nämlich, aufs Kilo gerechnet, teurer als Steakfleisch. Ein verwöhntes, überzüchtetes Viech war die Katze vom Gerli. Der konnte man schon zutrauen, dass sie grundlos hysterisch miaute. Dennoch hatte Hilda das ungute Empfinden, dass da drinnen irgendwas nicht stimmte.

Sie läutete noch einmal. Wieder keine Antwort. Sie legte prüfend die Hand auf die Klinke und drückte diese hinunter. Zu ihrer Überraschung sprang die Haustür sofort auf. Nicht abgeschlossen? In der nächsten Sekunde raste die Katze an ihr vorbei ins Freie, und ein bestialischer Gestank stieg ihr in die Nase. Tote Maus? Nein, das konnte nicht nur eine Maus sein, das musste eine ganze Mäusekolonie sein, die da drinnen verendet war. Wo war der Gerli, dass der so eine Sauerei nicht beseitigte? Hilda hielt sich ihren Schal, der mit *Tosca Eau de Cologne* parfümiert war, vor die Nase und ging ins Haus hinein.

Sie bog um die Ecke und ließ vor Schreck das Packerl mit den Schaumrollen fallen. Die Tür zur Kellerstiege stand offen. Und da unten, am Fuße der Treppe, lag etwas. Hilda nahm ihren ganzen Mut zusammen, stieg die Treppe hinunter und näherte sich vorsichtig. Ein Monster. Ein aufgeblähtes, grünliches Monster, dessen Haut sich bereits in großen, flüssigkeitsgefüllten Blasen in Auflösung befand.

Der rechte Augapfel war massiv aufgequollen und glotzte sie wie ein überdimensioniertes Kuhauge regelrecht an, das andere Auge war bereits zu einer undefinierbaren Masse zusammengesunken. Neben dem Monster lag etwas auf dem Boden. War das ein Knüppel? Nein – um Gottes willen, das war ja … Hilda drehte sich um und stürmte der Katze nach. Taumelte, stürzte fast. Erst beim Gartenzaun fing sie sich. Durchatmen, tief durchatmen, befahl sie sich. In ihren Ohren sauste es. Das Adrenalin raste durch ihren Körper. Ihr Kreislauf spielte dermaßen verrückt, dass sie kurz dachte, sie würde einen Herzinfarkt bekommen. Sie griff nach dem Schnee, der auf der Ligusterhecke lag, und rieb sich damit die Unterarme, die Schläfen und den Nacken ab. Atmen, atmen! Obwohl sie wieder im Freien war und die Tür hinter sich zugeworfen hatte, bekam sie den Gestank der Leiche einfach nicht aus ihrer Nase.

»Geht es Ihnen gut?« Ein junger Mann, der vorbeigejoggt kam, sah sie prüfend an. »Soll ich einen Arzt holen?«

»Ein Arzt wird dem armen Teifl nimmer helfen«,

stöhnte Hilda. »Rufen S' die Polizei an. Da drin im Haus liegt a Leich!«, röchelte Hilda. »A ganz a schiache Leich. Und ich glaub, die schiache Leich ist der Amtmann.«

KAPITEL 22 – DER GARTENKLUB HOLT CHRISTBÄUME

Ein gefürchteter Forstschädling ist die mit der Nordmanntanne nach Europa eingeschleppte Gefährliche Weißtannenlaus (Nordmanntannen-Trieblaus, Dreyfusia nordmannianae), da wirksame heimische Gegenspielerarten fehlen. An die einheimische Fichte (Picea abies) konnte sich die Tannentrieblaus allerdings nicht anpassen.

»Und was ist dann passiert?« Mathilde konnte ihre Neugierde kaum im Zaum halten. Es war zwei Tage nach dem Leichenfund, die Köchin saß in Veras Küche und fragte Veras Mutter Hilda Löcher in den Bauch.

»Dann«, sagte Hilda bedeutungsschwer, »dann sind die Marlies und ihr Kollege, der Franz, gekommen. Und noch ganz viele andere mit so Absperrbandeln. Spurensicherer waren das, wie im ›Tatort‹. Die Rettung ist auch gekommen, aber da war nix mehr zu retten. Aber die von der Rettung hat meinen Blutdruck gemessen. Weil einen Schock habe ich schon ghabt. Alle waren sehr nett zu mir. Und die Marlies hat mich gefragt, ob ich was angegriffen habe. Aber ich habe nichts angegriffen, nur die Haustür. Aber die haben andere sicher auch angegriffen. Und dann ist die Vera gekommen und hat mich abgeholt. Zum Glück. Weil länger hätt ich dort nicht bleiben wollen. Ihr könnt euch gar nicht vorstellen, wie das gestunken hat.«

Hilda war von ihrem Leichenfund so aus der Bahn geworfen worden, dass sie vorübergehend bei Vera und Letta eingezogen war. Mit dem Ergebnis, dass Hilda jetzt in Veras Bett schlief und Vera auf der Couch im Wohnzimmer. »Ich mag nicht daheim schlafen, immer, wenn ich die Augen zumache, sehe ich diese Bilder. Ihr habt keine Ahnung, wie furchtbar der ausgeschaut hat. Wie ein Untoter«, seufzte sie.

»Wie die Zombies aus meinem Computerspiel?«, fragte Letta.

»Schlimmer«, sagte Hilda. »Viel schlimmer! Er hat nur mehr ein Aug gehabt. Wahrscheinlich hat das Katzenvieh das andere g'fressen. Und g'stunken hat er. Wie a hiniger Erdapfel, und es gibt wirklich nix, das schlimmer stinkt als a hiniger Erdapfel.«

»Wie kann denn eine Leiche nach vier Tagen so schlimm beinand sein?«, fragte Mathilde.

»Das Haus war total überheizt, und er lag direkt neben dem Heizraum. Der Amtmann war wohl einer, der es gerne kuschelig hatte und am liebsten in der Unterhosen durchs Haus geflitzt ist.«

»Und weiß man schon, woran er gestorben ist?«, fragte Mathilde aufgeregt und stopfte sich eine Handvoll Erdnüsse in den Mund, die von Lettas Nikolosackerl übrig geblieben waren.

Die Schalen waren überall auf dem Tisch verteilt. Ein paar waren auf den Boden gefallen. Lettas Hund, Herr Schröder, schnüffelte daran, wandte sich aber dann enttäuscht ab.

»Er ist die Stiegen hinuntergefallen«, sagte Vera. »Ich hab gehört, er hatte Verletzungen an den Händen und Armen, wohl vom Versuch, den Sturz aufzufangen.«

»Vielleicht hat ihn wer niedergeschlagen und die Stiegen runtergeschubst«, mutmaßte Mathilde.

»Bevor euch jetzt die Fantasie durchgeht, laut der Polizei gab es in unmittelbarer Nähe keine Tatwaffe«, warnte Vera.

»Aber dafür was anderes Dubioses«, sagte Hilda bedeutungsschwer.

Vera wusste, was jetzt kommen würde, sie hatte die Geschichte in den letzten beiden Tagen schon mehrmals gehört. Aber sie ließ Hilda den Triumph, die Pointe auch Mathilde zu erzählen.

»Was Dubioses? Jetzt red schon, Hilda.«

Hilda lehnte sich vor und beugte sich näher zu Mathilde. »Neben ihm lag ein Massagestab«, flüsterte sie.

»Ein Massagestab?«

»Ja, ein Massagestab. So einer, wie sie ihn früher im Katalog verkauft haben. Erinnerst dich nicht an die Fotos? Wo die Frauen einen Massagestab an ihr Gesicht gehalten haben. Auf derselben Seite wie die Waagen und die Trockenhauben war das. Das Model auf der Seite hat den Massagestab immer ganz versonnen an die Wange gehalten.«

Mathilde schüttelte den Kopf. Sie war zu jung. Sie konnte sich nicht an die Massagestäbe aus dem Katalog erinnern. »Wozu soll das gut sein, so ein Massagestab?«, fragte sie. »Der muss aber lang gewesen sein, wenn man sich damit selber den Rücken massieren hat können.«

Hilda warf einen Seitenblick auf Letta, aber die hatte ihre Kopfhörer in die Ohren gesteckt und wippte im Takt eines Pop-Songs mit.

»Also Mathilde, wirklich«, feixte Vera. »Jetzt stehst aber ordentlich auf der Leitung. Wozu soll das gut sein? Na zur ENT-SPAN-NUNG. Die *andere* ENT-SPAN-NUNG!«

Bei Mathilde fiel der Groschen. »Echt, also ihr meint …?« Sie schlug die Hand vor den Mund. »Der Amtmann hatte einen Viiii…?«

»Ja, sag ich doch!«, fiel ihr Hilda ins Wort. »Und das Allerärgste, und das weiß ich nur, weil ich gehört habe, wie das einer von diesen Spurensicherern zur Marlies gesagt hat: Auf dem Massagestab war hinten, dort, wo die Batterie reingehört, was eingraviert. Gerli und Bärli.« Sie machte eine Pause. »Ihr wissts eh, zu wem s' Bärli sagen?«

»Zum Bürgermeister«, hauchte Mathilde schwach. Hilda lehnte sich zufrieden zurück. Das war genau die Reaktion, auf die sie sich gefreut hatte. »Richtig. Zum Bürgermeister.«

»Aber das ist ja echt das Allerärgste!« Mathildes Augen leuchteten richtig. Man sah ihr an, dass sie fieberhaft überlegte, wem sie die Nachricht als Erstes weitertratschen konnte.

»Mathilde, das ist top secret. So was erzählt man nicht herum«, sagte Vera scharf. »Solang wir nicht wissen, ob das wirklich was mit dem Bürgermeister zu tun hat, behalten wir das G'schichterl mit dem Massagestab besser für uns.«

»Natürlich«, log Mathilde.

»Wir wollen ja niemandem was unterstellen.«

»Was heißt unterstellen, das steht doch auch alles in dem Biachl von der Frau Bürgermeister«, protestierte Hilda. »Dass der Tschäson erst mit der Korinne und dann mit dem Romeo ein Pantscherl gehabt hat. Autorfiktiv ist das.«

»Sie meint autofiktiv«, sagte Vera.

»Und wer ist die Korinne?« Mathildes Augen wanderten aufgeregt zwischen den beiden Frauen hin und her.

»Na, in echt ist das sicher die Caro«, erklärte Hilda. »Ist die eigentlich aus Graz? Die hat so glänzende Augen. Die Grazerinnen haben alle so glänzende Augen. Das kommt von denen ihrem Leitungswasser. Da ist zu wenig Jod drin.«

»Mama, jetzt reicht es«, sagte Vera streng. »Du kannst den Leuten nicht irgendwelche G'schichtln andichten.«

»Was heißt ich? Ich dicht keine G'schichtln. Das hat die Frau Bürgermeister schon selber gemacht.«

Man sah Mathilde an, dass die Gedanken in ihrem

Hirn ratterten. »Hilda, du meinst also, dass der Bürgermeister nicht nur mit seiner Frau, sondern auch mit der Caro und dem Amtmann was gehabt hat? Aber das ist ja nicht möglich!«

»Natürlich ist das möglich. Er ist ja keine Seife, er wird nicht weniger«, stellte Hilda pragmatisch fest.

Letta nahm die Kopfhörer raus. »Können wir jetzt den Christbaum holen fahren? Bitte. Ihr habt es versprochen.«

»Klar, mein Schatz.« Vera liebte diese Tage, an denen ihre Tochter nicht den bockigen Teenager raushängen ließ, sondern sich an den Traditionen ihrer Kindheit erfreute.

Letta hob den Kopf. »Außerdem müsst ihr nicht so komisch umadum tun. Ich weiß, was ein Vibrator ist, ich bin fast 16.«

*

»Also der Vibrator scheidet als Tatwaffe oder Schlagwerkzeug eindeutig aus«, stellte Marlies fest. »Die Kollegen in Eisenstadt haben mir gerade ihre Untersuchungsergebnisse übermittelt. An dem Ding sind keine Spuren. Keine Fingerabdrücke. Keine Materialanhaftungen. Kein Blut oder andere Körperflüssigkeiten. Auch keine Seife oder Reste eines anderen Reinigungsmittels. Es scheint so, als wäre er noch nie benutzt worden.«

»Der war also jungfräulich«, scherzte Franz.

Marlies sah ihren Vorgesetzten streng an. »Franz,

konzentrier dich. Da waren gar keine Spuren drauf. Verdächtiger geht es ja nicht. Jemand muss das Ding doch ausgepackt und angegriffen haben. Der Vibrator kann ja nicht vom Himmel direkt zu Füßen des toten Amtmannes gefallen sein.«

»Außer der Bärli hat ihn von dort runtergeworfen«, blödelte Franz.

»Du bist heute echt schräg drauf«, stellte Marlies fest. »Wie war es bei der Obduktion?«

Franz und Marlies hatten geknobelt, wer bei der Untersuchung der stark verwesten Leiche dabei sein musste. Franz hatte dabei den Kürzeren gezogen und sich den wenig schönen Anblick geben müssen.

»Wir wissen jetzt mit Sicherheit, dass es sich bei der Leiche um den Amtmann handelt«, sagte er. »Und auch die Todesursache kennen wir. Er hat sich bei dem Sturz über die Kellertreppe das Genick gebrochen. Das Rückenmark wurde dabei so gequetscht, dass es wohl zu einem sofortigen Atem- und Kreislaufstillstand kam. Eigentlich ein klassischer Unfalltod.«

»Unfall? Hmm, ich weiß nicht. Komisch ist das schon. Die Horvath Hilda meint, die Frau des Bürgermeisters hätte in ihrem Buch Anspielungen auf eine homosexuelle Beziehung zwischen ihrem Mann und dem Amtmann gemacht«, grübelte Marlies. »Und dann stirbt erst der eine und dann der andere. Und ob die Kopfverletzungen rein vom Sturz stammen, oder ob ihm jemand vorher eine über die Rübe gezogen hat, das ist auch schwer nachweisbar.«

»Beim Bürgermeister war es letztendlich der Giftsumach, der ihn umgebracht hat«, stellte Franz fest. »Hier wissen wir es nicht genau. Die Gerichtsmedizinerin hat kein Urushiol nachweisen können, aber Lungen und Schleimhäute waren schon sehr zersetzt.«

»Wir reden noch einmal mit der Frau Bürgermeister!«, bestimmte Marlies. »Wir fahren gleich morgen früh bei ihr vorbei. Ich muss jetzt nämlich los.« Sie sah auf die Uhr.

»Was hast denn so Wichtiges vor?«, forschte Franz.

»Christbaum aussuchen«, sagte Marlies.

»Na gut, dann mach ich für heute auch Schluss«, sagte Franz. »In drei Tagen ist Weihnachten, und wir haben beide so viele Überstunden, ich glaube, das können wir uns erlauben.«

Die beiden packten ihre Sachen zusammen und verließen das Büro.

15 Minuten später läutete in ihrem Büro das Telefon, aber weil niemand mehr da war und es hörte, läutete es ins Leere. Es ist seltsam, wie manchmal der Zufall seine Finger im Spiel hat: Hätten Marlies oder Franz das Telefonat angenommen, hätten sie etwas erfahren, was ihre Ermittlungen wesentlich beschleunigt hätte. So aber legte der Mitarbeiter des Bundeskriminalamtes in Wien nach dem sechsten Läuten einfach wieder auf und beschloss ebenfalls, vorzeitig Feierabend zu machen.

*

Marlies traf Vera, Letta, Hilda, Mathilde und den Rest des *Klubs der Grünen Daumen* vor dem Schloss Hohenfelsen. Dort fand der alljährliche Christbaumverkauf statt.

Zahlreiche Tannen, Fichten und Föhren warteten hier auf Kundschaft. Weil es schon dämmerte, war der Platz mit Lichterketten beleuchtet. Feuerschalen spendeten Wärme.

Und von innen wärmte der Quittenschnaps, den der Christbaumverkäufer, eigentlich war es einer der Waldarbeiter der Grafen, jedem Kunden anbot.

Sämtliche zum Verkauf stehenden Bäume stammten aus den weitläufigen Mischwäldern der Grafen Hohenfelsen.

»Eine gute Alternative zu den Bäumen aus intensiv bewirtschafteten Monokulturen oder zu den Christbäumen, die von weither herangekarrt werden. Beides schadet Umwelt und Gesundheit«, befand Johanna. »Handelsübliche Christbäume stammen aus Plantagen, die gedüngt und gespritzt werden – eine enorme Belastung für Böden, Gewässer und Tiere. Da sind die Bäume der Hohenfelsen eine rühmliche Ausnahme. Die wachsen ganz naturbelassen. Schließlich wollen wir uns ja keinen nadelnden Chemiecocktail ins Haus holen.«

»Aber Tannenläuse will ich auch keine«, protestierte Mathilde.

»Wie kommst du denn auf Tannenläuse, was ist das überhaupt?«, fragte Betty und verzog angewidert das Gesicht. Die Bestatterin hatte zwar keine Berührungsängste mit Toten, aber vor Ungeziefer graute es ihr, seit sie einmal in den USA in einem von Kakerlaken verseuchten Appartement gelebt hatte.

»Meine Freundin Sigrid, die wohnt im Mittelburgenland, und die hatte die letztes Jahr«, erzählte Mathilde. »Aus ihrem Christbaum sind am Heiligen Abend lauter kleine Spinnen gekrabbelt. Tausende grausliche Viecher mit sechs Beinen. Wie kleine Zecken haben die ausgeschaut. Die sind überall hingekrochen und haben braunen Schleim am Boden hinterlassen.« Mathilde liebte es, die Schauergeschichte richtig auszuschmücken. »Das war vielleicht eine Bescherung. Der Baum ist gleich wieder rausgeflogen«, resümierte sie.

»Bei gezüchteten Weihnachtsbäumen sind Baum- und Rindenläuse leider ein weit verbreitetes Phänomen«, erklärte Johanna. »In Monokulturen, ohne natürliche Feinde, vermehren sie sich rasant. Aber ich kann euch beruhigen, Lachniden sind im Gegensatz zu Zecken harmlos.«

»Und bei einem Baum aus dem Wald holt man sich keine von diesen Viechern nach Hause?«, fragte Betty und überlegte, ob ein Plastikchristbaum eventuell eine Alternative wäre. In Amerika hatten alle Christbäume aus Kunststoff gehabt. Wenn man die jedes Jahr wieder verwendete, war das auch nachhaltig.

»Natürlich kann man sich da auch Insekten ins Haus holen, aber in einem gesunden Wald herrscht ein Gleichgewicht zwischen Nützlingen und Schädlingen. So eine Tannenlausinvasion ist da eher selten«, beruhigte Johanna sie.

»Ma suit si imma an Bam ausn Woid huin, owa nid ausn eigenen Woid«, lachte Mizzi.

»Mei Voda hot imma den Bam ausn Woid vom Nochbarn g'stuin. Hiarzat is er eam draufkumma. Der Nochbor hat e gnui Bama ghobt. Owa er hot mein Voda hoit nix vagunnt. Er hot dann aus die schensten Bam in da Mittn dei Zweig aussizwickt, damit die Bama ungleich worn und sie kaner mehr stühlt. Owa mein Voda wor des wurscht. Der hot si trotzdem an Bam gnumma, und den Ost, der wos gföhlt hot, den hot er wo aundas ohgschniedn und dann in unsern Bam einigsteckt. Mei Voda, der woa nid deppat.«*

»Der klassische Weihnachtsbaum im Burgenland war eine Fichte. Die riechen gut, aber sie stechen wie Sau«, stellte Hilda fest. »Und früher ham s' aus den Spitzen der Christbäume immer an Suppensprudler geschnitzt.«

»Was ist ein Suppensprudler?«, fragte Letta.

»Eine Art Schneebesen, mit dem man zum Beispiel Mehl und Rahm versprudelt für die Einbrenn«, ließ Mathilde ihre Kompetenz als Köchin heraushängen.

»Diese Bäume hier sind alle aus einem Mischwald. Beim Moasen wird der Jungwald ausgelichtet. Man hätte sie also sowieso herausgeschnitten. Als Christbäume kom-

* Man sollte sich immer einen Baum aus dem Wald holen, aber nicht aus dem eigenen. Mein Vater hat immer einen Baum aus dem Wald des Nachbarn gestohlen. Dann ist er ihm draufgekommen. Der Nachbar hat eh genug Bäume gehabt. Aber er hat meinem Vater nichts vergönnt. Er hat bei den schönsten Bäumen in der Mitte Zweige herausgezwickt, damit die Bäume ungleichmäßig waren und sie keiner mehr stiehlt. Aber meinem Vater war das egal. Er hat sich trotzdem einen Baum genommen und den Ast, der gefehlt hat, den hat er woanders abgeschnitten und dann in unseren Baum gesteckt. Mein Vater, der war nicht deppert.

men sie noch einmal zu einer ganz besonderen Ehre«, erklärte Johanna.

»Wichtig ist es auch, dass ein Christbaum zum genauen Zeitpunkt geschnitten wird. Der Mond muss richtig stehen«, fügte Isabella hinzu. »Nach überlieferter Tradition ist drei Tage vor der elften Vollmondphase im Jahr die beste Zeit zum Schneiden der Christbäume. Daran halten sich auch die Arbeiter hier.«

Vera machte sich eine gedankliche Notiz, diese Info in ihrem nächsten Artikel über Weihnachtsbäume unterzubringen.

Letta hatte sich schon für einen Christbaum entschieden. Eine pummelige Tanne, die sich im kleinen Wohnzimmer der Urlioma ordentlich breitmachen würde.

Johanna entschied sich für eine traditionelle Fichte. Hilda wollte nur ein kleines Bäumchen, das sie auf einen Tisch stellen konnte. Auch die anderen Mitglieder des *Klubs der Grünen Daumen* hatten ihre Wahl getroffen, nur Isabella war noch unschlüssig. »Ich will den hässlichsten von allen«, sagte sie schließlich. »Den Baum, den sicher niemand haben will. Da habe ich das Gefühl, dass ich eine gute Tat begehe.«

Die Frauen machten sich einen Spaß daraus, aus allen ausgestellten Bäumen den hässlichsten zu küren. Schließlich fand sich ganz hinten eine dürre Fichte, die ihre unebenen, windschiefen Äste stakelig in die kalte Winterluft streckte. »Also dieses Ding verdient den Namen ›Baum‹ wirklich nicht«, stellte Vera fest, »das ist eher ein Weihnachtsast als ein Weihnachtsbaum.«

»Den nehm ich«, sagte Isabella glücklich und streckte dem Christbaumverkäufer einen Geldschein entgegen. »Von Ihnen nehm ich kein Geld, und für diesen Krampen von einem Baum schon gar nicht«, wehrte dieser ab. Er hatte Isabella erkannt und wusste um ihre familiäre Verbindung zu den Hohenfelsen. Er blickte auf Isabellas Bauch. »Es tut mir auch leid, dass ich Ihnen nichts aufwarten kann. Einen Schnaps kann ich Ihnen freilich auch nicht anbieten.«

»Ich nehme ihren Schnaps auch«, sagte Hilda. »Wir wollen ja nicht, dass irgendwas verkommt.«

Sie ließ sich zwei Stamperl einschenken und ging damit zu Mizzi, die ihre klammen Finger über einer der Feuerschalen wärmte. Hier würde sie warten, während die mit den jüngeren Fiaß* zum Parkplatz vorgingen und die Bäume in die diversen Autos einluden.

»Entschuldigung, darf ich Sie was fragen?« Hilda fuhr herum und machte ihr Wir-kaufen-nichts-Gesicht. Sie mochte es nicht, von Fremden angesprochen zu werden. Immer wollten die etwas von ihr: ihre Unterschrift für ein Spendenabo oder eine dubiose Petition oder ihre Teilnahme bei einer Meinungsumfrage.

»Sie sind im richtigen Alter«, stellte der Mann fest. Er sagte es mehr zu sich selbst als zu den beiden. Hilda konnte sein Gesicht im flackernden Feuerschein kaum sehen. Er hatte eine dieser Schalhauben auf, die nur Augen und Nase frei ließen. Schmale Augen, eine markante Nase. Hilda kam er irgendwie bekannt vor. Sie

* Füße

wusste, sie hatte ihn erst unlängst gesehen, konnte ihn aber nicht einordnen.

»Ich recherchiere zu diesem Schmuckstück.« Er zog einen Lederbeutel aus seinem Anorak. »Ein Wiegenmedaillon. Es stammt aus der Gegend. Ich habe es geerbt und würde gerne wissen, wo es her ist.«

Hilda besah sich das Schmuckstück, schüttelte dann aber energisch den Kopf. »Kenn ich nicht. So was hab ich noch nie gesehen.« Sie reichte es an Mizzi weiter.

Mizzi, die seit ihrer Operation am Grauen Star wieder sah wie ein Luchs, inspizierte das Bakelitkreuz. »Los mi amui schaun.« Sie hielt das Schmuckstück näher zum Feuer, wo es heller war. »I ho so was scho amui gsein. Is owa a Wei long her. A jungs Dirndl bin i do gwein. I sog da glei, wer so wos ghobt hot. Die Oma va da Elfi vo da Gmui hot so uas ghobt. I woas deis, wei ma mitananda woiforten worn. Dei Elfi ihr Oma, mei Mama und i und aunderi. Va da Kira aus wor deis. Zur Schwoazn Madonna noch Loretto sein ma pülgert.«*

Der Mann sah sie verständnislos an. Offenbar ein Zuagroaster, dem man alles übersetzen musste. Hilda nahm sich der armen Seele an und klärte ihn auf.

»Meine Freundin glaubt, dass die Großmutter von der Elfi, die auf der Gemeinde arbeitet, dieses oder ein ähnliches Medaillon besessen haben könnte. Vielleicht fragen Sie dort morgen nach. Die sperren um 8 Uhr auf.«

* Lass mich einmal schauen. Ich habe so was schon einmal gesehen. Ist aber eine lange Weile her. Die Oma von der Elfi von der Gemeinde hat so eines gehabt. Ich weiß das, weil wir zusammen wallfahrten waren. Die Elfi, ihre Oma, meine Mama und ich und andere. Von der Kirche aus war das. Zur Schwarzen Madonna nach Loretto sind wir gepilgert.

Der Mann nickte dankbar und ließ sich von Hilda die genaue Wegbeschreibung geben, bedankte sich dann und empfahl sich. So schnell, wie er gekommen war, so schnell war er auch wieder in der Dunkelheit verschwunden.

»Komischer Vogel«, stellte Hilda fest. »Erst habe ich ja gedacht, ich kenn den. Aber das liegt vermutlich nur dran, dass der auch so eine Jokl-Nase hat wie so viele bei uns in der Gegend.«

KAPITEL 23 – ELFI UND DER WASSERMANN

Eulenfalterraupen binden ein Zuckermolekül verkehrt herum an einen Abwehrstoff von Maispflanzen und machen das Insektengift so unschädlich.

An einem heißen Sommertag des Jahres 1960 fuhr der frühere Bundeskanzler und Außenminister Leopold Figl aufs Land. Er besuchte sein Elternhaus, einen 200 Jahre alten Bauernhof im Tullnerfeld, den sein Bruder bewirtschaftete.

Er kam nicht alleine. Er brachte einen hohen Gast mit. Den russischen Staatschef Nikita Chruschtschow, den er bei den Verhandlungen zum Österreichischen Staatsvertrag kennengelernt hatte.

Figl tischte auf. Es gab Brot, Wein und geselchtes Fleisch, wie es am Land üblich war. Dann zeigte er seinem Gast die Stallungen und Felder.

»Was baut ihr alles an?«, fragte dieser.

»Zuckerrüben, Weizen, Erdäpfel, Kukuruz«, antwortete Leopold Figl stolz.

»Kukuruz?«, fragte Chruschtschow.

Darauf Figl: »Ja, Kukuruz – Mais – das Land hier ist ideal dafür.«

»Mag sein«, entgegnete Chruschtschow, »aber in unseren Kolchosen wächst er noch viel besser! Lassen Sie uns eine Wette abschließen. Ich schicke Ihnen sowjetisches Saatgut. Wenn Sie diesen Mais ausbringen, werden Sie den zehnfachen Ertrag haben. Falls nicht, bekommen Sie von mir eine Sau. Ist der Ertrag mehr als zehnmal so groß, müssen Sie mir ein Schwein geben.«

Leopold Figl nahm die Wette an. Schon am nächsten Tag berichteten alle Zeitungen des Landes von der Kukuruz-Wette der beiden Staatsmänner. Und tatsächlich, kurz darauf wurde per Luftfracht russischer Spitzenmais nach Österreich geliefert. Figl ließ diesen schon im nächsten Frühling auf seinen Feldern anbauen und wartete.

Im Herbst reiste der sowjetische Botschafter Awilow in Begleitung von Agrarexperten ins Tullnerfeld, um das Ergebnis zu inspizieren. Es zeigte sich, dass der Ertrag des sowjetischen Kukuruz zwar höher war als beim »kapitalistischen Mais«. Von der zehnfachen Menge konnte aber bei Weitem keine Rede sein. Figl sah sich als klarer Sieger der Wette. Doch das Ergebnis wurde von der sowjetischen Delegation nicht akzeptiert. Man munkelte, sie hätten schlichtweg Angst, dem Kreml diese Hiobsbotschaft zu überbringen. Beide Seiten weigerten sich, die vereinbarte Sau zu schlachten.

»Zum Glück hatten wir da schon einen Staatsvertrag, sonst wär der ganze Frieden am Kukuruz gescheitert«, pflegte Elfis Oma immer zu sagen. Dann seufzte sie tief. Und alle, die ihr lauschten, nickten zustimmend.

Elfis Oma erzählte die Geschichte immer, wenn sie damit beschäftig war, »Waz auszules'n«. So nannte man die Arbeit, bei der der Kukuruz mit einer altmodischen Maschine abgerebelt wurde.

Elfi wuchs bei der Großmutter auf einem Aussiedlerhof zwischen Burgau, Burgauberg, Hackerberg und Stinatz auf. Sie war ein lediges Kind. Ihre Mutter hatte nach ihrer Geburt jemanden kenneng'lernt und war mit dem auf und davon. Es hieß, sie wären nach Chicago gegangen. Tatsächlich hatten sie es nicht einmal bis Trausdorf geschafft. Dass sie Elfi mitnahmen, war keine Option. *Nećeš si valda uzeti kravu s teletom.* Du wirst dir doch keine Kuh mit einem Kalb nehmen, dachte sich der neue Freund der Mutter.

Die Arbeit am Bauernhof in der Oststeiermark war beschwerlich, und andere Frauen aus der Nachbarschaft halfen mit, wenn auf dem Hof Kukuruz gerebelt, Getreide gedroschen oder Federn geschlissen wurden. Die Frauen trugen Kittelschürzen und Kopftücher, hatten emsige Hände und sahen sich auf eine verblüffende Art ähnlich.

Es hieß, dass der alte Jokl der Grund für diese Ähnlichkeit war. Der alte Jokl war im Ersten Weltkrieg einer der wenigen Männer gewesen, die nicht einrücken mussten. Er hatte irgendetwas mit der Hüfte angestellt. Was er mit der Hüfte noch alles anstellen konnte, zeigte sich, als nach und nach unzählige Frauen in der Gegend guter

Hoffnung waren. Die Kuckuckskinder wurden den Ehemännern untergeschoben. Nicht immer betrug der zeitliche Abstand zwischen dem Fronturlaub des Gatten und der Niederkunft der Gattin neun Monate. Sehr viele Kinder, die damals auf die Welt kamen, waren Sieben-, Acht- oder Zehnmonatskinder. Das Ausmaß von Jokls Hüfttätigkeiten kam erst ans Licht, als er im Alter immer wunderlicher wurde und versuchte, die damals gezeugten Kinder und deren Kinder zu identifizieren. Da saß er mit seinem blauen Fiata und seinem Krückstock am Bankerl vor der Kirche und brüllte den Vorbeikommenden zu: »Du kummst nach mir. Du hast meine Nase.« Da schauten die Leute dann natürlich auch genauer hin. Man muss dazu sagen, die Nase vom Jokl war wirklich beeindruckend groß und gekrümmt. Und sie schien ein genetisch dominantes Merkmal zu sein. Auch die Elfi und ihre Oma hatten die Nasen vom alten Jokl.

Elfis Oma war katholisch und sehr gottesfürchtig. Dennoch glaubte sie auch an heidnische Geister. Zum Beispiel an die Trud.

Die Trud kommt in der Nacht oder gegen Morgen und legt sich auf den Schläfer. Man kann dann nimmer rufen und bekommt keine Luft. Zwischen 23 und 24 Uhr nachts drückt die Trud Menschen, die im Schlaf auf dem Rücken liegen.

Die Trud war für Elfi genauso real wie Kanzler Figl und Präsident Chruschtschow.

Die Großmutter zeigte Elfi, wie man sich vor der Trud schützte. Man musste einen Trudenfuß zeichnen. Ein

Pentagramm mit fünf Spitzen. Wichtig war es, die Linie in einem Schwung, also ohne abzusetzen, zu verbinden. Noch wichtiger war es, dass bei diesem besonderen Stern eine Spitze oben und zwei unten waren. Würde man das andersrum machen, wären nämlich die Hörndl oben und die Zunge unten, und man würde quasi den Teufel an die Wand malen. Als Elfi mit zwölf zum ersten Mal in der Nacht schweißgebadet aufwachte und keine Luft bekam, schüttete sie eine Handvoll Grieß auf den Bettvorleger und zeichnete mit den Fingern den Trudenfuß, wie sie es heimlich geübt hatte. Die Großmutter hatte recht gehabt, danach war Ruhe.

Elfi war ein Kind der 1970er-Jahre an einem Ort, der der Zeit noch um ein Jahrzehnt hinterherhinkte. Es gab nicht einmal ein Badezimmer. Das Wasser für das Schaffelbad wurde noch am Holzofen gewärmt. Erst badete die Elfi, dann die Oma, dann wurde in dem Seifenwasser das Arbeitsgewand gewaschen und danach schüttete man es auf Pflanzen, die Blattläuse hatten.

Die Toilette hatte zwar schon eine Wasserspülung, war aber nachträglich draußen neben dem Kuhstall gebaut worden, weswegen Elfi es sich in der Nacht dreimal überlegte, ob sie wirklich aufs Klo musste oder nicht. Der Weg über den dunklen Hof in das noch dunklere Klo, in dem die Spinnen und Mäuse lauerten, war gar zu gruselig.

Noch mehr Angst als vor den Russen, der Trud und dem nächtlichen Gang aufs Klo hatte Elfi vor dem Wassermann. Sie konnte nicht schwimmen. Wer hätte es ihr denn auch beibringen sollen? Und damit sie sich nicht in

Gefahr bringen und in der Lafnitz ersaufen würde, setzte die Großmutter auf die Macht einer anderen Sage. »Du musst immer am Ufer bleiben. Wenn du zu weit hineingehst, holt dich der Wassermann.«

Elfi ging nie zu weit hinein. Sie war ein gehorsames Kind.

Die Oma war zwar kein liebevoller Mensch, aber auch nicht grausam. Eigentlich kam sie gut mit ihr aus. Doch das änderte sich, als Elfi mit 14 zum ersten Mal »Besuch von der Tant« bekam. Sie wachte in der Nacht auf, weil es ihr warm die Beine herunterlief. Zu ihrem Entsetzen bemerkte sie, dass die dunkle, klebrige Flüssigkeit Blut war. Elfi rannte trotz ihrer Angst vor der Dunkelheit hinaus ins Klohäuschen. Dort saß sie die halbe Nacht, fest überzeugt davon, dass sie sterben müsste.

In der Früh bemerkte die Großmutter das blutbefleckte Leintuch. Sie steckte Elfi eine Packung Watte zu und erklärte Elfi zu deren Entsetzen, dass sie die »Tant« nun jeden Monat heimsuchen würde. Außerdem müsse sie sich nun in Acht nehmen, denn sie könne in andere Umstände geraten. Wie man in diese geriet, wurde nicht erklärt. Mit dem Auftauchen der »Tant« veränderte sich auch das Verhalten der Großmutter Elfi gegenüber. Sie wurde strenger, härter, lauernder. Sie behandelte sie so, als hätte Elfi etwas Böses oder Unlauteres im Sinn. Elfis Freundinnen, die sie zum Lagerfeuer nach Burgauberg mitnehmen wollten, waren Flittchen, die nur auf das eine aus waren und sich versündigen würden.

Während die Freundinnen also ohne Elfi loszogen

und sich beim Lagerfeuer mit Erdbeer-Bonanza – einer Mischung aus Erdbeerwein und Cola – und Ribiselspritzer betranken und sich danach mit Burschen aus Fürstenfeld, Stinatz und Hartberg versündigten, musste Elfi daheim bleiben und auf dem Hof arbeiten. Wie eine Sklavin, dachte Elfi verbittert. Sie begann, ihre Oma und deren Knechtschaft zu hassen.

Dann kam der Rosenmontag. Elfi war 15 und mit der Schule fertig. Sie half jetzt zu besonderen Anlässen gegen Bezahlung beim Wirten in der Küche und im Service mit. Sie hätte so gerne dort eine Lehre gemacht, aber für die Großmutter war klar, dass Elfi einmal die Wirtschaft weiterführen würde. War ja sonst keiner da.

Am Rosenmontag gab es im Wirtshaus, wie an jedem Montag, faschierte Laberl. Elfi bekam mit, dass dafür die Fleischabschnitte der ganzen Woche gesammelt wurden. Auch die Stücke, die nicht mehr ganz frisch waren und schon miachtelten. Das Ganze wurde durch den Fleischwolf gedreht, und danach wurde dieser Fleischbrei stundenlang unter fließendem kaltem Wasser ausgespült, um den Geruch herauszukriegen. Eine übliche Hygienemaßnahme in einer Zeit, als man nicht im Traum daran dachte, Fleisch wegzuwerfen, nur weil es ein bisschen streng roch. Elfi bekam den Geruch trotzdem nicht aus der Nase und aß nie wieder Faschiertes. Dafür wurde eine ganz andere Fleischeslust in ihr geweckt, und daran waren die Donawitzer schuld, die Stahlarbeiter der *Voest Alpine Donawitz*, die zur Erholung in die Oststeiermark geschickt wurden. Junge, kräftige, aufgeweckte Männer, die den Frauen im Dorf schöne Augen machten. Und von Montag bis Freitag ledig und leicht zu haben waren.

Ein fescher, dunkelhaariger Donawitzer begann mit ihr zu scherzen. Er hatte ob ihrer Unerfahrenheit leichtes Spiel. Am Faschingsdienstag war es Tradition, sich zu verkleiden, was von Vorteil war, weil sie so auch den Argusaugen der Großmutter entging. Elfi schwebte auf Wolke Sieben. Am Aschermittwoch nahm der Donawitzer sie mit auf sein Zimmer und druckte sie stärker, als die Trud sie je gedruckt hatte. Elfi begann bereits darüber nachzudenken, nach Donawitz zu ziehen. Am Freitag zerbrach dieser Traum. Der Donawitzer drehte den Kopf zur Seite, als er sie sah. Er grüßte sie nicht einmal mehr. Neben ihm am Wirtshaustisch saßen seine Frau und sein Kind, die zu Besuch gekommen waren.

Dass Elfi selbst ein Kind unter dem Herzen trug, bemerkte sie erst, als sie dieses gebar. Allein in ihrer Kammer. Sie biss auf ein Stück Holz, um die Wehenschmerzen so lautlos wie möglich zu gestalten. Ihre Großmutter wusste dennoch, was Sache war. Sie hatte es schon die letzten Monate geahnt, aber nichts gesagt. Ihr war nur wichtig, dass sonst niemand etwas mitbekommen hatte. Zum Glück war Elfi auch sonst so rund. Ihre Lieblingsspeise war Kukuruzsterz. Jetzt war das von Vorteil. Für ihre Sünd sollte sie alleine büßen. Als die Großmutter, die an der Kammertür gelauscht hatte, hörte, dass das unterdrückte Stöhnen aufgehört hatte, ging sie hinein, nabelte das Kind ab und trug es fort.

»Bring diesen Saustall in Ordnung«, sagte sie und deutete auf die blutbesudelte Matratze.

Am Lucientag, am Abend des 13. Dezember, fand die Mesnerin in der Kirche in Stegersbach in der Weihnachtskrippe, die vor dem Altar aufgestellt worden war, ein echtes Neugeborenes. Das hölzerne Jesuskind, das vormals darin gelegen war, war verschwunden. Kurz wähnte sich die Frau als Zeugin eines Wunders. Dann wurde ihr klar, dass es doch nur eine Kindsweglegung war.

Elfi ging nach dem Schock, dass man ihr das Kind genommen hatte, in die Lafnitz. Sie hoffte, dass der Wassermann sie holen würde. Das eisige Wasser raubte ihr den Atem. Aber der Wassermann holte sie nicht. Nichts von allem, woran sie geglaubt hatte, ergab mehr Sinn. Weil sie nicht wusste, wohin sie sonst sollte, ging sie zurück nach Hause auf den Hof. Ihre Brüste waren schwer wie Blei und schmerzten. Ihre Lunge stach. Sie bekam hohes Fieber. Um ein Haar wäre sie gestorben. Als sie drei Wochen später wieder klar denken konnte, packte sie ihr Bündel und nahm den nächsten Bus nach Donawitz.

Sie fand ihren Donawitzer im dortigen Gasthaus mit seinen Freunden. Er war alles andere als erfreut, sie zu sehen, aber beschämt genug, ihr Geld zuzustecken. Noch schlimmer als sein Mitleid war der Kommentar eines seiner Kumpanen, den sie beim Hinausgehen aufschnappte: »Ich waß net, was die geglaubt hat, die war doch nur ein Restlfick.«

Elfi kehrte nicht nach Hause zurück. Sie fuhr weiter nach Graz und suchte sich Arbeit. Erst kellnerte sie, dann fand sie eine Stelle in einem Büro. Ihre Großmutter sah sie nie wieder. Jahre später erreichte sie der Brief eines Notars. Die Oma war gestorben. Sie hatte den Hof geerbt. Was Elfi nicht wusste: Das Kind, das ihr die Großmutter damals gewaltsam entrissen hatte, wurde nur zwei Kilometer von ihrer Grazer Wohnung entfernt von Adoptiveltern großgezogen.

KAPITEL 24 – ELFI BEKOMMT BESUCH

Distelfalter agieren wie Zugvögel. Sie machen sich schon im Herbst auf den Weg Richtung Süden. Zahlreiche Tiere schaffen den Weg über die Alpen aber nicht rechtzeitig und verenden. Man kann dann an Gletschern manchmal eine größere Anzahl von toten Distelfaltern finden.

Hilda hatte die Nacht in ihrem eigenen Haus verbracht. Sie wachte am nächsten Morgen schon um 5 Uhr früh auf. Je älter sie wurde, desto weniger Schlaf brauchte sie. Sie machte sich eine Tasse Kaffee und eine Scheibe Schwarzbrot mit Zwetschkenlekva* und begann dann, den kleinen Tannenbaum zu schmücken. Strohsterne, rote Kugeln, kleine Holzfiguren, Nussknacker, Schaukelpferde, kleine Engel. Auch Bienenwachskerzen steckte sie auf die Zweige. Anzünden würde sie die freilich nicht. Das war ihr zu gefährlich geworden, seit im letzten Jahr der Adventkranz von ihrer Freundin, der Frau Fuith, plötzlich in Flammen gestanden war und

* Lekva = Südburgenländisch für Marmelade

diese sich beim Löschversuch schlimm die Finger verbrannt hatte. Danach rief Hilda in der ORF-Mediathek eine Folge »Fit mit Philipp« auf und turnte 30 Minuten lang vor dem Fernseher. Philipp bot heute Skigymnastik an, die mit einer virtuellen Abfahrt über die berühmte Streif endete. Hilda schummelte ein bisschen. Minutenlang in der Hocke zu verharren, fand sie mittlerweile zu anstrengend für ihre Knie. Aber bei der Mausefalle machte sie einen riesigen Luftsprung, genauso wie es der immer fröhliche Philipp vormachte.

Nach der Morgengymnastik duschte sie, frisierte ihre Haare und kleidete sich sorgfältig an. Dann brach sie auf zur Gemeinde. Das mit dem leidigen Erlagschein, den Hilda für absolut unangemessen hielt, würde sie jetzt ein für alle Mal klären.

Zu ihrer großen Enttäuschung traf sie aber die Elfi Großschädl am Gemeindeamt nicht an.

»Die Elfi hat sich heute freigenommen«, erklärte Caro Karner-Beiglböck. Hilda hätte fast aus Versehen »Korinne« zu ihr gesagt. Seit sie das Buch der Frau Bürgermeister gelesen hatte, ließ sich das Kopfkino nicht mehr ausschalten.

Caro reagierte auf die Anfrage wegen des Erlagscheins ungehalten. Sie könne dazu auch nichts sagen. Sie hatte schlechte Laune. Die Polizei hatte sich bei ihr gemeldet. Marlies und Franz wollten sie am Nachmittag noch einmal sprechen. Warum, um Himmels willen? Sie hatte mit dem Tod des Amtmanns nichts zu tun, genauso wenig wie mit dem Tod des Bürgermeisters. Ja, sie hatte ihm schöne Augen gemacht. Und einmal nach einer Gemeinderatssitzung hatte er sie heimgebracht, und sie waren beim Kreisverkehr nach Kemeten rechts in den Wald gefahren und hatten ein bisschen rumgemacht. Der Bürgermeister war ein fescher Mann gewesen und einflussreich. Dass Caro ihre weiblichen Reize ausnutzte, um sich im Amt Vorteile zu verschaffen, war vielleicht aus feministischer Sicht zu verurteilen, aber doch nicht strafbar.

»Hören Sie, es muss doch hier wen geben, der mir weiterhelfen kann?« Hildas Stimme riss sie aus ihren Gedanken. »Heute nicht mehr«, sagte Caro. »Und morgen ist Weihnachten. Das wird wohl bis nach den Feiertagen warten müssen.«

»Das kann ja nicht sein, dass hier keiner was arbeitet. Ihr werdets alle von unseren Steuergeldern bezahlt. Ich werd ganz sicher nicht bis nach Weihnachten warten. Weil zwischen Weihnachten und Neujahr arbeitet ja wieder keiner von euch. Ich kenn das schon. Zum Schluss krieg ich dann noch eine Mahngebühr«, sagte Hilda empört. Wütend stapfte sie aus dem Büro und lief prompt dem Mann von gestern in die Arme.

»Den Weg da rein können Sie sich sparen«, schimpfte sie. »Die Großschädl Elfi hat sich freigenommen, dabei hat sie doch gestern gesagt, sie wäre heute da. Ein Witz ist das. Finden Sie nicht, Herr … Herr …« Sie sah ihn fragend an. Den kannte sie doch.

»Mösenpichler, Magister Wolfram Mösenpichler«, stellte sich dieser vor.

»Jessas, Sie san des, der von gestern. Der mit dem Medaillon. Und …« Sie musterte den Mann im Tageslicht genau. Endlich fiel der Groschen. »Sie waren auch im *Café Träger*. Sie sind der Zuagroaste, der die Madonna niedergemetzelt hat«, entfuhr es Hilda.

Magister Mösenpichler sah betreten zu Boden. »Sie dürfen nichts Schlechtes von mir denken. Ich bin Lehrer. Humanist. Ich will eigentlich nur meinen Frieden. Das war eine Affekthandlung … weil … weil …«

»… weil Sie sich so über die von der Gemeinde aufregen haben müssen«, beendete Hilda den Satz. »Also glauben Sie mir, ich versteh das.«

Hilda überlegte. »Wissen Sie was, wir fahren jetzt zu der Großschädl nach Buchschachen. Dann können Sie das mit dem Kreuz klären. Das ist ja quasi eine private Angelegenheit. Da kann man sie also auch privat aufsuchen.«

»Sind Sie sicher? Sollen wir nicht vorher anrufen?« Magister Mösenpichler sah Hilda zweifelnd an. »Iwo«, sagte Hilda. »Wir im Südburgenland sind sehr gastfreundlich.« Sie kannte die Großschädl zwar nicht gut, aber gut genug, um zu wissen, dass sie der unangekündigte Besuch ärgern würde. Und genau das war ihre Absicht. Immerhin hatte sich Hilda auch schon genug über die Großschädl ärgern müssen.

*

Marlies Murlasits hatte schon viel getan, um einen Fall aufzuklären. Das Lesen von Erotikliteratur hatte bisher nicht dazugehört. Zu ihrer Überraschung war die Lektüre von »Lenden der Leidenschaft« aufschlussreicher gewesen, als sie dachte.

»Frau Zapfel, ich bin ein großer Fan Ihres letzten Buches.« Die Polizistin strahlte die Autorin, die vor ihr auf der Dienststelle saß, an. Diese nickte geschmeichelt. »Es ist nun etwas aufgetaucht, das uns vermuten lässt, dass einiges, was in Ihrem Buch dargestellt ist, autobiografisch sein könnte«, sagte Franz und hielt der Frau des toten Bürgermeisters ein paar ausgedruckte Bilder hin. Ein silberner Vibrator, dann die Großaufnahme der Gravur. »Gerli und Bärli«. Er lehnte sich zurück und verschränkte die Arme. »Was sagen Sie dazu?«

Frau Zapfel, die heute eine rote, pelzbesetzte Kapuzenweste trug, mit der sie aussah wie eine Weihnachtsfrau, begann zu lachen.

»Dieser Idiot. Dieser arme, hoffnungslose Idiot.«

»Reden wir vom Gerli oder vom Bärli?«, fragte Marlies provokant.

»Vom Amtmann«, sagte diese. »Von wem denn sonst? Sie haben ja keine Ahnung, was mein Mann mit dem mitgemacht hat. Wie der ihn hofiert hat. Wie ein Hund ist der ihm immer nachgedackelt. Hoffnungslos verliebt.«

»Warum erzählen Sie uns das erst jetzt?«, fragte Franz.

»Weil es kein gutes Licht auf meinen Mann geworfen hätte. Irgendwas bleibt immer hängen. Denken S' an die Buberlpartien in der Regierung. Googeln Sie einmal ›Beidlgate‹. Irgendwann dreht dir irgendwer einen Strick aus allem. In der Politik ist man eine Zielscheibe für jeden.«

»Können Sie sich bitte ein bisschen klarer ausdrücken?«, bat Franz. »Hatte Ihr Mann nun eine Affäre mit dem Gerli Holper oder nicht?«

»Affäre, Affäre. Natürlich hatte er *keine* Affäre. Der Gerli hat meinen Mann einmal nach Wien in so ein Etablissement mitgenommen. Nach einer Sitzung war das. Die beiden waren wohl schon ziemlich betrunken. Die Atmosphäre dort war sehr speziell. Der Herbert hat vermutet, dass man ihm was ins Glasl gemischt hat. Und dann ist es wohl zu ein paar Intimitäten gekommen. Aber nicht bis zum Letzten. Mein Herbert, der war nicht schwul«, stellte sie resolut fest. »Das hat er mir geschworen.«

»Aber erzählt hat er Ihnen davon?«

»Ich bin ihm draufgekommen«, sagte Anneliese und warf ihr rotbraunes Haar theatralisch zurück. »Ich habe eine Rechnung von dem Klub gefunden. Und recherchiert.«

»Und das Ganze dann literarisch verarbeitet«, sagte Marlies süffisant. »Was uns zu Caro Karner-Beiglböck bringt. Da gab es ja diese öffentliche Umarmung am Weihnachtsmarkt.«

»Ein Trutscherl, das sich ihm an den Hals geschmissen hat und sich hochschlafen wollte«, begehrte Anneliese auf. »Nicht mehr und nicht weniger.«

»Jetzt einmal langsam. Laut Ihrer Darstellung wurde Ihr Mann von seinen Mitarbeitern sexuell begehrt, bedrängt, ja sogar genötigt. Sie wussten Bescheid, haben sich davon literarisch inspirieren lassen, hatten aber auf der emotionalen Ebene kein Problem damit?«

»Wie man sich bettet, so liegt man«, erwiderte Anneliese Zapfel und betrachtete ihre perfekt manikürten Nägel, die heute in weihnachtlichem Tannengrün lackiert waren. »Ich habe gewusst, was mich erwartet, wenn ich einen Mann heirate, der so in der Öffentlichkeit steht und von allen bewundert und begehrt wird.«

»Und wie erklären Sie sich die Sache mit dem Vibrator?«

»Das wird wohl ein Geschenk vom Gerli gewesen sein.«

»Ein ziemlich mutiges Geschenk«, konterte Franz. »Könnte es nicht sein, dass Sie dieses Geschenk im Nachlass Ihres Mannes gefunden haben und daraufhin zum Haus des Amtmanns gefahren sind? Vielleicht haben Sie sich so darüber geärgert, dass Sie ihn zur Rede gestellt haben. Ein Wort gibt das andere. Ein Streit, ein Schubs, und plötzlich liegt jemand tot am Ende der Kellerstiege. Könnte es so gewesen sein?« Er sah Anneliese Zapfel drohend an.

»Es ist nicht so gewesen«, sagte diese und presste die Lippen zusammen. »Diese Vorwürfe sind komplett aus der Luft gegriffen. Das müssen Sie mir erst beweisen.«

Nichts leichter als das, dachte Marlies.

Sie hatte schon gestern um Anordnung der Rufdatenrückerfassung und Standortdaten ersucht. Wenn Anneliese Zapfel etwas mit dem Mord des Amtmanns zu tun hatte, würden sie und Franz es herausfinden.

»Kann ich jetzt gehen?«, fragte Anneliese Zapfel ungehalten.

»Sie können gehen, frohe Weihnachten«, sagte Franz.

»Frohe Weihnachten«, presste Anneliese Zapfel heraus. Es klang nicht so, als ob sie den Wunsch ernst meinte.

Kaum hatte sie den Raum verlassen, läutete das Telefon.

Marlies hob ab. »Landeskriminalamt, Außenstelle Oberwart, Murlasits am Apparat.«

»Radakovits hier, Bundeskriminalamt. Ich habe es schon ein paar Mal probiert. Gut, dass ich Sie jetzt erreiche. Wir haben schon wieder eine Meldung von *Southern Union* betreffend auffälliger Finanztransfers in Ihrem Bezirk.«

Marlies seufzte. In den letzten Monaten hatten sich Fälle gehäuft, in denen Menschen in und rund um Oberwart Betrügern auf den Leim gegangen und um ihr ganzes Erspartes gebracht worden waren. Einmal war es eine angebliche Erbschaft gewesen, für deren Abwicklung man vorab eine hohe Gebühr überweisen sollte. Ein anderer Mann, der vor seiner Internetbekanntschaft im Live Chat onaniert hatte, wurde von dieser gefilmt und in der Folge erpresst. Gehäuft traten professionelle Betrüger auf den Plan, die ihre verliebten Opfer ausnahmen wie Weihnachtsgänse und immer mehr Geld forderten. Bis die Geschädigten vor dem Ruin standen. Sobald kein Geld mehr floss, wurden sie fallen gelassen, und die Betrüger brachen jeglichen Kontakt ab. Fast immer hielt die Scham die Opfer ab, sich bei der Polizei zu melden. Dass das Ganze dann doch verfolgt wurde, war der engen Zusammenarbeit mit den Geldtransferunternehmen zu verdanken.

Die Mehrzahl der Überweisungen lief über *Southern Union*. Das Unternehmen war aufgrund der Geldwäscherichtlinien verpflichtet, die Polizei bei Betrugsverdachtsfällen zu informieren.

»Ich habe hier eine ganze Reihe hoher Überweisungen nach Ghana. In den letzten drei Wochen sind von einem Konto insgesamt 60.000 Euro dorthin überwiesen worden. Sieht nach einem Scam aus.«

»Irgendwelche Referenzen?«, forschte Marlies.

»Nein, nur bei der letzten Bezahlung stand im Betreff ›Flugticket‹.«

»Können Sie mir den Namen der Person durchgeben?«

»Haben Sie was zum Schreiben?«

Marlies schnappte sich einen Kugelschreiber und ein Stück Papier.

Aber statt sich den Namen zu notieren, stieß sie nur einen spitzen Verwunderungsschrei aus.

»Was ist los? Hat dich ein Tannenfloh gebissen«, brummelte Franz, der gerade mit einem Espresso aus der Kaffeeküche zurückkam. Marlies hatte ihm von der Existenz von Tannenläusen in der Früh erzählt.

Statt auf den Scherz einzugehen, hielt die Kripobeamtin nur aufgeregt die Hand vor den Lautsprecher des Telefons.

»Franz, setz dich hin. Das glaubst du nicht. Nie im Leben errätst du, wer aus dem Bezirk vermutlich einem *Tinder-Schwindler* aufgesessen ist.«

*

Hilda nahm im Opel des Zuagroasten Platz und wies ihm den Weg nach Buchschachen. »Da links abbiegen. Passen S' auf, da in dem Waldstück könnt ein Reh raushupfen. Und jetzt da, ab der Holzbirne, müssen S' langsamer fahren. Da steht gerne die Polizei.«

Magister Wolfram Mösenpichler fand diese ständigen Kommentare anstrengend. Aber zumindest war seine Begleitung abgelenkt und fragte ihm nicht mehr Löcher in den Bauch wie zu Beginn der Autofahrt.

»Da, da hinten ist der Todesstern.« Hilda zeigte auf ein schwarzes Betonhaus. »Da gleich daneben wohnt die Großschädl. Da parken Sie sich rechts zuwe. Aber nicht zu nah, sonst kommen S' nachern nicht mehr weg. Ist ja alles gatschig. War eh klar, dass es vor Weihnachten wieder warm wird. Jedes Jahr das Gleiche. Zu Weihnachten taut es, und dafür haben wir dann den Schnee zu Ostern, wo ihn keiner mehr braucht ...«

»Passt es so?«, unterbrach sie der Lehrer, schaltete die Zündung aus und massierte sich den Nasenrücken und die Schläfen.

»Wird schon passen«, sagte Hilda und sprang behände aus dem Auto. »Da, das Gartentürl ist offen. Schön ist der Garten von der Großschädl. Sogar jetzt im Winter sieht man, dass er gepflegt ist. Ich frag mich, wer das jetzt macht. Der Callboy aus Unterwart, den sie beschäftigt hat, der hat sich ja nach Wien vertschüsst.«

»Callboy aus Unterwart?« Magister Mösenpichler sah sie ungläubig an.

Hilda kicherte. »Ich hab erst auch nicht glaubt, dass es wahr ist. Aber ich hab die Marlies von der Polizei gefragt, und die hat gesagt, es ist wahr.«

Sie drückte die Türglocke. Die Musik von »The Final Countdown« ertönte.

Als der Refrain sich das erste Mal wiederholte, hörte sie Schritte. Die Tür öffnete sich ein paar Zentimeter.

»Ja?« Elfriede Großschädl streckte ihre Nase durch den Spalt.

Ihr Gesichtsausdruck veränderte sich von Überraschung zu Empörung, als sie Hilda sah.

»Das darf jetzt aber nicht wahr sein, dass Sie mich wegen des Erlagscheins bis nach Hause verfolgen«, sagte sie scharf.

»Iwo«, entgegnete Hilda. »Das ist nur ein Grund. Der andere ist dieser Herr. Er ist nämlich auf der Suche nach der Herkunft eines Schmuckstücks.«

Elfriede Großschädl sah Wolfram Mösenpichler verwirrt an. »Schmuckstück, welches Schmuckstück?«

»Können wir kurz hineinkommen?«, fragte Hilda.

»Wenn es unbedingt sein muss, aber ich habe nicht viel Zeit. Ich bin bereits auf dem Sprung. Ich wollte gerade das Haus verlassen.«

»Es wird nicht lange dauern«, sagte Wolfram Mösenpichler. Er blickte die Frau forschend an.

»Zehn Minuten«, sagte Elfi scharf und öffnete die Tür.

»Der Herr Magister Mösenpichler hat eine Frage …«

Elfi fuhr herum: »Mösenpichler? Sie sind der, der uns seit Monaten mit Beschwerden zumailt! Der, der die Madonna niedergemetzelt hat?« Sie bereute in der Sekunde, diesen Unruhestifter hereingelassen zu haben.

Der Magister versteckte den Kopf zwischen den Schultern. Man merkte, dass er peinlich berührt war. Nicht nur wegen der vorwurfsvollen Blicke, die ihm Elfi Großschädl zuwarf, sondern auch wegen des kleinen weißen Hundes, der wie aus dem Nichts kläffend aufgetaucht war und versuchte, seinen Unterschenkel zu begatten.

»Butzi, lass das, pfui, Butzi.« Elfriede Großschädl schubste den Hund mit ihrem Fuß weg.

Sie führte die Gäste in die Wohnküche, die gut geheizt war. Im Sichtfenster des Kachelofens sah man grünlichblaue Flammen züngeln. Elfriede Großschädl war eine große Freundin des Verheizens. Bei ihr landete fast alles im Ofen. Vom Werbeprospekt bis zum Plastiksackerl. Dass die CO_2-Belastung das Klima verändern könnte, hielt sie für ein Gerücht.

Hilda nahm unaufgefordert auf der Eckbank Platz und deutete ihrem Begleiter an, dasselbe zu tun. »Ham S' a Sauerwasser daheim?«, fragte sie unschuldig. Die Stimmung im Raum war zum Schneiden. Aber Hilda, die Dramen liebte, genoss es.

Elfriede Großschädl ging zum Kühlschrank, nahm eine Mineralwasserflasche heraus und schenkte drei Gläser je zur Hälfte voll. Dann legte sie erst Korkuntersetzer auf den Tisch und platzierte die Getränke darauf.

»Also zeigen S' schon her«, herrschte sie den Herrn Magister an.

Magister Wolfram Mösenpichler fischte das Schmuckstück aus dem Beutel. Als er ihr das Bakelitkreuz vor die Nase hielt, gefroren ihre Gesichtszüge. »Woher haben Sie das?«, fragte sie schroff.

»Es wurde mir in die Wiege gelegt«, antwortete der Lehrer. Elfriede nahm einen Schluck Mineralwasser. Als sie das Glas wieder auf den Tisch stellte, merkte Hilda, dass die Hand der Großschädl leicht zitterte.

»Ich kann Ihnen da nicht weiterhelfen«, sagte sie.

Lass mich in Ruhe, schrie die Stimme in ihrem Kopf. Elfi hatte sich immer ausgemalt, wie es sein würde, wenn sie ihr erstes Kind wiedersehen würde. Als junges Mädchen war die Vorstellung schmerzhaft und romantisch zugleich gewesen. Voller Sehnsucht. Sie hatte sich vorgestellt, wie ihr Kind sie finden würde und sie einander in die Augen schauen würden. Der Moment des Erkennens. Sie hatte an ein unsichtbares Band geglaubt, das Mutter und Kind für immer verband. Sie hatte gedacht, man wüsste es, wenn das eigene Kind plötzlich vor einem stehen würde. Niemand hatte sie auf diesen Moment vorbereitet. Und nun war dieser Moment gekommen, und nichts war so, wie sie es sich vorgestellt hatte. Sie sah diesen hässlichen, mittelalten Mann mit den flockigen weißen Schuppen auf seinem weinroten Polyesterpullover an und verspürte nichts Vertrautes. Alles, was sie spürte, waren leichter Ekel vor den Schuppen und der Wunsch, er möge verschwinden und nie wieder zurückkommen.

Sie hatte ihrem Mann, dem Heinzi, nie gesagt, dass sie schon ein Kind geboren hatte. Wozu auch? Es war leichter gewesen, so zu tun, als wäre es nie passiert. Als er sie heiratete, konnte sie neu anfangen, alles zurücklassen, sich neu erfinden. Sie hatte alles verdrängt. Der Heinzi, der war ihre zweite Chance gewesen. Drei Kinder hatte sie großgezogen. Aus allen war etwas Anständiges geworden. Sie wollte nicht, dass ihre Vergangenheit sie einholte. Vor allem nicht jetzt, nicht heute. Sie konnte das heute ganz und gar nicht gebrauchen.

Magister Mösenpichler starrte enttäuscht auf das Kreuz in seinen Händen. »Schade«, sagte er leise und steckte das Kreuz wieder ein. »Dann können wir vielleicht doch noch mal kurz über den Erlagschein reden«, plapperte Hilda los. »Sie wissen ja, die Vera, meine Tochter, ist Journalistin, und ich hab mir schon überlegt, sie recherchieren zu lassen, ob das alles korrekt ist mit den Gemeindeabgaben, die die Politiker fordern. Weil das kann ja nicht rechtens sein, dass man eine arme alte Frau so um ihre Pension bringt. Übrigens, ist das eine Zigarettenstopfmaschine?« Hilda zog die Gardine hinter ihr zur Seite und deutete auf ein Gerät, das zwischen Engelstatuen, Usambaraveilchen und Nippes ganz versteckt auf dem Fensterbrett stand. »Damit kann man Doobies machen. Ich weiß das von *TikTok*.«

Elfriede Großschädl sah Hilda entgeistert an. Später würde sie sagen, dass in diesem Moment alle Sicherungen bei ihr durchbrannten. Tatsächlich war sie von einer unglaublichen Klarheit erfasst.

»Warten Sie kurz?«, sagte sie. Sie stand auf, ging aus dem Raum und verschwand im Wohnzimmer. Man hörte ein klackendes Geräusch, so als ob ein Schrank geöffnet würde.

»Sehn S', man muss nur mit den Leuten reden, dann kommen s' zur Vernunft«, sagte Hilda, die überzeugt war, dass sich nun alles zu ihren Gunsten wenden würde. Aber sie hätte nicht falscher liegen können. Elfi kam zu einer Lösung, aber die sah anders aus, als Hilda erwartete.

Als Elfriede Großschädl wieder zurück in den Raum kam, hatte sie das Jagdgewehr ihres Mannes in den Händen. Der Lauf zeigte direkt auf ihre Gäste.

»Jessasmariaundjosef, tun S' das Gewehr weg! Machen Sie sich nicht unglücklich!«, schrie Hilda entsetzt. Wolfram Mösenpichler sagte gar nichts. Aber seine Augen waren schreckgeweitet, und alle Farbe wich aus seinem Gesicht. Sein Mund war zu einem O geformt, aber es kam kein Ton heraus.

»Ruhig sein. Ich will nichts mehr hören, oder ich daschiaß euch beide«, keuchte Elfriede Großschädl. »Legts eure Handys auf den Tisch.«

Wolfram Mösenpichler zog sein Mobiltelefon aus der Tasche und tat, wie ihm befohlen. Hilda schob ihre geöffnete Handtasche von sich, in der ein Pensionistenhandy zu sehen war.

»Und jetzt Hände hoch, aufstehen, da geht's lang.«

Sie deutete mit dem Gewehrlauf in Richtung Flur. »Da hinunter, in den Keller.«

Wäre Wolfram Mösenpichler auch nur ein klein bisschen heldenhaft gewesen, wäre es ein Leichtes gewesen, Elfriede Großschädl auf dem Weg in den Keller zu entwaffnen und zu überwältigen. Aber Wolfram Mösenpichler war kein Held. Er dachte nur darüber nach, wie skurril es doch wäre, wenn er von der Frau erschossen würde, die ihm das Leben geschenkt hatte. Falls sie diese Frau war. Er hoffte, sie war es nicht.

»Da, Tür aufmachen und rein mit euch«, keifte Elfriede Großschädl.

Die schwere Metalltür war eine Brandschutztür. Der Raum selbst eine Mischung aus Hobbykeller und Lager. Der Lehrer ging mit hoch erhobenen Händen vor. Elfriede gab Hilda, die ihm nachfolgte, mit dem Gewehrlauf einen schmerzhaften Schubs in die Rippen.

»Aaahhh«, stöhnte Hilda laut auf. Das Nächste, was sie hörte, war, dass die Tür hinter ihr ins Schloss fiel und sich ein Schlüssel umdrehte. Dann war alles dunkel.

KAPITEL 25 – UND IMMER SIEGT DIE LIEBE NICHT

Igelhäuser für den Winter kann man kaufen oder selbst bauen – dafür gibt es Anleitungen im Internet. Die wichtigste Regel ist, niemals nachzuschauen, ob tatsächlich ein Igel eingezogen ist. Denn wenn man den Igel aus seinem Schlaf weckt oder ihn vertreibt, könnte es sein, dass er den Winter nicht übersteht.

Ein paar Sekunden war es im Keller der Großschädl totenstill. Dann hörte man ein hysterisches Schluchzen. »Jetzt reißen Sie sich bitte zusammen«, sagte Hilda. »Es ist ja nichts passiert. Wenn sie uns hätte erschießen wollen, hätte sie es gleich getan.«

»Aaber, aaber …« Magister Mösenpichler hatte das Gefühl, einen Nervenzusammenbruch zu bekommen. Er hatte Schluckauf vor lauter Aufregung. »Niemand wird uns hier finden. Das ist eine Stahltür. Wir werden verhungern, verdursten.«

»Papperlapapp«, sagte Hilda und zog etwas aus ihrem Daunengilet heraus. Ein Licht flashte auf.

»Was ist das?«, fragte Magister Mösenpichler verwirrt.

»Mein iPad. Das trage ich im Winter immer in der Innentasche meiner Jacke, weil es sonst auskühlt und sich ausschaltet.«

Magister Mösenpichler kam näher und beugte sich über das Gerät. Ein Hoffnungsschimmer machte sich in seinem Gesicht breit. »Können Sie damit Hilfe rufen? Ein E-Mail schicken?«

»E-Mail habe ich nicht installiert«, sagte Hilda bedauernd. »Das hab ich gelöscht, das hat mich genervt, ich habe immer nur Werbung für Hörgeräte und Potenzpillen bekommen.«

»Oh«, Magister Mösenpichler wirkte enttäuscht. »Wir könnten einen Webmail-Account eröffnen.«

»Ich hab nur mehr fünf Prozent Batterie«, sagte Hilda. »Das iPad ist schon alt. Ich hoffe, meine Tochter, die Vera, schenkt mir zu Weihnachten ein neues.«

Dann fiel ihr etwas ein.

»Ich kann meine Enkelin auf *TikTok* anschreiben«, sagte Hilda.

Sie tippte etwas in das Tablet. Drei Sekunden später erlosch das Gerät.

Magister Mösenpichler begann wieder leise zu weinen. »Entschuldigen Sie, das sind die Nerven. Ich bin noch nicht belastbar. Ich hatte ein schlimmes Burn-out. Mir ist das alles zu viel.«

Er ließ sich auf den Boden sinken und umklammerte seine Knie. Wie ein Embryo lag er da. Hilda konnte das schemenhaft erkennen. Langsam gewöhnten sich ihre Augen an die Dunkelheit.

»Seine Familie kann man sich nicht aussuchen«, sagte sie leise.

»Glauben Sie …«, Magister Mösenpichler schluckte, »dass sie die Frau ist, die …«

»Die Ihnen das Medaillon in die Wiege gelegt hat?«, beendete Hilda den Satz.

»Ich war ein Findelkind. Ich wurde in der Kirche in Stegersbach weggelegt. Sie haben mich halb erfroren in der Weihnachtskrippe gefunden. Ich wollte doch nur meine echte Mutter finden!« Er fing wieder zu weinen an.

»Ich wurde als Baby weggegeben. Es hat mein ganzes Leben verpfuscht. Früher gingen Wissenschaftler davon aus, dass weggelegte Babys keine Schäden durch den Verlust der Mutter erlitten haben, weil sie sich ohnehin nicht mehr daran erinnern … Aber das ist längst widerlegt. Es bleibt ein Trauma.«

Er schniefte geräuschvoll. »Mein ganzes Leben lang hadere ich schon damit, dass ich nicht gewollt war, dass ich es nicht wert war, behalten zu werden. Bis heute fühle ich mich angegriffen, herabgesetzt und wertlos.«

»Wer hat Sie denn großgezogen?«, fragte Hilda.

»Adoptiveltern«, sagte der Magister.

»Und wie sind die?«

»Es sind gute Leute.«

»Na sehen Sie. Dann hatten Sie eine echte Mutter. Eine Mutter ist man, wenn man sich wie eine Mutter verhält. Und die Elfi Großschädl ...« Sie vollendete den Satz nicht.

Magister Mösenpichler sagte nichts darauf. Er schniefte nur leise in der Dunkelheit.

»Wissen Sie was«, sagte Hilda und setzte sich nun ebenfalls auf den Boden, »bis die Letta Hilfe holt, reden wir einfach über Weihnachten. Das lenkt ab. Was hat es bei euch daheim am Heiligen Abend zu essen gegeben?«

Wolfram Mösenpichler hörte auf zu weinen. »Räucherlachs mit Oberskren und Senfsoße, Schinkenrollen mit Gemüsemayonnaise, gefüllte Eier. Und danach eine Malakofftorte. Das ist die Lieblingstorte meiner Adoptivmutter.«

»Das klingt herrlich üppig«, bestätigte Hilda. »Als ich klein war, war der 24. ein Fasttag. Zu Mittag gab es nur eine Suppe, aber abends nach der Mette wurde dann Geselchtes mit Brot aufgetischt. Wir hatten ja Schweine daheim, und zweimal im Jahr wurde abgestochen, vor Ostern und vor Weihnachten. Später gab es dann gebackenen Fisch. Mein verstorbener Mann wollte immer, dass ich einen Karpfen mache, aber eigentlich wollte den keiner, weil der so modrig schmeckt und so viele Gräten hat. Ich habe lieber den Geschäftsfisch gemacht.«

»Geschäftsfisch?«

»Ja, den aus dem Geschäft. Den viereckigen aus dem Tiefkühlregal.«

Magister Mösenpichler musste lachen. »Geschäftsfisch«, gluckste er.

»Na sehen Sie, jetzt lachen Sie schon wieder«, schmunzelte Hilda. »Aber Ihnen wird das Lachen gleich vergehen. Nächste Frage: Was war das Schlimmste, das Sie jemals zu Weihnachten geschenkt bekommen haben?«

*

Letta hatte an diesem Tag keine Zeit, ihren *TikTok*-Kanal zu checken. Tom hielt sie auf Trab. Der *Südburgenländische Adventzauber* hatte heute am 23. Dezember zum vierten und letzten Mal geöffnet. Den ganzen Vormittag hatte Letta geholfen, kleine Brötchen mit Moorochsenschinken, Ziegenkäse, Saiblingsmousse oder Kürbiskernaufstrich vorzubereiten. Schon am Vormittag strömten die Besucher in Scharen herbei. Sie wusste gar nicht, wo ihr der Kopf stand. Einschenken, abservieren, kassieren, Gläser waschen. Die Arbeit war anstrengend, aber sie lohnte sich. Einen Tag vor Weihnachten waren die Gäste extrem spendabel. Letta bekam jede Menge Trinkgeld.

Einer steckte ihr sogar einen Fünfzigeuroschein zu. »Kauf dir was Schönes zu Weihnachten, Kleine«, säuselte er. Tom warf ihm einen warnenden Blick zu. Trinkgeld geben war okay, aber anbraten nicht. Letta war Veras Kind, und dieser Umstand weckte zu seiner Überraschung väterliche Gefühle in ihm. Umso alarmierter war er, als er plötzlich Justin vor dem Ginstand auf und ab schleichen sah. Letta schien ihn noch nicht bemerkt zu haben. Tom krempelte seine Ärmel auf und kam hinter der Budel hervor.

»Du hast hier Lokalverbot«, stellte er fest.

»Das ist kein Lokal, sondern ein Weihnachtsstand«, stellte Justin richtigerweise fest.

Tom machte einen drohenden Schritt auf ihn zu.

Justin wich zurück. »Hearst, Alter, chill deine base. Ich muss nur kurz mit der Letta reden.«

»Letta ist beschäftigt«, sagte Tom.

Justin zuckte mit den Achseln.

»Sie soll mal ihr *TikTok* checken. Ihre Oma ist da voll krass unterwegs. Echt geile Sache. Alter, das knallt«, er drehte sich um und wankte zu einem Glühweinstand drei Hütten weiter. Nüchtern war der Bursch nicht mehr. Tom beschloss, diesen Irren einfach zu ignorieren. Dass Lettas Oma, sprich Veras Mutter, echt krass war, wusste er auch ohne *TikTok*.

*

Marlies und Franz hörten sich bereits zum dritten Mal die Titelmelodie von »The Final Countdown« an. Die Türglocke leierte den Ohrwurm ein ums andere Mal herunter, aber niemand reagierte. »Da ist keiner daheim«, sagte Marlies.

»Ihr Mann arbeitet als Buschauffeur«, wusste Franz zu berichten. »Laut seiner Firma hat er noch bis heute 20 Uhr Dienst. Sein Handy ist ausgeschaltet.«

»Ich denke nicht, dass ihr Mann weiß, wo sie ist. Sie hat ja auch alles andere gut vor ihm geheim gehalten«, stellte Marlies fest.

»Und was nun?«, fragte Franz. Er sah auf die Uhr. 15.30 Uhr.

»Ja hallo, Franz, willst was von der Großschädl?« Eine tiefe weibliche Stimme ließ die beiden Beamten herumfahren.

Es war Sylvia Zieserl, die Nachbarin der Großschädl, die in dem modernen Betonhaus wohnte und zwei Riesensackerl mit verpackten Weihnachtsgeschenken in den Händen hielt.

Wenn Marlies die Sylvia sah, musste sie immer an diesen dummen Spruch ihrer Oma denken: »Je größer das Schminkkästchen, desto kleiner das Gehirnkästchen.« Nur dass der Spruch auf die Zieserl Sylvia hundertpro nicht zutraf. Die war trotz ihres starken Make-ups blitzgescheit.

»Weißt du vielleicht, wo sie ist?«, fragte Franz, der mit Sylvia befreundet war. Sylvia war Lebens- und Vitalberaterin und hatte ihm geholfen, sein Leben besser zu strukturieren.

»Die Großschädl? Die ist vor zwei Stunden mit einem Koffer und ihrem Köter aus dem Haus. Sah aus, als würde sie auf Urlaub fahren. Angesprochen habe ich sie nicht. Unsere Nachbarschaftsliebe hat ihre Grenzen.«

»Danke, Sylvia«, rief Franz und wandte sich wieder seiner Kollegin zu.

»Wir fahren nach Schwechat«, sagte Marlies impulsiv.

»Zum Flughafen?«

»Ja, zum Flughafen!«

»Der einzige Anhaltspunkt, den wir haben, ist der

Betreff ›Flugticket‹ in der Überweisung von vor drei Tagen. Heute nimmt sie sich auf einmal frei und verschwindet mit Koffer und Köter spurlos. Klar ist sie zum Flughafen.«

»Es könnte aber auch Graz oder Salzburg sein.«

»Möglich, aber unwahrscheinlich. Die meisten Langstrecken landen in Wien. Sie glaubt, dass er kommt.«

»Das alles sind reine Vermutungen«, sagte Franz.

»Schau«, sprach er weiter, »wir wissen dank der Meldung von *Southern Union*, dass jemand sie abgezockt hat. Ob und wie dieser Umstand mit dem Tod ihrer Arbeitskollegen zu tun hat, wissen wir nicht.«

»Du glaubst doch nicht, dass das nichts miteinander zu tun hat?«, begehrte Marlies auf. »Die steckt sicher hinter den Morden, vielleicht hat sie die beiden um Geld erpresst, das sie den Betrügern geschickt hat. Und als ihre Opfer sich nicht mehr erpressen ließen, hat sie sie abgemurkst.«

»Glauben heißt nichts wissen«, seufzte Franz. »Es gibt nur zwei Arten von Tätern: bekannte und unbekannte. Und noch ist der Täter oder die Täterin unbekannt. Und apropos Betrüger. Die Großschädl ist selbst ein Opfer. Aber das brauch ich dir wohl nicht zu sagen.«

»Ich seh das so«, sagte Marlies, »wir können jetzt zurück ins Büro gehen, versuchen, den Staatsanwalt zu erreichen, einen Haufen Papierkram einreichen, die Erstellung eines digitalen Bewegungsprofils und die Einsicht in alle Konten beantragen und warten, bis das alles ins Rollen gerät. Aber das dauert. Und zu Weihnachten dauert es noch länger. Oder wir setzen uns jetzt ins Auto, sind in einer Stunde in Schwechat, und wenn sie nicht dort sein sollte, fahren wir halt wieder heim, und alles andere können wir ja trotzdem in die Wege leiten.«

Franz wirkte unschlüssig.

»Es wird schon finster, es ist neblig, und zwei Stunden im Auto, vermutlich wegen nix und wieder nix.«

»Wenn sie nicht dort ist, kauf ich dir Sacherwürstel am Flughafen«, versprach Marlies.

»Also von mir aus«, sagte Franz, »aber du fährst.«

*

Die Fahrt nach Wien war überraschend kurzweilig und unproblematisch. Es gab kaum Verkehr in diese Richtung. Auf der Gegenfahrbahn war hingegen die Hölle los. »Driving home for Christmas«, brummte Franz, als er die vielen entgegenkommenden Autos auf der A2 sah.

Marlies fuhr zügig und konzentriert. Heute hatte sie auch keine nervigen Hitzewallungen, die ihr aktuell das Leben so schwer machten. Das Radio spielte Weihnachtslieder. »All I Want for Christmas is You« von Mariah Carey. »Santa Claus Is Coming to Town« von The Jackson Five. »White Christmas« von Bing Crosby. Stellenweise sang Marlies laut mit, und Franz brummte dazu. Weihnachtslieder waren ihm egal, aber er mochte es, wenn seine Partnerin gut gelaunt war. Die Ankunftshalle des Flughafens war weihnachtlich geschmückt. Ein riesiger Christbaum prangte in der Mitte.

»Sie ist nicht da«, seufzte Marlies enttäuscht, als sie den Blick über die wartenden Menschen schweifen ließ. Ein Flughafen zu Weihnachten hatte immer etwas Magisches. So viele Menschen, die einander glücklich in die Arme fielen. Das Fest der Liebe vereinte Familien und Paare. Marlies und Franz durchkämmten erst die Ankunftshalle, dann auch die Restaurants und die verschiedenen Abflugterminals.

»Sie könnte natürlich auch längst weggeflogen sein«, gab Franz zu bedenken. »Sie könnte sich mit ihm in einem anderen Land treffen.«

»Ich hab vorhin mit der Zuständigen geredet, die die Tiere eincheckt. Heute war kein Hund dabei, der aussieht wie der von der Großschädl.«

»Woher weißt du, wie der Hund von der Großschädl aussieht?«, fragte Franz überrascht.

»*Facebook*«, erwiderte Marlies.

Franz sah auf seine Uhr. »Wir suchen da jetzt schon seit über einer Stunde die Nadel im Heuhaufen. Ohne zu wissen, ob es überhaupt der richtige Heuhaufen ist. Ich hab genug. Wir gehen jetzt Sacherwürstel essen und dann fahren wir heim.« Er hob spielerisch drohend den Finger. »Du hast es versprochen.«

»Einen Moment noch.« Marlies sah zur Treppe hinauf, die zur Besucherterrasse führte.

»Da wird keiner mehr sein. Die sperrt gleich zu«, sagte Franz.

»Wetten doch?«, sagte Marlies und sprang immer zwei Stufen auf einmal hoch.

Um auf die Besucherterrasse zu kommen, musste man eine Sicherheitskontrolle passieren, ähnlich wie bei einer Flugreise.

Der Mann, der den Sicherheitscheck durchführte, war gerade dabei, Dienstschluss zu machen.

»Ist noch wer da?«, fragte Marlies.

»Nur diese Frau da«, sagte der Beamte und deutete auf eine Gestalt, die ihre Hände gegen die Glasscheibe presste. »Und sie will einfach nicht gehen. Ich habe ihr schon gesagt, dass ich die Security holen werde, wenn sie nicht sofort verschwindet.«

Franz zeigte seinen Dienstausweis. »Wir kümmern uns darum.«

Marlies deutete Franz, dass sie alleine mit der Frau sprechen wollte. Sie war vor ihrem Beitritt beim LKA Burgenland in Wien in einer Abteilung gewesen, die sich mit häuslicher Gewalt und Sexualdelikten befasste. Grooming war psychische Gewalt gegen Frauen.

Sie stellte sich neben die Frau, die die Flugbahnen fixierte.

»Er kommt nicht«, sagte Marlies leise.

»Natürlich kommt er«, sagte Elfriede, ohne sich umzudrehen. Sie war wie in Trance. Und sie schien sich kein bisschen zu wundern, dass Marlies da war. »Wahrscheinlich wurde er umgebucht. Wegen Weihnachten. Er kommt mit einer anderen Maschine.«

»Er kommt nicht, weil es ihn nicht gibt«, sagte Marlies. »Da stecken Betrügerbanden dahinter. Das Ganze hat System.«

»Natürlich gibt es Patrick«, sagte Elfi. Sie fuhr mit der rechten Hand in ihre Tasche, zückte ein ausgedrucktes Bild und drückte es Marlies in die Hand. »Hier, das hat er mir geschickt. Damit ich ihn gleich erkenne, wenn er heute ankommt. Er hat die Haare gerade ein bisschen länger. Das steht ihm gut, oder?« Sie schaute selig verklärt auf das Bild.

Marlies warf auch einen Blick auf das Bild. Ihr Herz krampfte sich zusammen.

Wie sollte sie es Elfi nur beibringen?

»Das ist nicht Patrick, das ist ein amerikanischer Schauspieler. Er spielt in einer Arztserie. ›Grey's Anatomy‹. Kennen Sie die Serie nicht?«

Elfi schüttelte den Kopf.

»Er heißt Patrick Dempsey und ist ganz sicher nicht der, der Ihnen geschrieben hat.«

Elfi drehte sich um. Die Verzweiflung in ihrem Gesicht verwandelte sich in Wut.

»Sie sind ja nur eifersüchtig, weil er mir schreibt und nicht Ihnen«, brüllte sie.

KAPITEL 26 – THE FINAL COUNTDOWN

Hat sich im Winter eine Mücke in die Wohnung verirrt, sind Mückenstiche fast noch wahrscheinlicher als im Sommer. Denn in dieser Jahreszeit ist der Blutdurst der Insekten besonders groß.

Vor Toms Stand war es etwas ruhiger geworden. Grund dafür: Auf der Bühne des *Südburgenländischen Adventzaubers* hatte pünktlich um 18 Uhr das Krippenspiel begonnen. Die Besucher waren jetzt dorthin geströmt. Die Vorführung des örtlichen Kindergartens war sehenswert. Nicht nur wegen des betrunkenen Vaters in der ersten Reihe, der schon beim Einzug der Heiligen Zwei Könige – der dritte war krank geworden – in seinem Sitz einschlief und lautstark schnarchte. Nein, der wahre Grund war die Darbietung von Melanie. Melanie war eine stämmige Fünfjährige aus Drumling, die ihre Rolle als Maria allzu engagiert interpretierte. Melanie überhäufte erst den gleichaltrigen Josef mit feuchten Schmatzern, was dieser mit einem entsetzten »Wähhh«

quittierte, und stopfte dann das Jesuskind unter ihr Kleid, um eine Geburt zu simulieren. Melanies Mutter versank vor Scham fast in den Boden. Alle anderen nahmen es mit Humor. Auch Tom musste lauthals lachen. »Du solltest Pause machen. Jetzt ist eine gute Gelegenheit«, sagte er zu Letta. »Wenn das Krippenspiel vorbei ist, geht es mit der Trinkerei erst richtig los.«

Letta nickte und ließ sich auf einen Hocker sinken.

»Was machst du eigentlich morgen?«, fragte sie.

»Was soll ich schon machen«, sagte Tom, »das Gleiche wie heute. Leben und es mir gut gehen lassen.«

»Morgen ist Weihnachten«, sagte Letta. »Wo feierst du Weihnachten?«

»Ich feiere nicht«, entgegnete Tom. »Ich mach mir nichts aus Weihnachten.«

»Das ist aber traurig«, stellte sie fest. »Du solltest zu uns kommen. Am Nachmittag kommen alle und helfen den Baum aufputzen. Alle unsere Freunde. Und der ganze Gartenklub. Jeder bringt ein Ornament für den Weihnachtsbaum mit. Es wird sicher nett.«

»Ich bin nicht eingeladen«, sagte Tom.

»Echt nicht?«, fragte Letta. »Ich dachte, du und meine Mama seid Freunde.«

»Es ist kompliziert«, sagte Tom und grinste schief.

»Ich lade dich ein«, sagte Letta und lächelte gewinnend. Dann zog sie ihr Handy aus der Tasche und schaltete es ein.

»Oh, das ist aber seltsam«, murmelte sie.

»Was ist seltsam?«, fragte Tom.

»Hier, das auf *TikTok*. Meine Oma hat was gepostet. Ein schwarzes Bild und darunter steht:

> *Sind im Keller der Großschreibung. Gefangen. Neben dem Todesstern. Die Depperte von der Gemeinen hay ein Jagdgewehr.*«

»Verstehst du das?« Sie sah Tom fragend an. »Ist das ein Rätsel oder so?«

»Gib mal her.« Tom fiel ein, dass Justin vor ein paar Stunden wegen einer krassen *TikTok*-Meldung von Hilda hier aufgetaucht war. Er hatte dem Ganzen keine Bedeutung zugemessen. Aber der Text war wirklich krass. Entweder versuchte Hilda, mit Senioren-Poetry-Slam *TikTok*-Influencerin zu werden, oder sie hatte den Verstand verloren.

»Ruf sie mal an«, sagte er.

Letta wählte die Nummer ihrer Großmutter und ließ es lange läuten. »Sie hebt nicht ab«, sagte sie. »Jetzt mach ich mir Sorgen. Sie hebt immer ab.«

»Wann war sie zuletzt online?«

»Vor acht Stunden.«

»Vielleicht überreagieren wir jetzt, aber deine Oma ist über 70, vielleicht sollte ich bei ihr vorbeischauen, ob alles in Ordnung ist. Kannst du inzwischen hier die Stellung halten?«

Letta nickte. Die nächsten 40 Minuten zogen sich wie Kaugummi. Als Tom wieder zurückkam, sah sie an seinem Gesichtsausdruck, dass er Hilda nicht daheim angetroffen hatte. »Ich glaube nicht, dass sie zu Hause ist. Ihr Auto ist auch nicht da gewesen.«

»Der Stand ist vorübergehend geschlossen«, herrschte er die Leute an, die sich um ein Getränk anstellten.

»Hearst, Oida, das kannst ja nicht machen, uns verdursten lassen«, rief einer der Wartenden, bevor er sich ungehalten umdrehte und zum nächsten Punschstand torkelte. Die anderen taten es ihm kopfschüttelnd nach.

»Glaubst du, dass meiner Oma etwas passiert ist?« Lettas schmales Gesicht sah auf einmal ganz furchtsam und kindlich aus.

»Lies mir noch mal vor, was sie geschrieben hat«, erwiderte Tom statt einer Antwort.

»Sind im Keller der Großschreibung. Gefangen. Neben dem Todesstern. Die Depperte von der Gemeinen hay ein Jagdgewehr.«

Tom tippte dieselbe Nachricht in sein Handy ein.

»Warum tust du das?«, fragte Letta.

»Autokorrektur. Das *hay* hat mich darauf gebracht. Das *hay* ist ein Vorschlag der Software, die die Rechtschreibung prüft. Das hatte ich auch schon oft. Wenn ich *hat* schreiben wollte und mich vertippte, kam statt *hat* das englische *hay*. Ich glaube, dass sie sich noch wo vertippt hat. *Die Depperte von der Gemeinen* macht keinen Sinn.«

Tom tippte das Wort *Gemeinen* mehrmals in sein Handy und vertippte sich dabei absichtlich. Das Rechtschreibprogramm schlug je nach Tippfehler verschiedene Alternativen vor. »*Gemeinsam, gemeint*, nein, das ist unlogisch«, sagte Tom. »*Gemeinde.*«

»*Gemeinde* könnte stimmen«, rief Letta. »Meine Oma regt sich seit Wochen über die Depperten von der Gemeinde auf. Weil die ständig neue Gebühren eintreiben.«

»Die Depperte von der Gemeinde hat ein Jagdgewehr. Ja, der Satz passt grammatikalisch. Aber wer ist die Depperte?« Er las die Botschaft noch einmal. »Neben dem Todesstern.« Er dachte nach. »Halleluja! Sie meint das Haus in Buchschachen. Das schwarze Designerhaus, das wie der Todesstern aus ›Star Wars‹ aussieht.« Dann ein weiterer Geistesblitz: Er wusste, wer dort wohnte. Caro hatte während ihrer kurzen Affäre immer über die nervige Kollegin aus Buchschachen abgelästert. Über die, die ihre große Nase ständig in die Angelegenheiten der anderen steckte. Wie hatte die schnell geheißen … Irgendwas mit Groß… Großkopf? Großkörper. Nein! Warum hatte er der Caro nie aufmerksamer zugehört? Er war schon fast soweit, seine Ex anzurufen und nachzufragen, da fiel es ihm wieder ein. Großschädl. Ja, die depperte Großschädl. Das war es gewesen.

»Sie sind nicht *im Keller der Großschreibung*, sie sind *im Keller der Großschädl*, wer auch immer der oder die sind, die mit Hilda dort gemeinsam eingesperrt sind.«

»Und was tun wir jetzt?« Letta sah ihn fragend an.

»Jetzt rufen wir die Polizei an«, sagte Tom.

Er kramte die Visitenkarte heraus, die Marlies ihm bei der letzten Unterredung gegeben hatte. Auch wenn das

Gespräch nicht erfreulich geendet hatte. Sie würde seine Theorie ernst nehmen.

Letta hörte mit, wie Tom ihr ihren Verdacht unterbreitete. Was die Beamtin dazu sagte, hörte sie nicht. Aus Toms kurz angebundenem »Ja« und »Wirklich?« wurde sie auch nicht schlau.

»Und?«, fragte sie, als dieser aufgelegt hatte.

»Das ist jetzt super mysteriös. Die Marlies, ihr Kollege, der Grandits Franz, und die Großschädl waren gemeinsam im Auto, als ich angerufen habe. Die Marlies hat sie gefragt, was mit deiner Oma ist, aber die Großschädl hat nicht geantwortet. Sie hat im Hintergrund irgendwas gelabert, dass Patrick Dempsey sie heiraten wird. Aber ich glaube, das war ein Scherz.«

»Wer ist Patrick Dempsey?«, fragte Letta.

Tom sah sie an: »Komm, wir fahren jetzt nach Buchschachen. Ich will wissen, was da wirklich los ist.«

Die beiden trafen fast zeitgleich mit Marlies und Franz in Buchschachen ein.

»Ich habe euch gesagt, ihr sollt nicht herkommen«, herrschte Marlies Tom an.

Das Letzte, was sie brauchte, war noch mehr Chaos in dieser ohnehin schon heillos verworrenen Geschichte.

Die Geschichte am Flughafen war wie folgt weitergegangen: Elfi hatte sich geweigert, ihren Aussichtsposten zu verlassen. Bis auf einmal ihr Handy gepiepst hatte. Patrick Dempsey hatte Elfriede Großschädl geschrieben, dass er leider seinen Flug versäumt hätte und Geld für ein neues Ticket brauchte. Bei Elfi rief diese Hiobsbotschaft einen verzweifelten Weinkrampf hervor. Franz konnte die Frau daraufhin überzeugen, dass es besser wäre, in diesem Zustand nicht selber Auto zu fahren. Karli, der Mann von der Marlies, der in Schwechat am Zoll arbeitete, erklärte sich bereit, das Auto der Großschädl vom teuren Flughafenparkplatz C auf einen Gratisstellplatz für Mitarbeiter umzuparken. Dabei wurde auch Butzi aus seinem eisigen Gefängnis befreit. Der arme Butzi saß nämlich schon seit Stunden im frostig kalten Auto und konnte nur mehr ganz heiser kläffen. Auch eine Konsequenz von Patrick Dempseys Unzuverlässigkeit.

Eigentlich hatte Marlies vorgehabt, die Großschädl zu bitten, das Haus für sie aufzusperren, aber nachdem sie gesehen hatte, dass im Haus Licht war, nahm sie an, dass der Heinzi mittlerweile daheim war. »Ich geh vor und erklär dem Mann alles«, sagte sie leise, ging zur Tür und läutete.

»The Final Countdown« ertönte. Ein birnenförmiger Mann im Jogginganzug öffnete die Tür. Er hatte einen grauen Haarkranz, mächtige Tränensäcke und sah müde aus. »Ich hasse dieses Lied«, stöhnte er statt einer Begrüßung.

»Herr Großschädl?«, fragte Marlies und zeigte ihre Dienstmarke. Der Mann nickte verwirrt. »LKA Burgenland, Außenstelle Oberwart. Wir haben Grund zu der Annahme, dass Ihre Frau jemanden in Ihren Keller eingesperrt hat. Dürfen wir uns bitte davon überzeugen, ob diese Annahme richtig oder falsch ist?«

»Meine Frau ist gar nicht daheim. Ich weiß auch nicht, wo sie ist. Das sieht ihr gar nicht ähnlich.« Sein Blick fiel auf den Polizeiwagen. »Oh, da ist sie ja. Elfi! Elfi? Was ist los?«

Im selben Moment tauchte ein weiteres Polizeiauto auf. Die von Marlies angeforderte Verstärkung. »Was gibt es?«, fragte der Kollege, der aus dem Auto stieg und um ein Haar auf dem glatten Asphalt ausrutschte. »Achtung, heute hat es wieder angezogen«, rief Tom jovial. »Das passiert immer, wenn es vor Weihnachten taut und es am Abend dann wieder kalt …« Ein Blick von Marlies ließ ihn verstummen.

»Könnt ihr beide bitte der Frau Großschädl kurz Gesellschaft leisten. Sie hat heute eine schlimme persönliche Nachricht bekommen.«

»Was für eine Nachricht?«, fragte Herr Großschädl verwirrt.

»E-Mail für dich«, brummelte Franz.

»Franz, komm! Wir gehen mit dem Herrn Großschädl runter in den Keller.«

»Aber was soll das alles? Ich kenn mich überhaupt nicht aus. Warum steigt meine Frau nicht aus dem Auto?« Der Busfahrer hatte eine lange Schicht hinter sich. Langsam wurde ihm alles zu bunt.

»Bitte, Herr Großschädl. Wir möchten nur kurz in Ihren Keller schauen. Danach erklären wir Ihnen den Rest.«

Heinz Großschädl zuckte resigniert die Schultern. Das alles musste ein großes Missverständnis sein. Aber bitte. Er schlurfte die Kellerstiegen hinab. Die Beamten folgten ihm. »Hier ist mein Hobbyraum«, sagte er und drückte die Türschnalle hinunter. »Oh, die ist ja wirklich versperrt.«

Er drehte den Schlüssel um.

»Gehen Sie zur Seite«, sagte Marlies und hielt sicherheitshalber die Hand am Holster ihrer Waffe. Mit der linken Hand öffnete sie langsam die Tür. »Gib mir Deckung, Franz.«

Drinnen begann ein Mann zu jaulen. »Oh nein! Sie ist zurückgekommen! Nein, nicht, bitte erschießen Sie uns nicht!«, hörte sie eine Stimme wimmern.

Marlies stutzte kurz und machte dann die Tür zur Gänze auf.

Vor ihr stand Hilda Horvath, die blinzelte und sich dann den Staub von den Kleidern klopfte.

»Na, das wurde ja Zeit«, herrschte sie Marlies an. »Wie kann man nur acht Stunden brauchen, um auf eine *TikTok*-Nachricht zu reagieren.«

KAPITEL 27 – ELFRIEDE SPRICHT

Das Gehirn junger Europäischer Maulwürfe schrumpft in ihrem ersten Winter um gut ein Zehntel. Die Tiere verbrauchen dadurch weniger Energie, was ihnen hilft, durch die nahrungsarme Jahreszeit zu kommen.

»Oma, du hast mir keine Nachricht auf *TikTok* geschickt, du hast einen Post abgesetzt, und zwar einen wirklich schrägen.«

Letta deutete auf ihr Handy.

Hilda warf einen Blick darauf. »Oh, da muss ich mich wohl vertippt haben. Ich hatte ja kaum Zeit. Meine Batterie war am Eingehen.« Sie straffte ihre Schultern. »Ich brauche wirklich dringend ein neues iPad.«

Sie blickte vom Display auf. »Das hab ich geschrieben? Und du bist aus diesem Geschreibsel schlau geworden? Ich bin stolz auf dich.«

»Das war ich nicht, das war der Tom.«

»Der Dunkel Tom? Nun, dann hat er wohl doch noch

nicht alle Gehirnzellen versoffen.« Hilda lächelte verschmitzt.

»Ich habe ihn morgen zum Weihnachtsfest eingeladen«, gestand Letta.

»Hast du wirklich? Nun, er hat mich gerettet, da hat er sich eine Einladung verdient, der Falott.« Das »nixwerdige« sparte sich Hilda diesmal.

Hilda war schläfrig. Nach dem aufregenden Tag machte sich nun Erschöpfung breit.

Sie lag in Veras Bett, ihre Tochter, ihre Enkeltochter und Herr Schröder saßen bei ihr. Und Hilda erzählte ein ums andere Mal ihr Abenteuer. Wie die Großschädl sie mit dem Gewehr bedroht und eingesperrt hatte. Und wie sie den Magister Mösenpichler mit Weihnachtsanekdoten vor einem Nervenzusammenbruch bewahrt hatte. »Eine arme Seele ist der«, sagte sie. »Den sollten wir auch morgen einladen.«

»Was ist jetzt eigentlich los mit der Großschädl?«, fragte Vera. »Warum ist die so ausgetickt?«

»Das findet deine Freundin von der Kriminalpolizei gerade heraus. Es hat irgendwas mit George Clooney zu tun. Nein, das ist der andere Fernseharzt. Egal, mir fallt der Name nicht ein.« Hilda fielen die Augen zu und sie begann, leise zu schnarchen.

»George Clooney?«, sagte Vera und sah ihre Tochter verwirrt an. »Nein, nicht George«, sagte diese, »es war ein Patrick. Irgend so ein uralter Gruftieschauspieler. Ich glaube, Patrick Swayze.«

»Patrick Swayze ist tot«, sagte Vera.

»Na, hoffentlich geht der nicht auch aufs Konto von der Großschädl«, sagte Letta.

*

Elfriede Großschädl hatte die Nacht in Polizeigewahrsam verbracht. Gefährliche Drohung nach Paragraf 107 Strafgesetzbuch. Kidnapping und Freiheitsentziehung laut Paragraf 99 Strafgesetzbuch sowie Nötigung nach Paragraf 105 Strafgesetzbuch. Das hatte für eine Festnahme gereicht. Sie hatte in der Nacht kaum geschlafen, aber viel gewimmert und geschrien. Der diensthabende Beamte hatte sie gefragt, ob sie Schmerzen habe. Die hatte sie tatsächlich, aber keine, gegen die es ein Schmerzmittel gab. Die Behauptung, dass Patrick nicht existierte, hatte ihr ganzes Weltbild ins Wanken gebracht. Das ist eine Lüge, eine Falle, eine Intrige der Polizei, sagte die eine Stimme in ihrem Kopf. Das ist die Wahrheit, du bist verarscht, belogen und ausgenutzt worden, sagte die andere. Immer, wenn diese Stimme sprach, heulte Elfriede auf wie ein verwundetes Tier, getroffen von einer Welle aus Liebeskummer, Scham und Wut. Nur ein Gefühl verspürte sie nicht: Reue.

Jetzt saß sie Marlies und Franz mit fleckigem Gesicht und verschwollenen Augen bei der Einvernahme gegenüber. Ihre Finger krampften sich um eine Tasse Kaffee, die Franz ihr hingestellt hatte.

»Zigarette?«, fragte er.

Elfriede Großschädl schüttelte den Kopf. Ihre *Playmobilfrisur* bewegte sich dabei und zeigte kahle Stellen auf der Kopfhaut, die sie normalerweise mit braunem Farbspray kaschierte.

»Sie stopfen doch gerne Zigaretten?« Marlies griff in einen Karton, holte eine Zigarettenstopfmaschine hervor und stellte diese vor Elfi auf den Tisch.

Das Gerät befand sich in einer versiegelten Plastiktüte der Einsatzgruppe Tatortsicherung.

Sie musterte das Gesicht der Verdächtigen. Aber das blieb starr.

»Schauen Sie, Frau Großschädl, wir können jetzt warten, bis dieses Beweisstück von unserem Labor untersucht ist. Aber ich bin mir jetzt schon ziemlich sicher, dass sich Spuren von Giftsumach darauf befinden. Und Ihre Fingerabdrücke. Wenn Sie uns gleich erzählen, was passiert ist, sparen Sie uns allen Zeit«, redete Franz ihr gut zu. Außerdem ist heute Weihnachten, und ich werde sehr grantig, wenn wir zu Mittag immer noch hier sitzen und ich den gebratenen Zander mit Kartoffelsalat verpasse, den meine Frau gerade zubereitet, dachte er. Aber das sagte er nicht.

Elfi Großschädl schaute nur starr geradeaus. So, als wäre die Wand hinter Franz von außerordentlichem Interesse.

»Ein Geständnis verbessert auch Ihre Karten vor Gericht«, fügte Marlies hinzu.

Die dünnen Lippen der Großschädl verzogen sich zu einem sauren Lächeln. »Das hat er auch gesagt«, krächzte sie heiser. Ihre Stimme war vom vielen nächtlichen Schreien und Wimmern rau.

»Wer?«, fragte Marlies.

»Der Bärli«, sagte sie abschätzig. »Der von allen so geschätzte Herr Bürgermeister. *Unser* Herr Bürgermeister. Der alles geschnackselt hat, was nicht bei drei auf den Bäumen war. Wurscht, ob Manderl oder Weiberl. Wie der Herrgott persönlich hat er sich aufgespielt.« Sie stieß einen verbitterten Lacher aus. »Elfi, hat er gesagt, das ist meine Weihnachtsamnestie. Ich werde dich nicht anzeigen. Ich gebe dir die Chance, dich selbst zu stellen. Ein Geständnis verbessert deine Karten vor Gericht.«

»Sie haben Geld unterschlagen«, stellte Marlies fest. »Ich habe mich lange mit der Frau Horvath unterhalten und auch mit Ihrer Kollegin, der Caro Karner-Beiglböck. Diese nicht zuordenbaren Erlagscheine, die vor allem an ältere Mitbürger gingen. Niemand sonst auf der Gemeinde wusste etwas davon. Das Geld haben Sie eingestrichen. Das ist Betrug.«

»Betrug? Unterschlagung?« Elfriede sprang auf und fing an, sich die Haare zu raufen. »Peanuts waren das! Peanuts gegen das, was der Bärli und seine Vorgänger jahrelang gemacht haben. Bei jedem öffentlichen Anbot schneiden die mit. Für jede Umwidmung gibt's ein Körberlgeld von der *Pannonia Bau.* 500.000 Euro hat der Umbau des Gemeindesaals offiziell gekostet. 500.000 Euro!!! Für einen neuen Fliesenboden und einmal ausmalen! Fragen S' einmal nach, wo das restliche Geld hin ist! Den Gewinn von den überzogenen Rechnungen haben sich der Bärli und die ausführenden Firmen eins zu eins geteilt. Und wer hat es gezahlt? Wir Steuerzahler. Und dann erst die Spesenabrechnungen. In den feinsten Restaurants haben sie sich vollgefressen auf ihren Dienstreisen, die Caro und der Amtmann und der Bärli. Und nur in schicken Hotels geschlafen. Sodom und Gomorrha. Und mich ans Messer liefern wollen wegen ein paar leidiger Erlagscheine.«

»Sie haben gezielt leichtgläubige Menschen abgezockt. Ältere Menschen wie die Frau Horvath, die einen Erlagschein von der Gemeinde in der Regel nicht hinterfragen.« Marlies runzelte die Stirn.

»Solche, die es eh haben. Die das Geld unter der Matratze gebunkert haben. Die nichts damit tun. Ins Grab kann sich eh keiner was mitnehmen«, ätzte die Großschädl. »Außerdem. Ich hatte vor, es zurückzuzahlen. Er … Er …«, sie schaffte es nicht, seinen Namen in den Mund zu nehmen, »er hat mir geschworen, dass er es mir mit Zinsen und Zinseszinsen zurückzahlen wird. Dann hätten die Betroffenen im nächsten Winter ein Guthaben von der Gemeinde bekommen. Aber der Bärli wollte das nicht akzeptieren. Er hat mir nicht einmal die Chance gegeben, es selbst in Ordnung zu bringen. Bis zum Lucientag hätt ich mich stellen sollen, aber das konnte ich nicht tun. Ich konnte doch nicht ins Gefängnis gehen, jetzt, wo ich endlich glücklich war. Und wenn ich ihm das Geld nicht geschickt hätte, dann hätte er seinen Prozess verloren und wäre auch eingesperrt worden. Das konnte ich doch nicht zulassen!« Sie setzte sich wieder hin und sank kraftlos in sich zusammen.

»Wie sind Sie zu dem Giftsumach gekommen?«

»Ich hab davon in der Zeitung gelesen. Damals. Als sie den in Graz entdeckt haben. Ich bin dort hingefahren, bevor sie alles vernichtet haben. Ich hab Arbeitshandschuhe angezogen und ein Stück davon ausgegraben und daheim eingepflanzt. Ich dachte, es wäre gut, so was daheim zu haben.«

»Sie haben gedacht, es wäre gut, eine hochtoxische Pflanze im Garten zu haben?« Franz starrte sie fragend an.

»Ich hatte einen Gärtner aus Unterwart. Er hat mich menschlich sehr enttäuscht«, sagte sie kurz angebunden. »Der wollte auch nur mein Geld. Den wollt ich damit überraschen, wenn er wiedergekommen wäre.« Ihr Blick hatte plötzlich etwas Verschlagenes.

»Stattdessen haben Sie das Zeug getrocknet und dem Bürgermeister nach der Schlägerei mit dem Tom einen tödlichen Tschick angeboten«, stellte Marlies fest.

»Rauchen ist tödlich«, stellte Elfi fest und lächelte einsilbig.

»Und der Amtmann?«

Das Lächeln wurde zu einem verzerrten Grinsen. »Der ist mir irgendwann auch blöd gekommen. Wegen der Erlagscheine. Hätt sich besser nicht einmischen sollen in Sachen, die ihn nichts angehen. Aber er war immer schon das Schoßhündchen vom Bärli. Hat ihm ständig nachgeschnüffelt. Und sich in Dinge eingemischt, die ihn nichts angehen.«

»Sie haben ihn aufgesucht, mit dem Vibrator provoziert. Und dann sind die Dinge wohl eskaliert und Sie haben ihn im Streit die Stiegen hinuntergestoßen. Und den Vibrator haben Sie dort gelassen, um ihn als homosexuell zu outen.«

»Das müssen Sie mir erst mal beweisen«, sagte Elfi.

»Werden wir«, entgegnete Franz grimmig. »Es gibt nicht so viele Firmen, die gravierte Vibratoren anbieten.«

Einen Augenblick wurde der Blick der Großschädl unsicher. Dann fasste sie sich wieder. »Ich hätte gerne noch einen Kaffee, bitte.«

Franz reagierte nicht, sondern grummelte nur etwas, das wie »Wir sind hier kein Kaffeehaus« klang.

Marlies stand auf und drückte noch einen Kaffee herunter. Solang sie redet, sind wir auch nett zu ihr, dachte sie.

»Was hätten Sie gemacht, wenn Patrick wirklich in Wien angekommen wäre?«, fragte sie, als sie den Kaffee vor Elfi hinstellte.

Das Gesicht der Großschädl erhellte sich.

»Wir wollten Weihnachten zusammen feiern. Ich habe ein Hotel gebucht. Im Salzkammergut.«

»Und Ihr Mann?«

Elfi schob trotzig die Unterlippe vor: »Ich wäre nicht zurückgekommen. Ich wollt mit Patrick im neuen Jahr zurück nach Seattle, um für ihn da zu sein, bis der Prozess überstanden ist. Das Geld hab ich ihm ja für seinen Prozess geliehen. Ein Mädchen ist in seinem OP gestorben. Die Eltern haben ihn verklagt, aber er war unschuldig.« Sie schluckte.

»Haben Sie sich nicht gewundert, dass Sie Geld an die Elfenbeinküste überweisen sollten?«

»Er hat gesagt, er hat dort ein Konto, wegen den hohen Finanzsteuern in den USA.«

»Frau Großschädl, wir haben mit Ihrem Ehemann gesprochen. Er hat Einsicht in Ihr gemeinsames Sparkonto. Es ist leer. Sie haben Ihr gesamtes Erspartes, 30.000 Euro, an die Elfenbeinküste überwiesen. Dazu kommt das Geld, das Sie in der Gemeinde unterschlagen haben. Laut *Southern Union* weitere 30.000 Euro.«

Elfi zupfte ein Stück Nagelhaut von ihrem linken Ringfinger. Der Finger begann zu bluten.

»60.000 Euro, die sie einer ghanaischen Bande überwiesen haben.«

»Das kann nicht sein«, begehrte Elfriede auf. »Das kann keine Bande gewesen sein. Das ist ja lächerlich. Sie … Sie haben keine Ahnung. Sie haben die Briefe von ihm nicht gelesen.«

Marlies seufzte. Dann nahm sie wortlos ein Blatt Papier aus dem Akt und schob es neben die Kaffeetasse der Großschädl, sodass diese lesen konnte, was darauf stand.

Meine einzige Geliebte. Ich vermisse dich. Wenn ich mit dir in die Chat spreche, schlägt mein Herz schneller. Wie eine süßes Gefühl. Ich will dich so sehr, wie die Rosen ihren Duft brauchen, wie der

Wind seine Gesang, wie der Schnee seine Weiße braucht, wie ein kleines Kind ein Eis will. Die Welt hat viele Schönheiten, einige wie Lilien, Jasmin, Schwertlilien, Rosen; einige waren nur einfache, schlichte Blumen, keine von ihnen hat mich angezogen. Aber deine unschuldiges Lächeln, deine funkelnden Augen. Du hast mein Herz aus der Fassung brachte. Als hätte mich ein Blitz getroffen, es war, als hätte sich ein Engel gezeigt. Ich will dich und niemanden sonst. Du bedeutest alles. Du sollst wissen, du die Einzige bist, die ich will. Ich werde dich niemals verletzen! Auf ewig dein, Patrick.

Alle Farbe wich aus Elfis Gesicht. »Wie können Sie es wagen!«, rief sie. »Das ist privat. Das geht Sie nichts an. Wie kommen Sie überhaupt dazu, meine Post zu lesen. Haben Sie meinen Computer gehackt?«

»Frau Großschädl«, Marlies seufzte, »das hat er nicht nur Ihnen geschrieben. Diese Banden arbeiten mit vorgefertigten Briefen, fertigen Texten. Dieser digitale Brief, der uns hier vorliegt, ging an eine Frau in Oberschützen, die ebenfalls um ihr Erspartes gebracht wurde.«

Franz schob Elfriede Großschädl einen weiteren Zettel hin. »Das hier haben Sie dann wohl auch bekommen.«

Du musst wissen, wie peinlich es ist, dich danach zu fragen. Ich wage es nur, weil ich dich so sehr liebe und dir sehr vertraue. Meine Liebe, ich brau-

che für den Anwalt aktuell 8400 amerikanische Dollar. Nur so kann ich meine Unschuld beweisen. Ich denke, du wirst mir helfen, weil du an mich und die Gerechtigkeit glaubst. Alles wird gut. Wir haben unsere Liebe gefunden und du weißt, dass ich dir alles zurückzahlen werde, sobald ich wieder auf mein amerikanisches Konto zugreifen kann.
Hier sind die Informationen:
first name patrick
second name dempsey
country Cote d'Ivoire
city abidjan
code 003325
Adresse 1: Rue J 98 II Plateaux, 28 BP 101, Abidjan
I'm waiting for the control number
not later than 32 hours

Elfriede schrie auf, sprang auf, fegte dabei das Kaffeehäferl zu Boden und machte dann ein paar Schritte auf Franz zu. »Nein, das ist nicht wahr!«, keuchte sie. »Ihr wollt mich nur fertigmachen, manipulieren. Das ist ein Trick! Das kann nicht sein! Das stimmt alles nicht. Ihr lügt. Ihr lüüüüügt! Lüügner, alles Lüügner!«

Franz nahm sie am Ellenbogen und führte sie sanft, aber bestimmt zum Stuhl zurück.

»Es tut mir wahnsinnig leid, Frau Großschädl, aber das ist kein Trick von uns. Diese Banden sind die Trickbetrüger. Und sie sind wirklich gut darin, sich das Vertrauen anderer zu erschleichen. Sie sind nicht das einzige Opfer. Die andere Geschädigte aus Oberschützen, sie hat ebenfalls alles verloren. Und viele andere Frauen ebenso. Das ist nur die Spitze des Eisbergs. Sie operieren weltweit. Ich weiß, das ist ein Schock und schwer zu verarbeiten. Aber es ist leider die Wahrheit.«

KAPITEL 28 – FROHE WEIHNACHTEN

Der 24. Dezember war im Südburgenland gewohnt feucht und regnerisch. Der Regen ließ die letzten schmutzigen Schneereste schmelzen. »Gatsch und Schotter, nichts wie Gatsch und Schotter«, schimpfte Hilda. »Als ich klein war, lag der Schnee meterhoch. Was ist nur aus dem Winter geworden?«

Vera mochte das Tauwetter auch nicht. Herr Schröder, die namenlose Katze und das Wanderhuhn brachten ständig Dreck ins Haus, sodass man mit dem Aufwischen nicht nachkam. Und in den Schuhsohlen blieben die kleinen Steinchen des Rollsplitts hängen und hinterließen Kratzer im Holzboden. »Schuhe ausziehen!«, herrschte sie deshalb Letta jedes Mal an, wenn diese von draußen ins Haus zurückkam. »Der Boden in deinem Zimmer ist noch ganz neu.«

»Chillax«, sagte Letta, »es ist Weihnachten.«

Aber Vera war gänzlich unentspannt. »Du hast tatsächlich den Tom eingeladen?«, fragte sie noch einmal nach.

»Klar«, sagte Letta, »er ist mein Chef und unser Freund.«

»Und der nixwerdige Falott hat mich aus den Fängen einer Mörderin gerettet«, sagte Hilda.

Sie grinste selbstzufrieden. »Und ich bin der Großschädl draufgekommen. Weil ich die Erlagscheine hinterfragt habe. Ich war wieder die Einzige weit und breit, die mitgedacht hat. Ich bin zwar alt, aber nicht blöd. Da oben funktioniert noch alles.« Hilda tippte sich gegen die Stirn. »Und bei der Großschädl hab ich schon immer so ein Gefühl gehabt. Ich sag's euch! Trauts nie einer Frau mit so dünnen Augenbrauen.«

Letta, die gerade dabei war, einen Mistelzweig über der Eingangstür anzubringen, lachte. Vera schüttelte nur den Kopf, verkniff sich aber den Kommentar, dass das ein wirklich unfaires Vorurteil war. Ihrer Mutter zu widersprechen, war ohnehin sinnlos.

Hilda hatte schon das Thema gewechselt. Sie war von Marlies schon zeitig in der Früh als Zeugin einvernommen worden und hatte nun einen klaren Informationsvorsprung in der Causa Großschädl. Ihr Wissen teilte sie jetzt bereitwillig mit Tochter und Enkeltochter. »Die Elfriede Großschädl hat den Bürgermeister und den Amtmann ermordet, weil die von den Unterschlagungen Wind bekommen haben. Und das Geld hat sie einem Heiratsschwindler gegeben. Der sitzt mit seinen Freunden irgendwo in Afrika, und die tun den ganzen Tag nur Frauen auf *Facebook* anschreiben. Mit falschen Fotos und Namen. Ich glaub, mir hat auch schon mal einer von denen eine Freundschaftsanfrage geschickt. Aber ich hab die nicht angenommen. Ich nehm keinen an, den ich nicht kenne.« Sie kicherte. »Aber geschmeichelt war ich schon ein bisschen. Sie schreiben sehr nett, diese Betrüger.«

»Mama!« Vera drehte sich erschrocken um.

»Geh bitte, hast Angst um dein Erbe?« Hilda lächelte unschuldig und machte eine wegwerfende Handbewegung. »Brauchst nicht. Ich hab ja einen Hausverstand. Nicht den aus der Werbung. Einen richtigen.«

»Wird man die Betrüger schnappen?«, wollte Letta wissen.

Hilda schüttelte den Kopf. »Die Marlies sagt, das Geld sehen die betrogenen Frauen nie wieder.«

»Ich werde im *Burgenländischen Boten* eine Reportage über Love Scam im Internet schreiben«, seufzte Vera. »Zur Aufklärung, damit andere Frauen gewarnt sind.«

»Tu das«, sagte Hilda. »Aber jetzt tun wir mal mit dem Essen weiter. Das G'selchte ist schon längst fertig.« Sie lüftete den Topfdeckel, und ein salzig-rauchiger Geruch zog durch das Urliomahaus. »Das zerfallt ja schon«, sagte Hilda kritisch. »Wann kommen endlich die Gäste?«

»Sie sind schon da«, sagte Letta und deutete auf den Arkadengang.

Wie eine kleine Prozession standen da die Damen vom *Klub der Grünen Daumen*. Jede Frau mit einem vollgepackten Körberl in der Hand. Denn dass man mit leeren Händen wo hinging, das ging im Burgenland gar nicht. Jedes Körberl enthielt eine Speise fürs Weihnachtsbuffet, einen Christbaumanhänger – Letta hatte sich gewünscht, dass der Baum gemeinsam geschmückt wurde – und kleine Geschenke.

Johanna hatte in ihrem Korb selbst gebackenes Brot, Retroanhänger mit Gartenmotiven und selbst gemachte Seifenstücke, die nach Zimt dufteten.

Isabella, die hochschwangere Kräuterpädagogin, brachte Erdäpfelsalat und Krautsalat. Die Zutaten dafür waren in der SOLAWI, in der sie wohnte, angebaut worden. Außerdem Strohsterne und kleine Tiegel mit Pechsalbe, die wunderbar bei Wehwehchen aller Art half.

Mathilde, die Köchin, hatte beschlossen, zu Weihnachten nicht zu kochen. Sie wollte auch einmal ausspannen. Aber ihr mitgebrachter Baumschmuck war ausnahmslos essbar. Kleine likörgefüllte Schokoladenfläschchen, Schokoschirme, Windringerl, Buchstaben aus Pfefferkuchenteig mit Schokoglasur und kleinen Liebesperlen drauf, Eisschokolade und Zölten* – Ildefonso, Schokolade und Rumkugeln, die in Seidenpapier mit Fransen gewickelt waren.

»Unglaublich, was ihr im Südburgenland alles an Essen auf den Baum hängt«, sagte die zuagroaste Grete und schüttelte den Kopf. »Bei uns daheim hätte es das nicht gegeben.« Sie hatte der Runde Gablonzer Christbaumschmuck, aus Hohlperlen geformte Figuren, vorgetriebene Hyazinthen sowie eine Räucherfischmousse mitgebracht.

»Jo freilich«, sagte Mizzi vergnügt. »Mir hom a immer an Zuckerlchristbam ghobt. Die kluan Schokolikörflascherl kaust lahrzutzeln und no amoi mit Schnops auffüllen. Daunn houst eippa mehr davon.«**

---

* Zelten = in Seidenpapier eingewickelte Schokolade

** »Ja freilich«, sagte Mizzi vergnügt. »Die kleinen Schokoladenflaschen kannst du leer zuzeln und noch einmal mit Schnaps auffüllen. Dann hast du etwas mehr davon.«

»Das glaub ich«, lachte Betty. Vera hatte lange überlegt, ob sie die Bestatterin einladen sollte. So eng war sie mit der auch nicht. Aber sie als Einzige auszuschließen wäre ihr auch seltsam vorgekommen. Betty schien ihre Gedanken zu erraten. »Danke für die Einladung«, sagte sie und überreichte Vera ein Körbchen mit mundgeblasenen Christbaumkugeln, einer Flasche Uhudlerfrizzante und einem Blech Honigschnitten. »Ich freue mich wirklich sehr! In den USA ist es auch üblich, dass man zu Weihnachten Freunde und Nachbarn einlädt. Es ist eine schöne Tradition.«

»Am Abend feiern viele von uns mit ihren Familien, aber ich dachte, so eine Art Vorfeier im Freundeskreis ist besonders nett …«, erklärte Vera

»… für Singlefrauen wie uns …«, beendete Betty den Satz.

»Hör ich da Singlefrauen?« Es war klar, dass Tom gerade in diesem Moment bei der Tür reinplatzen musste. »Ah, was haben wir denn da?« Er sah kurz auf den Mistelzweig, den Letta über dem Türbogen angebracht hatte, und drückte dann der nächststehenden Frau einen Kuss auf die Wange. Diese nächststehende Frau war Hilda, und die bekam bei der Aktion prompt rote Backen. »Aber Herr Dunkel«, sagte sie in gespielter Entrüstung. Der grinste nur.

Tom hatte nicht nur gute Laune, Sternspritzer, Hühnerleberpastete und Weihnachtsgin mitgebracht, sondern auch den Herrn Magister Mösenpichler, der unschlüssig vor dem Tor gestanden war. Hatte Hilda die Einladung wirklich ernst gemeint? Weihnachten war doch ein sehr privates Fest. Aber er hätte unbesorgt sein können. »Sind das die berühmten Schinkenrollen, von denen Sie mir in unserer Gefangenschaft erzählt haben?« Hilda nahm dem Herrn Magister die Schüssel ab, die er in der Hand hielt, und lugte durch die Plastikfolie, die darüber gespannt war. »Auf die bin ich wirklich gespannt. Ist das Gemüse, das Sie verwendet haben, aus der Dose oder dem Tiefkühler?«

Vera blickte sich um. Langsam wurde es richtig eng im Urliomahaus. Und es waren noch längst nicht alle da. Sie erwartete noch den Chefredakteur des *Burgenländischen Boten*, Mathildes Freund Gerhard, ihren Kollegen Max sowie die beiden Polizisten Marlies und Franz, die nach ihrem Dienst vorbeischauen wollten.

Vera bat Tom, die zwei Feuerschalen im Hof anzuzünden. Dann konnten die Gäste sich auch dort aufhalten. »Du kannst das alte Geschenkpapier zum Anzünden verwenden«, sagte sie.

»Aber schau lieber in alle Kuverts rein, bevor du sie ins Feuer wirfst«, warnte Betty. »Ich hab zu Weihnachten einmal versehentlich einen Umschlag mit 500 Euro verbrannt.«

Letta riss schockiert die Augen auf, als sie das hörte.

»Keine Angst, so hohe Geldgeschenke gibt es bei uns nicht«, feixte Vera.

Hilda summte leise ein Weihnachtslied, während sie die von den Gästen mitgebrachten Speisen zu einem appetitlichen Buffet arrangierte. »Es sieht ja sehr nett aus«, stellte sie dann fest. »Obwohl ein Karpfen traditioneller gewesen wäre.«

»Oma, niemand mag Karpfen«, sagte Letta.

»Oder eine gefüllte Gans oder ein gefüllter Pouga*«, meinte Hilda.

»Letztes Jahr war ich am Csaterberg bei Weinbauern eingeladen, die einen neuen Herd hatten«, erzählte Tom, der wieder ins Haus zurückgekehrt war. »Es hätte auch Gans geben sollen, aber der neue Herd hatte eine Fehlfunktion und auf die Selbstreinigungsfunktion geschaltet, mit dem Ergebnis, dass die Gans komplett verkohlt war.«

»Wirklich? Schad um den Braten. Das kommt von dem neumodischen Zeugs«, sagte Hilda. »Die Menschen wollen nicht mehr denken, und dann denkt die Maschin, und wenn Maschinen denken, kommt nur ein Blödsinn raus.«

Niemand widersprach ihr.

»Kommt, wir schmücken jetzt den Baum«, sagte Letta. »Darauf habe ich mich schon den ganzen Tag gefreut.«

Der Christbaum stand im Wohnzimmer des Urliomahauses und steckte ziemlich windschief in einem Holzkreuz. Die untere Reihe Äste fehlte.

»Der riecht aber komisch«, stellte Tom fest.

»Findest du?«, fragte Vera unschuldig. Am Vortag hatte die namenlose Katze den Baum markiert, und Vera hatte die betroffenen Zweige abgeschnitten und die übrigen mit Tannenduft-Lufterfrischer angesprüht, in der Hoffnung, das würde die Katze abhalten, ihre Missetat zu wiederholen.

---

* Truthahn

»Die Schoko kommt ganz oben hin, sonst frisst sie noch der Hund«, bestimmte sie.

»Oder das Huhn«, sagte Letta.

»Oder das Huhn«, bestätigte Vera.

»Los geht's«, sagte Johanna und gab damit das Startsignal für das große Schmücken. Emsige Hände machten sich an den Zweigen zu schaffen, und in nur zehn Minuten passierte die große Verwandlung. Aus dem schiefen mickrigen Bäumchen wurde ein strahlender Weihnachtsbaum. Vera ergänzte den von den Freunden mitgebrachten Schmuck mit weißen und silbernen Kugeln, echten Kerzen, Engelshaar und Lametta, das perfekt zu den weißen Zelten und den Retroanhängern passte. »Ein richtiger Nostalgiebaum«, freute sich Vera und schaltete die Lichterkette ein, die sie zusätzlich zu den Kerzen montiert hatte, weil ihr offenes Feuer auf trockenen Zweigen doch zu gefährlich war.

Ahs und Ohs waren zu hören. »Frohe Weihnachten«, sagte Tom und schenkte allen, bis auf Isabella und Letta, die Traubensaft tranken, noch ein Glas Frizzante ein. Gläser klirrten, als sich die Runde zuprostete. »Magst du noch ein Glas Traubensaft?«, fragte Hilda Isabella. »Nein danke, ich hab schon Bauchweh von dem vielen Saft.«

»Bauchweh? Das sind sicher Wehen«, sagte Mathilde erfreut.

»Glaub mir, es ist Bauchweh«, sagte Isabella. »Fruchtsaft hab ich noch nie gut vertragen. Ich geh mal aufs Klo.« Sie stand auf und stapfte breitbeinig Richtung Toilette.

»Haben Sie eigentlich die Herkunft des Wiegenamuletts eruieren können, das Sie mir damals gezeigt haben?« Johanna hatte sich neben Magister Mösenpichler gestellt und sah ihn forschend an.

Der zuckte unschlüssig mit den Schultern. »Ich denke ja. Aber …«

Wolfram Mösenpichler hatte lange nachgedacht, ob er Gewissheit darüber haben wollte, dass Elfriede Großschädl seine Mutter war. Aber eigentlich hatte ihr schockierter Blick, als er ihr das Amulett gezeigt hatte, als Gewissheit genügt.

»Aber was?«, fragte Johanna.

»Aber manchmal ist es besser, die Vergangenheit ruhen zu lassen.«

»Und stattdessen nach vorne zu sehen«, sagte Johanna.

»Genau«, sagte Herr Magister Mösenpichler. Und als er sich einen Moment unbeobachtet fühlte, nahm er das Wiegenamulett aus seiner Brusttasche und steckte es wie einen Christbaumanhänger zwischen zwei Zweige. Er war sich plötzlich ganz sicher, dass er es nicht mehr haben wollte.

»Veraaa, kommst du bitte!« Isabellas Stimme übertönte die Weihnachtsmusik.

»Ja, was ist? Ist das Klopapier aus?« Vera ging achselzuckend Richtung Badezimmer und bemerkte, dass die Tür nur halb angelehnt war.

»Es tut mir so leid, aber …« Isabella saß auf dem zugeklappten Klodeckel. »Ich brauch was zum Aufwischen und zum Anziehen. Ich glaube, ich habe mich angepinkelt.«

»So wie bei deiner Hochzeit?«

»Nein, richtig.«

»Was meinst du mit richtig?«, fragte Vera alarmiert.

»Meine Hose ist nass. Ich habe es nicht mehr aufs Klo geschafft. Hast du irgendwas zum Anziehen, das mir passt?«

»Oh verdammt, du hast dich nicht angepinkelt«, Vera öffnete die Tür noch eine Handbreit und sah auf die Lacke am Badezimmerboden, »deine Fruchtblase ist geplatzt. Ich weiß noch, wie das bei mir war. Du musst ins Spital. Ich fahr dich. Darfst du überhaupt fahren? Sollen wir die Rettung holen?«

»Nein, auf keinen Fall die Rettung!« Isabella wurde vor Schreck schneeweiß.

Sie hasste Autofahren, hatte nach zwei schweren Autounfällen ein richtiges Trauma, und der Gedanke, dass sie in Höchstgeschwindigkeit mit Blaulicht durch die Gegend transportiert wurde, jagte ihr panische Angst ein.

»Ich bitte dich, kein Krankenwagen«, flehte sie.

»Was dann?«, fragte Vera. »Du kannst dein Kind ja nicht hier bekommen.«

»Du und Tom könntet mich fahren.«

»Ich und Tom. Warum gerade Tom?«

»Er fährt viel besser Auto als du.«

»Ernsthaft?«

»Aber dich will ich dabei haben. Also ihr zwei fahrt

mich jetzt. Bitte, es sind ja nur ein paar Kilometer. Wir sind gleich dort, auch wenn wir ganz langsam fahren.«

»Also okay«, stöhnte Vera. »Aber bitte warte mit dem Kinderkriegen, bis wir im neuen Oberwarter Krankenhaus sind.«

»Und kein Wort zu den anderen«, beschwor sie Isabella. »Ich will jetzt wirklich kein Aufsehen wie in so einem kitschigen, blöden Weihnachtsfilm.«

Vera ging leise hinaus und informierte Tom. Dann brachte sie mit seiner Hilfe Isabella zum Wagen, und die drei machten sich auf den Weg ins Oberwarter Krankenhaus.

Dass die drei verschwunden waren, blieb vorerst unentdeckt. Das lag auch daran, dass inzwischen auch die restlichen Gäste gekommen waren und sich drinnen und draußen Grüppchen gebildet hatten. Außerdem war das Buffet eröffnet worden, und die Aufmerksamkeit der Besucher war auf die lukullischen Genüsse gelenkt.

Nur nicht die von Letta, die eifrig dabei war, Weihnachtsschoko vom Baum zu pflücken.

»Da bewegt sich was im Baum«, sagte sie plötzlich.

»Was heißt, da bewegt sich was?«, rief Hilda alarmiert. »Sind das Tannenläuse? Um Gottes willen. Ich hoffe, es sind keine Tannenläuse! Langsam reicht es mit den Katastrophen.«

»Nein, Oma. Es sind Schnecken.«

»Schnecken?«

»Ja, Schnecken. Zwei kleine Weinbergschnecken. Sie

müssen auf dem Baum überwintert haben, und jetzt sind sie aufgewacht. Sind sie nicht süß?«

»Natur pur. Man sieht, dass der Baum aus dem Wald ist«, freute sich Johanna.

Letta nahm die beiden Schnecken vorsichtig in die hohle Hand. Erst rührten sie sich nicht, aber dann kamen die Köpfe und die Fühler aus den Schneckenhäusern hervor und begannen, Lettas Handflächen zu erkunden.

»Schau, wie lieb, Oma. Wie gut, dass der Winter bei uns so mild ist, sonst wären die sicher erfroren. Ich behalt die bis in den Frühling. Sie dürfen hier überwintern.«

»Und wo?«, fragte Hilda.

»Vorläufig hier in der Krippe«, sagte Letta und setzte die beiden Tiere in die aus Rinde, Moos und Heu gebaute Weihnachtskrippe und stellte diese dann in einen großen Karton. »Das ist ein naturnahes Habitat. Morgen bau ich ihnen ein Winterquartier. Sie haben sicher Hunger. Haben wir auch richtigen Salat oder nur welchen mit Mayo?«

»Weinbergschnecken in der Weihnachtskrippe, ist das nicht Blasphemie?«, fragte Hilda.

»Der Herrgott hot olle Viecher gschoffen, a de Schnecka, owa die rodn nockerten hätt a si spoan kinna*«, widersprach ihr Mizzi.

»Ich werde ihnen Namen geben«, sagte Letta feierlich.

»Namen? Namen für Schnecken?«, wunderte sich Hilda.

* Der Herrgott hat alle Tiere geschaffen, auch die Schnecken, aber die roten, nackten hätte er sich sparen können.

»Ja, Namen«, beharrte Letta. »Wenn sie den ganzen Winter hierbleiben, sind es ja quasi Haustiere.«

»Wie willst du sie taufen? Schnecken sind Zwitter«, fragte Johanna.

Ein spitzbübisches Lächeln machte sich auf Lettas Gesicht breit.

»Ich weiß, Bärli und Gerli.«

»Bärli und Gerli?«, fragte Hilda entgeistert.

»Ja, zum Andenken an die beiden Toten. Ich lese gerade ein Buch, da wird jemand als Ameise wiedergeboren. Die Buddhisten glauben, dass man als Tier wiedergeboren wird, oder waren das die Hinduisten? Vielleicht sind die beiden als Schnecken wiedergeboren. Ist das nicht ein tröstlicher Gedanke?«

Sehr tröstlich, dachte Hilda. Hinduistische oder buddhistische Schnecken, die die Namen von Mordopfern trugen, in einer Weihnachtskrippe.

Aber sie sagte nichts mehr, weil die Letta ihr einziges Enkelkind und somit ihr Lieblingsenkerl war und sie sich deswegen alles erlauben durfte.

The End

EPILOG

Der 25. Dezember war ein bemerkenswerter Tag im Bezirk Oberwart. Es war das erste Mal seit Jahren, dass es weiße Weihnachten gab. Nein, es hatte nicht geschneit. Aber in der Nacht war eine Kaltfront über den Wechsel gekommen, und nun war alles mit einer feinen Schicht aus Raureif überzogen. Jeder Baum, jeder Strauch, jeder Grashalm, ja die ganze Landschaft war von winzigen Eiskristallen umhüllt. Es sah magisch aus.

Isabella sah aus dem Fenster des neuen Krankenhauses auf die Baustelle des noch neueren Krankenhauses, das noch immer nicht fertig war, und bemerkte, dass auch die aufgeworfenen Erdschollen glitzernd weiß waren.

Ihr Kind war kein Christkindl geworden, sondern erst in den frühen Morgenstunden des 25. Dezember auf die Welt gekommen. »Wenn du bis Silvester gewartet hättest, wärst in die Zeitung gekommen und hättest ein Foto im *Burgenländischen Boten*, einen Blumenstrauß und ein Jahr lang Windeln gratis bekommen«, hatte Vera festgestellt. Der Titel des Neujahrsbabys war heiß umkämpft – und nicht immer wurde dabei mit fairen Mitteln gearbeitet. Von wehenhemmenden Mitteln und getimten Kaiserschnitten wurde gemunkelt.

Aber Isabella war sehr froh, dass sie nicht noch eine Woche hochschwanger durch die Gegend hatte stapfen müssen. Außerdem hatte sie erreicht, was sie wollte. Vera und Tom sprachen wieder miteinander. »Ihr seid seit über 20 Jahren Freunde. Wenn ihr das mit der *Freundschaft plus* nicht hinkriegt, dann seid doch einfach nur Freunde«, sagte sie zu Vera, als Tom kurz hinausgegangen war, um die Parkgebühr zu verlängern. »Dieses Mann-Frau-Dings macht alles nur kompliziert.«

Sie sah Vera ernst an: »Ich glaube, eine große Liebe, die man nie ausleben konnte, ist die schlimmste. Sie wird so übermächtig, dass sie der Realität nie standhalten kann.«

»Hast du das aus einem Liebesroman?«, fragte Vera.

»Nein, aus einem Podcast.« Isabella grinste verschmitzt. »Drama Carbonara.«

Vera musste lachen.

»Wie soll sie denn nun heißen?«, fragte Vera und blickte auf das winzige, schlafende Baby, das kleine spitze Ohren hatte und dadurch aussah wie eine Elfe.

»Ivy«, sagte Isabella.

»Ivy?«, fragte Vera überrascht. »Ja, Ivy. Englisch für Efeu. Weißt du, ihr Papa, also der Ferdinand, und ich, wir haben uns doch im Winter kennengelernt. Als die Bäume schliefen. Unter einem Baum, der ganz mit Efeu umwachsen war. Ferdis Vorfahren haben den gepflanzt. Sie dachten, es ist hübsch, wenn die Bäume auch im Winter schön grün aussehen. Für mich ist der Efeu Erinnerung und Hoffnung zugleich.«

»Ivy Hohenfelsen, das ist ungewöhnlich, aber schön«, sagte Vera und streckte dem Baby den kleinen Finger hin, den dieses sofort ergriff und umklammerte.

*

»Ivy, sie heißt Ivy, wie das Mäderl aus ›Wickie und die starken Männer‹?« Hilda schüttelte den Kopf. »Wie kann man ein Kind nur so nennen.«

»Nein, Mama, die aus Wickie heißt Ilvy«, korrigierte sie Vera. »Ivy heißt Efeu.«

»Efeu? Wie kann man ein Kind nur Efeu taufen! Das ist ja komplett vertrottelt. Na hoffentlich wird's da in der Schule nicht gemobbt. Warum können die ihre Kinder heutzutag nicht normal taufen. Anna oder Claudia oder Sandra. Aber Efeu? Nimmst du mich gerade auf, Letta?«

Letta ließ ihr Handy sinken und grinste.

»Jetzt brauchst mich nicht filmen«, schimpfte Hilda. »Ich bin ja ganz zerrauft. Du musst schon warten, bis ich mir die Haare gerichtet hab.«

Sie zog einen Kamm und einen Taschenspiegel aus ihrer Handtasche und fuhr sich durchs Haar. Dann zog sie einen Lippenstift heraus und schminkte sich die Lippen in einem grellen Flamingorosa.

Vera wurde misstrauisch. Ihre Mutter trug nur zu Hochzeiten und runden Geburtstagsfeiern Lippenstift.

»Wozu soll denn das gut sein?«, fragte sie irritiert.

»Die Oma ist jetzt *TikTok*-Influencerin«, sagte Letta.

»Aha, und was influenced sie?«, fragte Vera.

»Eigentlich schimpft sie nur und regt sich über alles auf, aber die Leute lieben das.«

»Ich reg mich nicht auf, ich rede Klartext!«, korrigierte Hilda sie. »Irgendwer muss ja sein Hirn einschalten, wenn rundherum alle verblöden.«

»Sie hat schon urviele Fans«, sagte Letta. »Die Leute lieben es, wenn sie Klartext redet. Also Oma, noch mal.« Letta richtete die Handykamera auf ihre Großmutter. »Wie findest du es, dass jemand sein Kind Ivy tauft?«

*

Ivy, dachte Johanna. Ivy, das gefällt mir. Johanna fand an allem Gefallen, das sie an die Natur erinnerte. Das inkludierte auch Pflanzennamen für kleine Mädchen. Sie zwickte mit einem kleinen Gartenknipser ein paar Äste von der Stechpalme, die in einem Topf vor ihrem Haus stand. Die Zweige mit den dunkelgrünen Blättern und den roten Beeren würden eine schöne Tischdekoration abgeben.

Johanna hatte sein Lieblingsessen zubereitet. Gebratener Zander in Kürbiskernkruste auf Kürbisgemüse. Das Gemüse hatte sie auf südburgenländische Art gemacht, mit viel Paprika, einem Schuss Essig und Sauerrahm. Zum Dessert würde es die Unwiderstehlichen geben. Neben der Keksdose lag eine Preisschleife. 1. Platz beim Kekserl-Backwettbewerb des Pannonischen Adventzaubers.

Es klopfte an der Tür. Er hatte kurz überlegt, ob er klopfen sollte oder gleich den Schlüssel ins Schloss stecken, um die Tür zu öffnen. Allerdings war die Tür ohnehin unverschlossen, und er wollte sie nicht erschrecken, also klopfte er.

Ein Lächeln umspielte seine Lippen, als er sie da stehen sah. Sie hatte ein Blaudruck-Kleid an. Indigoblau mit einem weißen Blättermuster. Das Blau passte ausgezeichnet zu ihren roten Haaren. Sie hatte sich für ihn schön gemacht.

Johanna hob den Kopf. Ihr Gesicht begann zu leuchten. »Endlich«, sagte sie leise.

Er trat auf sie zu und umarmte sie. Er war einen guten Kopf größer als sie, schlank, aber sehnig. Blaue Augen, die sie aus einem wettergegerbten Gesicht anfunkelten. Er umarmte sie, herzte sie, küsste sie.

»Du siehst wild aus«, sagte sie und zerzauste ihm den grauen Bart und die buschigen Haare.

»Ich komme auch aus der Wildnis. Du weißt doch, dass ich ein Feldschwein bin.«

Feldschweine, so nannte er seine Gattung von Forschern und Ethnologen. Wissenschaftler, die lieber mitten im Geschehen forschen, als am Schreibtisch zu sitzen.

Johanna hatte es von Anfang an akzeptiert. Er reiste lieber in ferne Länder und lebte mitten in den fremden Kulturen, deren Kräuterwissen und Medizin es zu erkunden galt, als mit ihr.

Sie hatte ihn so kennengelernt. In einem Alter, in dem jeder Versuch, den anderen zu ändern, ohnehin zum Scheitern verurteilt gewesen wäre. Deswegen hatte sie es auch nie versucht. Sie hatte ihr Leben, er seines.

Ihre Beziehung würden die meisten Menschen hier im tiefsten Südburgenland ohnehin nicht verstehen, und Johanna wollte weder ihn noch sich selbst dem kleingeistigen Geschwätz preisgeben, also sprach sie kaum über ihr Privatleben. Das bedeutete aber nicht, dass sie keines hatte.

»Was hast du diesmal herausgefunden?«, fragte sie, als sie mit ihm am weihnachtlich geschmückten Esstisch Platz nahm.

»Wusstest du, dass die traditionellen Heiler in Zentralafrika durchschnittlich 53,2 Jahre alt sind?«, sagte er und trank einen Schluck Bier.

»Komma zwei?«, fragte sie.

»Ja«, bestätigte er. »Die Kommastelle klingt merkwürdig. Aber das resultiert daher, dass viele Heiler ihr Geburtsdatum nicht genau angeben können.«

»Das ist eine Statistik«, lachte sie. »Aber was hast du herausgefunden?« Sie liebte es, mit ihm über seinen Beruf zu reden. Die Welt der Pflanzen durch seine Augen zu sehen.

Er lehnte sich zurück, spielte mit den roten Stechdornbeeren, die neben der Serviette lagen.

»Ich denke, die wichtigste Erkenntnis meiner Arbeit war wieder einmal, dass viele Pflanzen nur in ihrer Gesamtheit wirken. Es geht nicht um den isolierten Wirkstoff. So manche vielversprechende Pflanze wirkt nicht mehr, wenn wir sie in ihre chemischen Bestandteile zerlegen. Wir brauchen die gesamte Pflanze, auch wenn wir noch immer nicht wissen, warum das so ist.«

Er griff in die Innentasche seines Jacketts. »Hier, ich habe dir etwas mitgebracht!«

Er nahm Johannas Hand, öffnete diese und drückte ihr ein kleines Tütchen in die Hand.

Sie blickte ihn überrascht an und öffnete dann den Umschlag.

»Samen«, stellte sie fest.

»Ja, Samen.«

»Wozu …?«

Er lächelte. »Du wirst herausfinden, was damit zu tun ist.«

REZEPTTEIL

Johannas Unwiderstehliche

Gaumenschmaus mit nur vier Zutaten, das sind die Unwiderstehlichen – eine Art Schokobusserl. Dieses Weihnachtsgebäck ist unglaublich schokoladig und mürb. Aber Achtung: Ist der Teig nicht gut vorgekühlt, können die Busserl beim Backen zerrinnen.

160 g geriebene Haselnüsse, 100 g geriebene Schokolade, 150 g Butter, 280 g Staubzucker (Puderzucker), ganze Haselnüsse zum Verzieren der Busserl

Butter und Staubzucker schaumig rühren. Nüsse und Schokolade dazu. Masse eine Stunde kalt stellen. Kleine Kugeln formen, je eine Haselnuss hineindrücken. Auf ein mit Backpapier ausgelegtes Blech geben und bei 140 Grad 30 Minuten backen.

*

Gerbeaudschnitten (gerbeaud szelet)

Im Café Gerbeaud in Budapest wurden zwei bekannte Köstlichkeiten erfunden. Einerseits die bekannte Esterházytorte – heute meist als Schnitte serviert –, andererseits die Gerbeaudschnitten. Im Südburgenland wurde der Name aber oft verballhornt. Deswegen kennt man sie jetzt auch unter Zserboschnitten, Scherkoschnitten, Scherberschnitten, Gaborschnitten oder sogar Sherlock-Holmes-Schnitten. Dabei handelt es sich immer um dasselbe Schichtgebäck aus Germteig (Hefeteig), das im Ildefonso-Style mit Nüssen und Marmelade gefüllt und mit Schokoglasur überzogen wird.

Teig: 350 g Mehl, 2 Dotter (Eigelb), 50 g Zucker, 200 g Butter, 100 ml Milch, 10 g Germ (Hefe), 1 Msp. Backpulver, 1 Prise Salz

Füllung: 120 g gemahlene Walnüsse, 120 g Zucker, 20 g Marillenmarmelade (Aprikosenmarmelade)

Schokoladenglasur: 100 g Zucker, 30 g Kakao, 30 g Butter

Für den kalten Germteig Germ (Hefe) in Milch auflösen. Mehl mit Backpulver verrühren und mit der Butter zerbröseln, Zucker, Germmischung, Prise Salz und 2 Dotter (Eigelb) zugeben. Zu einem leicht knetbaren Teig verarbeiten und 30 Minuten lang ruhen lassen. In vier Teile teilen, alle ausrollen (kleine Backblechgröße) und füllen.

Dafür die gemahlenen Walnüsse mit dem Zucker mischen und in drei Teile teilen. Backblech einfetten, mit Mehl bestäuben und erstes Teigblatt einlegen. Mit Marmelade bepinseln und die erste Walnussmischung darauf streuen. Jetzt kommt das zweite Blatt und so weiter.

Mit einer Gabel mehrmals einstechen. Bei 170 Grad Ober-/Unterhitze ca. 40 Minuten backen. Erkalten lassen und mit Schokoguss überziehen.

*

Uhudlerglühwein

Der Uhudler ist das Nationalgetränk des Südburgenlandes. Und das kam so: Um 1870 gab es in weiten Teilen Europas und auch in Österreich eine Reblausplage. Die Folge war großflächige Vernichtung von Weinstöcken und ein enormer Ausfall der Traubenernte. Man importierte aus Amerika reblausresistente Rebsorten, um diese mit heimischen Rebsorten zu veredeln. Dies war aber einigermaßen langwierig, und die Bauern begannen, aus den Trauben, die auf den unveredelten importierten Reben wuchsen, Wein zu machen.

Der Name »Uhudler« für den so gewonnenen sogenannten Direktträger-Wein wurde Ende der 1950er-Jahre geboren. Die Frau eines Weinbauern sagte zu dem spät und angetrunken Nachhausekommenden: »Heit schaust drein wia a Uhu.« Der Wein selbst schmeckt beerig, fruchtig und ist daher auch perfekt für Glühwein.

1 Liter Uhudler (oder anderer Rotwein), 1 Bio-Orange in Scheiben, 2 Stangen Zimt, 3 Gewürznelken, 2 – 3 EL Zucker

Wein erwärmen, darauf achten, dass dieser nicht kocht, sonst verdampft der Alkohol. Gewürze, Zucker und die Orange hinzufügen und den Glühwein für eine Stunde ziehen lassen. Vor dem Servieren die Gewürze und die Orangenscheiben abgießen und nochmals erwärmen.

*

Grumbirnpuffer

Grumbirnen oder Krumpern sind Kartoffeln. Und die daraus zubereiteten Laibchen nennt man in Restösterreich Erdäpfelpuffer oder Kartoffelpuffer. Diese gibt es in der Weihnachtszeit auf jedem Adventmarkt. Zumeist am Stand des Maronibraters. Am besten schmecken sie aber selbst gemacht.

1 kg Erdäpfel (speckig, roh, geschält), Schmalz zum Ausbacken, 4 Eier, 3 Knoblauchzehen (zerdrückt), 1 gehackte Zwiebel, Pfeffer, Salz, Majoran

Erdäpfel am Reibeisen reiben. Salzen, 1/2 Stunde stehen lassen, gut ausdrücken, mit Eiern, Pfeffer, Zwiebel, Majoran und Knoblauch gut verrühren.

Fett in einer flachen Pfanne erhitzen, Erdäpfelmasse in beliebiger Größe ca. 7 mm hoch beidseitig braun und knusprig braten.

*

Grammelpogatscherl nach Art von Oma Juliane

Das pannonische Fingerfood schlechthin. Grammelpogatscherl sind ein Festtagsgebäck aus Germteig (Hefeteig) und Grammeln (Grieben). In Ungarn und im Burgenland hat jede Familie ihr eigenes Rezept. Dieses hier stammt von Oma Juliane. Gut zu wissen: Der Ausdruck Pogatscherl ist eine Verkleinerungsform von Pogatsche und geht auf ein mittellateinisches Wort zurück (»focaccia«, eine Art Weißbrot), das sich in vielen Sprachen entdecken lässt.

500 g Weizenmehl, 1 Becher Sauerrahm (Saure Sahne), 2 Dotter (Eigelb), 1 EL Schmalz, 1/2 Würfel Germ (Hefe) fürs Dampfl, Salz und Pfeffer, 250 g Grammeln (Grieben) faschiert, 1 Handvoll Grammeln gehackt

Germteig bereiten, zusammenkneten und gehen lassen, auswalken, einen Teil der Grammeln draufstreuen und zusammenklappen. Erneut auswalken, Grammeln draufstreuen und zusammenklappen. Das macht man ein paar Mal, bis alle Grammeln aufgebraucht sind. Dann werden die Pogatscherl später schön blättrig und knusprig. Mit dem Messerrücken ein Rautenmuster in den

Teig drücken. Und ganz wichtig (!): nicht zu dünn ausrollen! Mit einer runden Form Pogatscherl ausstechen. Vor dem Backen mit Ei bestreichen und ev. mit Kümmel bestreuen – zwecks der Verdauung. Das Backrohr auf 180 Grad vorheizen. Die Pogatscherln in eine befettete Servierpfanne legen und noch einmal gehen lassen. Im Rohr ca. 30 Minuten goldgelb backen.

*

Burgenländer-Kipferl

Burgenländer-Kipferl würden keinen Schönheitspreis gewinnen. Das liegt daran, dass man bei diesem Kleingebäck den Teig erst wie einen Strudel einrollt und dann in Stücke teilt. Aber dafür punkten die Nusskipferl mit inneren Werten. Bei einer Lesung in Korneuburg hat mir Besucher Wolfgang Kölsch folgenden Geheimtipp gegeben: Mit etwas abgeriebener Zitronenschale im Eischnee schmeckt die Fülle noch delikater.

Teig: 400 g Mehl (glatt), 250 g Butter, 3 Eidotter, 60 ml Milch, 1 Prise Salz, 30 g Germ (Hefe), 3 TL Staubzucker (Puderzucker), Vanillezucker (zum Bestreuen)

Fülle: 3 Eiklar, 250 g Staubzucker, 100 g gehackte Nüsse, geriebene Zitronenschale

1 Eidotter mit etwas Milch zum Bestreichen

Germteig zubereiten, eine Stunde rasten lassen und dann in vier bis fünf gleich große Teile portionieren.

Für die Fülle Eiklar mit Staubzucker und Zitronenschale zu festem Schnee schlagen. Teigstücke ausrollen und erst mit der Eischneemasse bestreichen, dann die Nüsse darüberstreuen. Ränder freilassen. Den Teig danach wie einen Strudel möglichst eng einrollen. Dann mit einem runden Ausstecher Halbmonde abstechen und mit der Hand zu Kipferln formen.

Die Burgenländer-Kipferl auf ein Blech legen und mit verquirltem Ei-Gemisch (= Eidotter mit ein wenig Milch) bestreichen. Bei 180 Grad ca. 20 Minuten backen. Mit Vanillezucker und Staubzucker bestreuen.

*

Eierlikör

Eierlikör – den Klang des Wortes und den Gedanken, Eier zu trinken, finden manche Menschen in der Tat befremdlich. Für andere ist es aber der absolute Lieblingscocktail in der Weihnachtszeit. Und außerdem ist Eierlikör ein tolles Mitbringsel.

8 frische Bio-Dotter, 250 ml weißer Rum, Wodka oder Weingeist (je mindestens 40 %), 250 ml Obers (Sahne) oder Kondensmilch, eventuell mit etwas Milch gestreckt, 250 g Staubzucker (Puderzucker), das Mark von zwei Vanilleschoten

Alle Zutaten in einer Schüssel vermischen und über einem Wasserbad so lange mit einem Schneebesen aufschlagen, bis der Eierlikör dickflüssig wird. In saubere Flaschen füllen und kühl stellen.

*

Die weltbesten Vanillekipferl von Tante Gerty

Meine Tante Gerty ist mit 89 Jahren viel zu früh verstorben. Zum Glück hat sie uns dieses Rezept hinterlassen. Vanillekipferl werden im Südburgenland übrigens das ganze Jahr über serviert.

280 g Mehl glatt, 280 g Butter, 50 g Zucker, 200 g Haselnüsse geröstet und gerieben, Vanillezucker und Staubzucker (Puderzucker) zum Bestreuen

Wichtig: Mürbteig rasch verkneten und dann kalt stellen, Kipferl klein und fein formen. Vanillekipferl bei »milder Hitze« (ca. 170 Grad) 8 Minuten lang backen und noch heiß in Staubzucker und Vanillezucker drehen. Kühl aufbewahren.

*

Schaumrollen

Gab es zuerst die deutschen Schillerlocken oder die österreichischen Schaumrollen? Darüber lässt sich streiten. Was aber feststeht, Minischaumrollen gibt es im Burgenland zu vielen festlichen Anlässen, auf dem Kirtag und auch zu Weihnachten.

1 Packung Blätterteig, 2 Eiklar, 5 EL Wasser, 120 g Kristallzucker, Staubzucker (Puderzucker) zum Bestreuen

Blätterteig dünn auswalken, in 1 cm breite Streifen schneiden, über eine Schaumrollenform wickeln und bei 200 Grad ca. 18 Minuten goldbraun backen und auskühlen lassen. Für die Fülle Eiklar sehr steif schlagen. Wasser aufkochen, Zucker dazugeben und genau 3 Minuten kochen lassen. Noch heiß langsam in den steifen Eischnee einrühren.

Masse mit dem Spritzsack in die Schaumrollen füllen und mit Staubzucker bestreuen.

*

Haselnusstorteletten nach Oma Walpurga

Ein Rezept, das aus der Facebook-Community in dieses Buch kam. Schmeckt super, und dass die Oma Walpurga hieß, ist einfach nur himmlisch.

100 g Butter, 70 g Mehl, 70 g Zucker, 70 g geriebene Haselnüsse, 10 g Brösel, 30 g geriebene Schokolade, 1 Dotter (Eigelb)

Teig kneten und Formen ausstechen. Bei 170 – 180 Grad ca. 10 – 12 Minuten backen. Auskühlen lassen und mit Ribiselmarmelade jeweils zwei Kekse zusammenkleben. Mit Schokoglasur aus 80 g Schokolade und 50 g Butter bestreichen.

*

Rumkugeln

Das traditionelle Konfekt wird im Burgenland mit Inländer-Rum gemacht. Der Name der Spirituose sollte das Produkt anfangs gegen den echten, importierten Rum abgrenzen. Inländer-Rum ist süßlich im Geschmack, aber mit 80 Volumenprozent Alkohol super stark. Aus diesem Grund ist Inländer-Rum Hauptbestandteil von Jagatee.

100 g weiche Butter, 100 g Staubzucker (Puderzucker), 1 Pck. Vanillezucker, 100 g geröstete, geriebene Haselnüsse, 120 g geröstetes Kokosette, 100 g geriebene Zartbitterkuvertüre, 5 EL Rum

Zum Wälzen: Kokosette, Kristallzucker oder Schoko-Streusel

Butter mit Staubzucker und Vanillezucker mit dem Handmixer (Rührstäbe) aufschlagen. Haselnüsse und Kokosette mit Kuvertüre und Rum dazugeben. Aus der Masse walnussgroße Kugeln formen und in Kokosette, Kristallzucker oder Streuseln wälzen.

ICH SAGE DANKE

Laut meiner Schreibschwester Susanne Kristek, Autorin von »Die nächste Depperte«, ist es leichter, unbefleckt schwanger zu werden, als einen Bestseller zu landen. Zu Weihnachten passt diese Aussage besonders. Mir erscheint es jeden Tag wie ein Wunder, dass ich es geschafft habe, mittlerweile vom Bücher-Schreiben leben zu können. Danke an euch alle, die ihr mich auf diesem Weg on- und offline begleitet habt.

In den letzten Monaten sind unglaubliche Dinge passiert:

1. Es gab Fahrradtouren zu den Originalschauplätzen meiner Krimis, organisiert von der großartigen Jutta Ochsenhofer von *foxtours.at*.
2. Ich war eine Quizshowfrage in einer ORF-Show. Leider kannte die Teilnehmerin meinen Namen nicht und schied aus, wodurch ich ihr jetzt vermutlich für immer schlecht in Erinnerung bleibe. Aber zurück zu den Good News:
3. Buchhändler Rudi Buchner aus Fürstenfeld eröffnete in der Buchhandlung eine Bar und taufte den dort kredenzten Averna Sour nach meinem zweiten Krimi »Hamdraht«. Da Averna Sour mein Lieblingsdrink ist, freut mich das extrem. Cheers.

4. Komplett in love bin ich auch mit den Merchandise-Artikeln zu meinen Büchern. Nicole Katzian hat wunderschöne Tassen, Blumentöpfe und Geschirrtücher zu meinen Büchern produziert. Danke, Nicole Katzian von *katzfatz.at.* Den herrlichen Leseduft aus pannonischen Pflanzen, produziert vom Frauenkirchener Duftbauern Stefan Zwickl, gibt es bei *steppenduft.at.* Und noch etwas Herrliches passierte:

5. Ich bekam ein Stipendium der »Tiroler Tageszeitung« und durfte eine Woche lang beim Krimifest Tirol Innsbruck und Umgebung unsicher machen und meine Bücher vorstellen.

Bei einem ganz besonders tollen Event in Vorarlberg lernte ich dann Gerichtsmediziner Stefano Longato kennen, der mir bei diesem Buch mit seiner großartigen Expertise zur Seite stand. Danke dafür.

Dass die Polizei wirklich Freundin und Helferin ist, zeigt BezInsp Karin Hirczy-Hirtenfelder von der LKAASt in Oberwart. Sie hat mir tatkräftig beim Plotten geholfen. Riesengroßes Danke dafür. Und euer Kaffee ist der beste.

Dass es in Österreich Tatortsicherung und nicht SPUSI heißt und noch viel mehr, verriet mir Franz Schwentenwein, Kriminalpolizist im Ruhestand. Danke, Franz.

Auf einer langen, sommerlichen Autofahrt von Grado nach Eisenstadt haben Sabine und Eva ihre Weihnachtserinnerungen mit mir geteilt. »Erwähne uns ja in den Danksagungen«, haben sie gesagt. Hiermit geschehen.

Und auch die allerbeste Gartenfreundin Tina hat, was das Brauchtum anbelangt, tief in ihrer Erinnerungskiste gewühlt. Danke dafür.

Danke an alle Testleser, vor allem an Erstlektorin Sigrid, Marketingdirektorin Susanne und Kritiker Niki. Und kurz vor der Abgabe ans Verlagslektorat kam dann Stil- und Grammatik-Monk Barbara Karlich, die den Text mit Adleraugen inspizierte und noch mal 200 Anmerkungen hatte. Danke, I love you dearly und bin sehr froh, dass du nie meine Deutschlehrerin warst. Den Sack zugemacht, hat dann Katrin Scheiblhofer, die eine großartige Schlussredaktionsrunde hingelegt hat. Da wir schon bei der Wienerin zusammen gearbeitet hatten, wusste ich: Du machst das super. Danke Katrin. Und ich liebe deine handgeschriebenen Korrekturzeichen.

Danke an das Team vom *Gmeiner-Verlag*, allen voran meiner Lektorin Claudia. Danke an Erich, Willi, Winny und Ulli von der Verlagsvertretung Neuhold. Danke an die PR-Ladys Barbara, Nadine, Martina und Katharina. Mein Mann Alan, mein Sohn Jack und auch meine großartige Mama waren in all diesen aufregenden aber auch herausfordernden Phasen immer für mich da. Danke an meine Familie – love you forever – und an meine virtuelle. Diese nennt sich das *Parker Pack* (der Name wurde von der Community selbst gewählt). Und (fast) jeden Montag stimmt das *Parker Pack* auf den Seiten »martina parker schreibt« über Handlungsstränge auf *Facebook* und *Instagram* mit ab.

Und apropos Social Media. Ich liebe ja den Kontakt mit meinen Leser:innen. Drum wünsch ich mir jetzt was: Schicken Sie mir doch bitte ein Foto, das zeigt, wo Sie und Ihr Buch »Ausg'stochen« Weihnachten feiern, und teilen Sie es mit mir auf Social Media. Das würd mich wirklich narrisch freuen. Ich sage schon jetzt danke dafür.

Merry Christmas,
Martina

SO GEHT ES WEITER MIT DEM KLUB DER GRÜNEN DAUMEN.

»Eintunkt« erscheint 2024

BETTY KANN FLIEGEN

Auf Borneo leben besonders viele Gleitbeutler, Reptilien und Schlangen, die durch die Luft gleiten können. Manche sogar rund 60 Meter weit. »Fliegend« können die Tiere ihren Lebensraum schneller und sicherer erobern.

»Wo zum Teufel ist sie?« Mike rannte im Backstagebereich wütend auf und ab. »Ich bring sie um, wenn sie das wieder vergeigt.« Er stieß mit beiden Händen zornig gegen die Seite des Tischfußballtisches in der Mitte des

Raumes. Die Spieler wackelten und eine einsame Kugel rollte scheppernd Richtung Tor.

Claudia, verantwortlich für Artist Liaison – auf gut Deutsch »Künstlerbetreuung« –, war genauso angespannt wie Mike und seine Band-Kollegen. Dennoch versuchte sie, positiven Optimismus zu verstreuen. »Wir haben noch ein paar Minuten. Den Line-Check auf der Bühne haben unsere Leute schon gemacht.«

»Der Line-Check. Wer redet vom Line-Check? Wir brauchen sie nicht für den Line-Check. Die Frage ist, ob sie überhaupt kommt. Diese verdammte Bitch ...«

»Redest du von mir? Wichser.« Alex stand im Türrahmen. Ihre Augen starr, riesige Pupillen, der Blick glasig, kalt.

Mike zeigte ihr den Mittelfinger. »Ja, genau von dir reden wir. Dass du uns immer hängen lässt. Deine Allüren, dein Egoismus. Du machst mich krank. BITCH.«

Alex machte einen Schritt auf Mike zu und kurz sah es so aus, als wollte sie sich auf ihn stürzen.

Die drei ZZ-Top-Lookalikes zogen die Köpfe ein.

In letzter Sekunde stoppte Alex. »Bei der nächsten Tour bist du ohnehin draußen.« Dann wandte sie sich mit einem strahlenden Lächeln an den Stagemanager. »Los, Pauli, let the show begin.«

Pauli hatte 30 Jahre Backstage Life in den Knochen. Er hatte schon schlimmere Eklats erlebt. Stars, die so betrunken waren, dass man sie zu zweit links und rechts untergehakt auf die Bühne schleifen musste. Stars, die sich im Drogenrausch die Brust mit einer zerbrochenen

Bierflasche öffnen wollten. Sänger, die so große Bühnenangst hatten, dass sie erst die Toilette vollreiherten und in Folge auf die Bühne getreten werden mussten. So ein kleines Wortgefecht zwischen einer Sängerin und ihrem Lead-Gitarristen war Peanuts dagegen. Außerdem wusste er aus Erfahrung, dass zumeist alles gut wurde, wenn eine Band dann endlich auf der Bühne war. Die Bühne transformierte. Sie machte auch die schlimmsten Performer – die Betrunkenen, Drogenabhängigen, Zweifelnden und Ängstlichen – zu schillernden Göttern und Göttinnen, eins mit ihrer Musik und dem Universum.

Pauli führte die Band zum Bühnenaufgang und betrat diese als erste. Dann griff er nach dem Mikro, klopfte kurz daran und nickte zufrieden, als ihm ein hohler Ton bestätigte, dass es einwandfrei funktionierte. Es war seine Aufgabe, die Band anzukündigen. Er war der Zeremonienmeister im Zirkus der Eitelkeiten.

Pauli grinste, seine Mundwinkel, die von dichtem Bartwuchs umgeben waren, zuckten. Er tippte noch mal gegen das Mikrofon, bis er sicher war, die Aufmerksamkeit aller zu haben. Er senkte seine Stimme, um ihr noch mehr Gewicht zu geben. »Please welcome all the way from America featuring our homegrown talent …« Er machte eine Pause. »… The Alex Woods Band.« Er deutete auf die Band, die unter tobendem Applaus die Bühne betrat, lächelnd, winkend.

Alex als Letzte. Energiegeladen, katzengleich. Sie schüttelte die weißblonden Haare in Form. Die großen

Augen, die gerade noch so kalt und leer gewirkt hatten, sogen die Wärme des Publikums auf und füllten sich damit.

»Alex, yeahhhh«, brüllte jemand laut. »Alex, Alex!«, stimmten andere ein, bis das Ganze in einem Gesang ausartete. »Alex, Alex, Alex!« »Mike!«, kreischte eine weibliche Stimme dazwischen. Mike sah kurz auf und winkte in die Richtung, aus der die Stimme gekommen war.

Die Bandmitglieder nahmen ihre Plätze ein. Alex vorne in der Mitte, Mike und der Bassist ein bisschen versetzt hinter ihr. Ganz außen Keyboard und Drums. Der Drum Player begann sofort, das Drum Kit neu anzuordnen, und spielte zur Kontrolle ein kleines Solo. Die anderen schlossen ihre Instrumente an die bereitgestellten Verstärker an. Mike entlockte seiner Gitarre prüfend ein paar Töne und drehte dann an einem Regler, um die Lautstärke nachzustellen.

Alex trat noch einen Schritt vor, sah sich um und begann zu sprechen. Sie hatte nichts vorbereitet, das tat sie nie. Sie schaute in die Gesichter ihrer Fans und nahm die Liebe auf, die ihr entgegenkam wie eine Welle. Es war der perfekte Sommertag. So viele glückliche Gesichter. Männer mit Tattoos und Bierbechern in den Händen, die zu johlen begannen, als Alex zum Mikro griff. Frauen in knappen Tops und Hotpants, die ihr selig zulächelten. Verliebte Jungs, die ihre Freundinnen auf den Schultern trugen. In der ersten Reihe ein Mann, der ein Schild hochhielt: »Alex, I love you forever«. Daneben eine Mutter, die ein kleines Mädchen mit Kopfhörern an der Hand hielt. Aus dem

Augenwinkel sah sie, dass der Security die Kleine in den gesicherten Bereich neben sich winkte, wo sie geschützt war und besser sehen konnte, was auf der Bühne vor sich ging. Die Kleine strahlte Alex an, als stünde sie vor dem Christkind persönlich. Alex warf ihr eine Kusshand zu.

Liebe. Ein Festival der Liebe. Sie hatte schon immer gehört, dass Bildein speziell war. Aber damit, damit hatte sie nicht gerechnet. Alex hatte plötzlich einen Kloß im Hals.

Sie räusperte sich und griff dann zum Mikro. »Es hat 20 Jahre gebraucht, um hierher zu kommen.« Sie schluckte. »Ich bin so froh, dass ich da bin. Heute mit euch.« Die Stimme war jetzt sexy, rauchig, gefühlvoll. »Hello Bildein. I love you.«

Das Publikum begann erneut zu klatschen, zu johlen und zu pfeifen.

Mike und der Bassist warfen sich Blicke zu. »Alex on stage«. Sie hatten es schon so oft erlebt, aber es war jedes Mal faszinierend zu beobachten. Ein Monster verwandelte sich vor ihren Augen in einen Engel. Show-Alex war eine andere als die Alex, die ihnen Tag für Tag das Tourleben zur Hölle machte. Show-Alex war einfach anbetungswürdig.

»Are you ready to rock?«

»Yeahhh«, brüllte die Masse.

»Are you really ready to rock?«

»Yeaaaaaaaaaaah!«

Alex nahm den Mikrofonständer. Mit Klebeband waren darauf ein Dutzend Plektren befestigt. Gitarrenblättchen mit ihren Initialen bedruckt. Sie riss das erste herunter und entlockte ihrer Gitarre einen Akkord.

Das Publikum grölte.

»Ok, one, two … and one, two, three, four!«

Die Band legte los. Die Menge jubelte, als sie an den ersten Klängen den Song *Rush of Life* erkannte. Das Lied war fetzig, rockig, melodiös, emotional, mitreißend. Alex hatte ihr Publikum von der ersten Sekunde an an sich gerissen und ließ es nicht mehr los. Der Glanz in den Augen ihrer Fans brachte Alex zum Leuchten. Von den ausgestreckten Armen, die sich ihr entgegenreckten, schien eine nie enden wollende Energie auszugehen, die sie trug, hochhob und über sich hinauswachsen ließ.

Bei *I know, you told me last night* überließ Alex ihren Fans den Refrain.

I know I was not always easy.
I know you told me last night.
I know I will love you forever.
I know together we'll find the light.

Über tausend Menschen, die a capella im Chor sangen. Gänsehautmomente. Darunter vielleicht ein Schlüsselmoment für manche im Publikum. So wie für das Pärchen, das sich getragen von der Emotion in dieser Sekunde zum ersten Mal küsste und sich den Song zehn Jahre später im Radio zum Jahrestag wünschen würde. Aber das wussten sie an diesem heißen Sommertag noch nicht.

Dann der Höhepunkt der Show. *Two times a Fool.* Alex' größter Hit. Tausende Male hatte sie ihn schon gesungen. Diesmal sang ganz Bildein mit ihr. Jeder hier kannte den Text. Alex hatte jetzt die Rockgitarre gegen eine Akustikgitarre ausgetauscht. Diese ließ die Ballade noch gefühlvoller, noch eindringlicher, noch authentischer wirken. Jede Note, jeder Ton eine Emotion, die in tosendem Applaus endete.

»Sie ist unglaublich!!!«, brüllte Vera Betty zu. Sie hatte die Bestatterin in der Crowd entdeckt.

»WAS?« Betty hatte kein Wort verstanden.

»Deine Schwester! Sie ist UNGLAUBLICH«, brüllte Vera so laut in Bettys Ohr, dass dieses zu Klingeln begann. »Ich weiß!«, brüllte Betty zurück und verzog das Gesicht zu etwas, das man mit viel Fantasie als ein Lächeln interpretieren konnte.

Vera hatte schon eine Nacht am Campingplatz hinter sich. Sie hatte, von einer lästigen Gelse geplagt, nur wenig geschlafen und eigentlich vorgehabt, am Nachmittag ein Nickerchen zu halten. Dann war daraus aber nichts geworden und jetzt war sie froh darüber. Nie im Leben hätte sie dieses Konzert verpassen wollen.

»Mit wem bist du da?«, brüllte Betty.

»Mit Eva und Finz«, brüllte Vera zurück und zeigte nach hinten, wo ein Pärchen im Gleichklang zu *Easy, my love* shakte. »Und du?«

Betty deutete Richtung Bar und winkte dann Hacki zu, der sich soeben mit zwei Bechern Uhudlerspritzer einen Weg durch die Menge bahnte. Hacki war nicht allein. Hinter ihm war Bernd.

Vera spürte ein unangenehmes Prickeln von den Haarspitzen bis zu den Zehen. Oh nein, bitte nicht. Der hatte ihr gerade noch gefehlt. »Ich geh nach vorne«, brüllte Vera und deutete Richtung Bühne. Betty nickte nur geistesabwesend. Ihr Blick war jetzt wieder starr auf ihre Schwester gerichtet. Veras Herz klopfte. Sie hoffte, Bernd hatte sie nicht gesehen.

Vera drängte sich nach links. Dort bei den Toiletten war ein schmaler Gang. Eine Abkürzung vorbei an der Crowd nach vorne zur linken Ecke der Bühne. Einfach war das Durchkommen dort aber auch nicht. Vor der Damentoilette hatte sich eine lange Schlange gebildet. Ein paar Mädchen und Frauen wollten sich nicht anstellen und spazierten an der Schlange vorbei in die Herrentoilette. Vera sah durch die geöffnete Klotür die irritierten Blicke der Männer an den Urinalen, wenn sie ein weibliches Wesen vorbeiflitzen sahen. Wie sie nervös nach hinten sahen und dabei schützend die Hände über ihren Schritt hielten.

Vera schmunzelte und ging weiter. Sie war jetzt ganz vorne bei der Bühne, wo die Menschen dicht gedrängt tanzten und abrockten. Sie entdeckte eine winzige Lücke und quetschte sich mit einem entschuldigenden Lächeln hinein. Man wusste bei Rockkonzerten nie, wie andere reagierten, wenn man sich vordrängte. Aber die Leute rund um sie strahlten sie nur glückselig an.

»Gleich springt sie!«, schrie ein dunkelhaariger Typ

neben ihr, er trug ein Muscle Shirt und seine Schulter zierte ein Tribaltattoo. »Alex, Alex, Alex!«

Alex trat zu den hämmernden Beats von Drums, Bass und Lead-Gitarre nach vorne. »Dare you, dare me«, sang sie. Dann fuhr sie sich nervös durch die blonden Haare, sah abschätzend in den Bühnengraben. Holte tief Luft. Sie wird doch nicht wirklich … dachte Vera. Aber da rannte Alex schon los und sprang mit weit geöffneten Armen los. Sie flog in die Menge, wissend, dass man sie auffangen würde, tragen, umarmen. Wissend, dass alles gut war.

Weitere Titel finden Sie auf den folgenden Seiten und im Internet:

WWW.GMEINER-VERLAG.DE